START IN DEN TAG 2023

IMPULSE ZUM BIBELLESEN

NEUKIRCHENER VERLAG | BRUNNEN VERLAG

MIX
Papier aus verantwortungsvollen Quellen
FSC® C014138
www.fsc.org

Die Bibelabschnitte folgen größtenteils dem „Bibelleseplan Kompakt" der Ökumenischen Arbeitsgemeinschaft Bibellesen (ÖAB).

Bibelverse sind nach folgenden Ausgaben zitiert:

Volxbibel, www.volxbibel.de/lesen (letzter Zugriff am 26.03.2022)
Im Text enthaltene Internetlinks konnten nur bis zur Drucklegung geprüft werden. Auf spätere Veränderung hat der Verlag keinen Einfluss und ist von der Haftung ausgeschlossen.
Die Bibelabschnitte folgen größtenteils dem „Bibelleseplan Kompakt" der Ökumenischen Arbeitsgemeinschaft Bibellesen (ÖAB).

Redaktion: Cornelius Kuttler, Stuttgart
Lektorat: Annalena Hilk, Ehringshausen
Herausgeber: Hansjörg Kopp, Generalsekretär CVJM Deutschland e. V.

Neukirchener Verlagsgesellschaft mbH, Neukirchen-Vluyn
Brunnen Verlag GmbH, Gießen und Basel

Gesamtgestaltung & Illustrationen: Dietmar Reichert, Dormagen
Cover-Motiv: halfpoint@shutterstock
Rückseitentext: Cornelius Kuttler
Gesamtherstellung: Finidr s.r.o., | Gedruckt in Tschechien
ISBN 978-3-7615-6817-0 (Neukirchener Verlag)
ISBN 978-3-7655-3213-9 (Brunnen Verlag)

HEY!

Darf ich dir eine Frage stellen? Warum liest du in der Bibel?

Vielleicht auf den ersten Blick eine seltsame Frage. Denn immerhin hast du START in den Tag in der Hand, und ich nehme darum an, Bibellesen ist dir wichtig.

Aber dennoch – warum liest du in der Bibel?

Ich denke an ein Gebet, das der Kirchenvater Augustinus vor 1600 Jahren formuliert hat. Es hilft mir, für mich zu klären, was Bibellesen mir bedeutet. Augustinus hat gesagt: „Schenk mir ein Wort für mein Herz und ein Herz für dein Wort!"

Augustinus hat darauf vertraut, dass Gott selber zu uns spricht, wenn wir in der Bibel lesen. Und eins ist ihm dabei wichtig: Dass unser Herz berührt wird von Gottes Wort, und wir entdecken: Gott ist mehr als eine Erfindung frommer Menschen. Sondern er ist ganz real da und wenn wir in der Bibel lesen, dann nimmt Gott Kontakt mit uns auf. Das ist für mich ein guter Grund, in der Bibel zu lesen.

Ich wünsche dir, dass Gott dein Herz berührt durch die Worte der Bibel! Und wenn du mit jemandem teilen möchtest, welche Worte dein Herz besonders berühren, dann schreib mir gerne.

Ich wünsche dir gute Entdeckungen bei START in den Tag!
Vielleicht entdeckst du ja in diesem Jahr einen neuen persönlichen Lieblingsbibeltext.

Checke uns gerne auch bei Insta und YouTube!

cornelius.kuttler@ejwue.de

START in den Tag ab 2024 digital!

START in den Tag wird sich verändern! 2023 ist das letzte Jahr, in dem es eine Printausgabe von START in den Tag gibt. Wir haben lange mit uns gerungen, aber es ist leider in Zukunft nicht mehr möglich, dass wir START in den Tag als Buch herausgeben. Die Nachfrage ist so stark gesunken in den letzten Jahren, dass wir neue Wege gehen müssen. Darum wird es ab 2024 ein digitales Produkt geben. Wahrscheinlich wird es nicht mehr „START in den Tag" heißen, aber eines ist sicher: Diese digitale Bibellese wird weiterhin hilfreiche Erklärungen zu Bibeltexten, interessante Infos und Impulse für deinen Glauben bereitstellen. Und das Ziel ist dasselbe wie vor 1600 Jahren bei Augustinus: „Gib mir ein Wort für mein Herz und ein Herz für dein Wort!"
Ich hoffe, du bist 2024 digital am Start!

DAS IST **DRIN**

WIR LIEBEN ES, VON DIR ZU **HÖREN**

Schreib uns, mail uns, texte uns. Wir freuen uns auf deine Fragen, Gedanken, Gedichte und Erfahrungen!

Damit du weißt, wer von uns genau den Text geschrieben hat, findest du jeden Tag unsere Kürzel am Ende. Ganz hinten im Buch bei unserer Vorstellung kannst du mit dem Kürzel ganz leicht unsere Namen finden.

So connectest du mit uns:
E-Mail: Die Adressen findest du ganz hinten im Buch.
Instagram: #startindentag

UNSERE **APP**

findest du in den Stores für Android und Apple.
Umsonst und kostenlos. (Weil die Programmierer aber bezahlt werden müssen, freuen wir uns über alle, die sich beteiligen.)

Paypal: buchhaltung@neukirchener-verlage.de
Banküberweisung: IBAN DE46 3545 0000 1420 2240 63
Bitte gib das Stichwort „START-App“ an.

SCHREIB AN **NINA!**

Hast du 'ne Frage zum Text? Grübelst du grad viel über irgendein Thema nach? Willst du irgendeinen Gedanken mal loswerden? Dann texte unserer START-Autorin Nina. Sie hat in diesem Jahr das Smartphone für dich am Ohr.

Hey, ich bin's – Nina!

Schreib mir Gedanken, stell mir Fragen oder schick mir 'ne Sprachnachricht zu dem, was dich grad beschäftigt. Egal, ob du happy bist oder es dir grad total schlecht geht, meld dich. Meine Nummer hast du ☺

Deine Nina

01575 1311651

SAMSTAGS BEI **YOUTUBE**

An jedem ersten Samstag im Monat posten wir ein neues Video! YouTube.de/startindensamstag

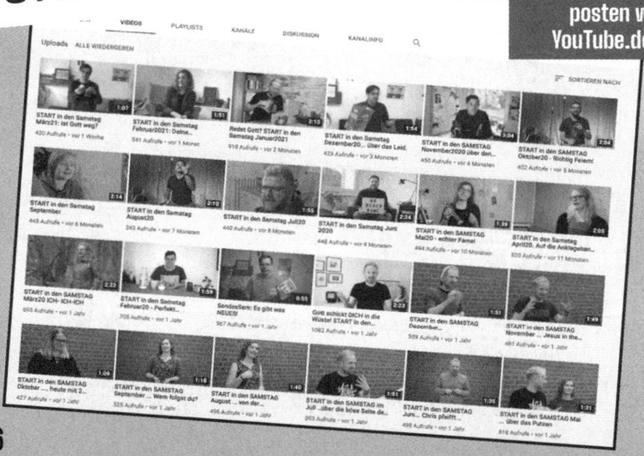

YouTube

BIBELLESEN (NOT) FOR DUMMIES

START in den Tag will dir helfen, jeden Tag mit Jesus Kontakt zu haben, seine Liebe zu erfahren, etwas über ihn zu lernen. Keine lästige Pflicht, sondern eine Bereicherung und eine Hilfe zum Leben und Glauben.

Ein paar **schlaue Ideen** für deine Verabredungen mit Jesus:

Viele finden es hilfreich, sich **eine feste Zeit** im Tagesablauf fürs Bibellesen zu suchen. Eine feste Routine macht's sehr viel einfacher, als wenn du jeden Tag von Neuem überlegst, ob und wann du deine Bibel lesen möchtest. Zum Beispiel:

- **Morgens** vor oder nach dem Frühstück
- Wenn du **mittags** von der Schule nach Hause kommst
- **Abends** vorm Ins-Bett-Gehen

Probier aus, welche Zeit am besten für dich ist!

Bitte Gott, zu dir zu reden, bevor du START in den Tag und deine Bibel aufschlägst. Du kannst zum Beispiel sagen: „Herr, gib mir ein Herz für dein Wort und ein Wort für mein Herz."

Das Lesen und Nachdenken über den Text und über dein Leben kannst du **mit einem Gebet beenden:** Danke Gott für neue Erkenntnisse. Stell ihm deine Fragen. Bitte ihn, dir zu helfen, im Alltag das Gehörte umzusetzen. Bitte ihn für das, was vor dir liegt, oder rede mit ihm über den Tag, der hinter dir liegt.

Jetzt kannst du **den kleinen Text in START in den Tag** lesen. Manchmal werden deine eigenen Gedanken ergänzt und aufgegriffen. Ein anderes Mal wieder kommen ganz andere Aspekte dazu. Es ist fast so, wie wenn du mit jemand zusammen die Bibel liest und ihr euch austauscht.

Schlag den angegebenen Bibeltext auf und lies ihn dir in deiner Bibel durch. Schau jeden Tag hin, was in diesem Bibeltext für dich drinsteckt: Was lernst du über dich und über Gott? Was hat der Text mit dir und deinem Leben zu tun? Du wirst merken, dass es dir guttut und dich weiter bringt, selber direkt in der Bibel zu lesen und darin eigene Entdeckungen zu machen.

Wir wünschen dir gute Bibel-Zeiten mit Jesus!
Deine Schreiberlinge von START in den Tag

MEINE ZEIT MIT GOTT

Hier findest du einen kleinen Ablauf für deine Zeit mit Gott, an dem du dich orientieren kannst, wenn du magst. Wichtig ist: Wie du es machst, machst du es richtig. Gott freut sich einfach, wenn du Zeit mit ihm verbringst und ihn kennenlernen möchtest.

GEBET

Im Morgengrauen, wenn die Gedanken noch voller Nacht sind,
lass mich vor dir sein, mein Gott.
Wenn die Müdigkeit nicht von mir weichen will
und schon der Tag mir unerbittlich seine Fragen stellt,
lass mich spüren, dass du bei mir bist.
Dir vertraue ich mich an!

SABINE NAEGELI

NACHDENKEN

In der Stille bringe ich meine Gedanken vor Gott:
Was hängt mir von gestern noch nach?
Was erwartet mich heute?
Was macht mir Sorgen?
Worauf freue ich mich?

GEBET

Vater, ich danke dir für den neuen Tag, den du mir geschenkt hast.
Ich danke dir, dass ich nicht alleine bin.
Du bist auch heute bei mir und hältst mich.
Ich will loslassen, was mich von gestern noch hält.
Ich will loslassen, was mir heute Sorgen macht.
Ich lege meine Sorgen bei dir ab. Du sorgst für mich.
Du siehst, auf was ich mich heute freue.
Ich möchte bewahren, was du mir schenkst,
und dankbar in den Tag gehen.
Begleite mich an diesem Tag.
Ich will mich an dir festhalten und dir heute begegnen.
Schenke mir offene Ohren und ein offenes Herz
für dein Reden und Wirken.
Ich bitte dich, dass du mich segnest und dass ich selber
zum Segen für andere werde.

BIBELLESEN

Ich lese den angegebenen Bibeltext und die passende Auslegung
in START IN DEN TAG.

GEBET

Ich erzähle Gott meine Gefühle, Eindrücke, Fragen, Zweifel, was mich beschäftigt, ärgert, verunsichert, freut, wofür ich dankbar bin.

Ich bete für meine Freunde, Familie, Menschen in Not, Politiker, meine Stadt, meine Gemeinde, verfolgte Christen ...

(Vielleicht hilft es dir, ein Gebetstagebuch zu nutzen, in das du deine Gebete schreibst.)

HINHÖREN

Ich höre auf Gott und lasse ihn reden.

Amen – so soll es sein!

DU BIST EIN GOTT, DER MICH SIEHT.

GENESIS 16,13

NEUJAHR

01 SO Gesehen!

1. MOSE 16,13 „Du bist ein Gott, der mich sieht." Kannst du das über Gott sagen? Hagar, die Magd Sarais und Zweitfrau von Abram, konnte es. Sie hat erlebt, dass Gott sie in ihrer Situation sieht. Das hat ihr gutgetan und sie ermutigt. In manchen Situationen unseres Lebens wünschen wir uns, wie Hagar, gesehen zu werden. Egal ob auf Insta oder im Reallife. Wir freuen uns über anerkennende Blicke, Likes und dass jemand sieht, wenn wir erfolgreich sind. Und wir wollen gesehen werden, wenn es uns nicht gut geht. In beiden Momenten liegt der Wunsch zu teilen, was uns bewegt. Wie bei Hagar ist manchmal kein Mensch in der Nähe, der uns sieht. Doch Gott, der sie sah, sieht auch dich! Dich, dein Leben, deine Freude, deinen Schmerz. Du lässt ihn nicht kalt! [CB]

GEBET Gott, du kennst meinen Wunsch danach, gesehen zu sein. Danke, dass du mich siehst. Amen.

Basics ZUM MATTHÄUSEVANGELIUM

Stell' dir vor, du möchtest dein Lieblings-PC-Game jemandem erklären, der keine Ahnung von der ganzen Materie hat. Wie machst du das? Und wie erklärst du es jemandem, der selber gerne zockt und sich auskennt? Das werden zwei ganz unterschiedliche Beschreibungen sein!

Aus diesem Grund gibt es nicht nur *einen* Bericht über das Leben und Wirken von Jesus. Nicht nur ein Evangelium, sondern vier: Matthäus, Markus, Lukas und Johannes. Sie wurden von ganz unterschiedlichen Menschen für ganz verschiedene Leser:innen verfasst. So war z.B. das Lukas-Evangelium eher für Menschen gedacht, die nichts von jüdischen Sitten und Gebräuchen wissen. Der Verfasser des Matthäus-Evangeliums schrieb für Leser:innen, für die das alles sonnenklar war und die selbst vielleicht sogar als Jüdinnen und Juden lebten.

Und wer war der Verfasser? Genau wissen wir das nicht. Vermutlich war es ein christlicher Gelehrter, dessen Namen wir nicht kennen. Manche vermuten, dass er der Zöllner und Apostel Matthäus war, aber sicher ist das nicht.

Aber wir wissen: Das Matthäusevangelium steht nicht am Anfang des Neuen Testaments, weil es zuerst aufgeschrieben wurde. Es steht dort, weil es eine klare Verbindung zwischen den Heiligen Schriften Israels (AT) und den christlichen Schriften (NT) bildet. Der Verfasser betont zum Beispiel immer wieder, dass Jesus schon im AT angekündigt wurde (z.B. Mt 1-2). Er beginnt das Evangelium mit dem Stammbaum von Jesus, ausgehend von David und Abraham. Das sind zwei Menschen, die für jüdische Gläubige superwichtig sind! Er erzählt, wie Jesus sich mit den jüdischen Lehrern auseinandersetzt (z.B. Mt 12,1-8). Er verwendet besondere Ehrennamen für Jesus, die zum Teil aus biblisch-jüdischen Traditionen stammen (z.B. Menschensohn, Sohn Davids, Christus).

Mir sind im Matthäusevangelium zwei Verse besonders wichtig, die wie eine Klammer ganz am Anfang und ganz am Ende stehen. In Mt 1,23 (LUT) wird über Jesus gesagt: „Siehe, eine Jungfrau wird schwanger sein und einen Sohn gebären, und sie werden ihm den Namen Immanuel geben, das heißt übersetzt: Gott mit uns". Und ganz am Ende sagt Jesus selbst: „Siehe, ich bin bei euch alle Tage bis an der Welt Ende" (Mt, 28,20 LUT).

Mir zeigt das: Jesus ist nicht nur ein Mensch. Er ist Gott. Er ist Gott mit uns. Er ist mit uns, mit dir und mir, an jedem Tag in diesem neuen Jahr.

[SF]

Mehr Infos rund um das Matthäusevangelium findest du in den beiden Clips vom BibleProject: https://dasbibelprojekt.visiomedia.org/videos/matthaeus-teil-1/

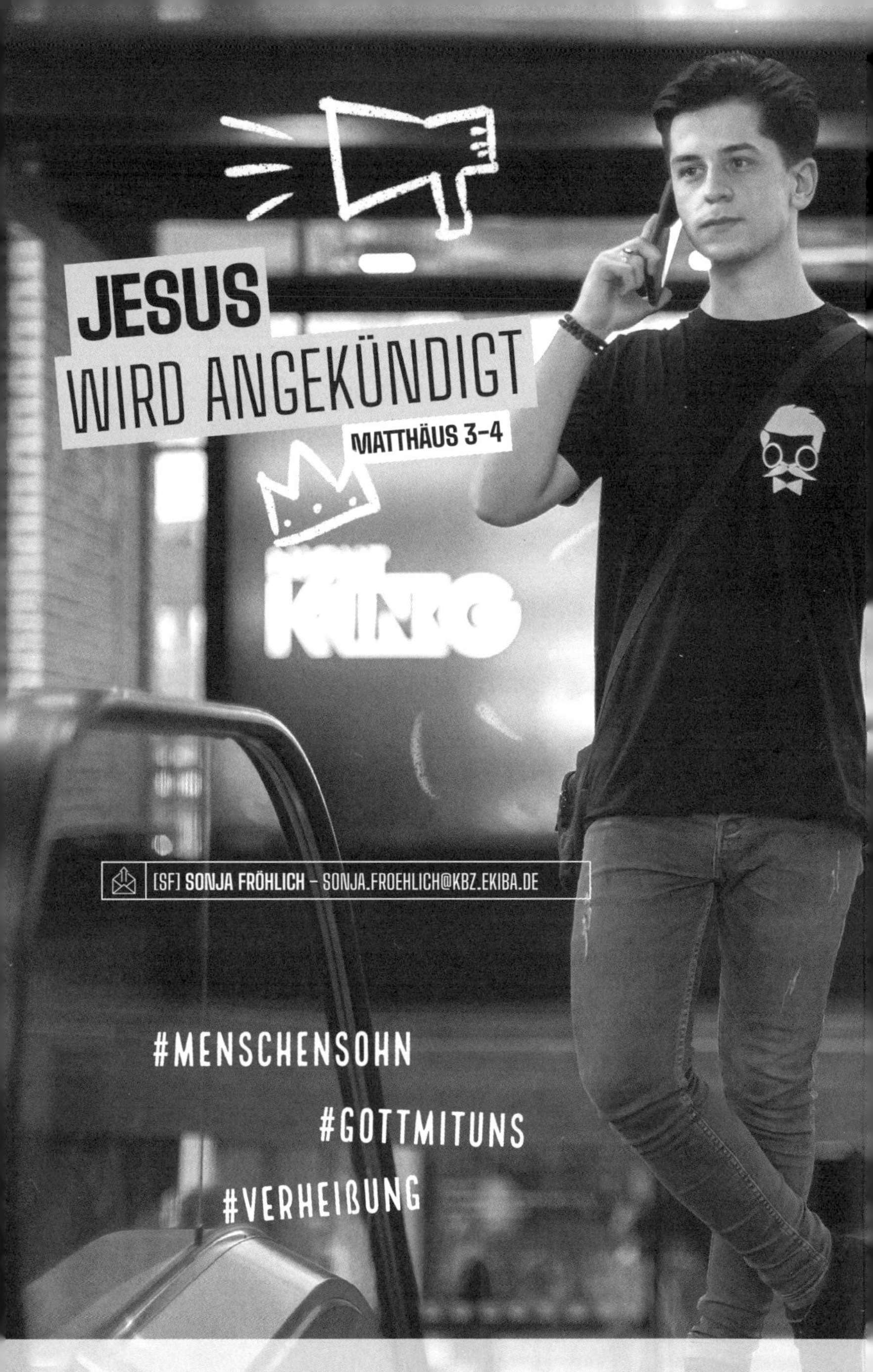

JESUS WIRD ANGEKÜNDIGT

MATTHÄUS 3–4

[SF] SONJA FRÖHLICH – SONJA.FROEHLICH@KBZ.EKIBA.DE

#MENSCHENSOHN

#GOTTMITUNS

#VERHEIßUNG

02 MO Alles auf Anfang

MATTHÄUS 3,1-12 Mitten in der Einöde hält Johannes seine Predigten. Er läuft in komischen Klamotten herum und isst, was ihm vor die Füße fällt. Echt ein seltsamer Typ, der Menschenmassen anzieht. Der Kern seiner Predigt steckt in V.2: „Tut Buße“ (LUT)“. Das bedeutet: „Kehrt um zu Gott!“ (Hfa) und „Ändert euer Leben“ (GNB). Das neue Jahr ist gerade erst zwei Tage alt. Ein guter Zeitpunkt, um zu überlegen: Was möchte ich im neuen Jahr anders haben? Wo will ich mein Verhalten und meine Einstellungen ändern, um zu Gott umzukehren? [SF]

JETZT DU Glaube hat nichts mit Leistung zu tun. Aber es gibt Gewohnheiten, die Jesus den Weg zu deinem Herzen freimachen: Beten vor dem Einschlafen. Bibellesen. Lobpreislieder singen. Stillsitzen und einen Bibelvers meditieren. Was passt zu dir?

03 DI Gottes Liebeserklärung

MATTHÄUS 3,13-17 Als Jesus getauft wird, ist eine Stimme zu hören: „Dies ist mein geliebter Sohn, über den ich mich von Herzen freue“ (V.17 Hfa). In diesen Worten steckt so viel Vertrauen, Freundlichkeit und tiefe Verbundenheit. Es ist klar: Jesus ist es, der Gottes Willen tut. Die Taufe von Jesus ist ein Vorbild für Christen. Ein Zeichen, mit dem klargemacht wird: Du gehörst jetzt zu Jesus Christus. Wir sind nicht wie Jesus. Nicht so gut, nicht so fest verbunden mit Gott. Und trotzdem sagt Gott bei der Taufe: „Das ist meine Tochter. Das ist mein Sohn. Ich liebe sie. Ich freue mich über sie.“ Das macht uns stark, dem Leben mit allen Höhen und Tiefen zu begegnen. [SF]

WEITERDENKEN Wenn du getauft bist: Was bedeutet dir dein Taufvers?
Wenn du nicht getauft bist: Möchtest du dich taufen lassen?

Psalm 86, 11

04 MI Spektakuläre Showeffekte?

Nein, danke!

MATTHÄUS 4,1-4 Ich weiß ziemlich genau, was mir nicht guttut. Aber wenn ich unausgeschlafen bin, Stress oder Kohldampf habe oder mich angekratzt fühle, dann fällt es mir schwer, die Finger davon zu lassen. Dann gibt es diese Stimme in meinem Kopf, die sagt: „Mach das und du fühlst dich besser, wichtiger, stärker."

Ob es Jesus auch so ging, hungrig und einsam in der Wüste? Aber er weigert sich, eine Wunder-Show abzuziehen. Er zitiert aus dem Alten Testament und erinnert damit daran, dass das Volk Israel auch schon in der Wüste unterwegs war. Aber nicht 40 Tage, sondern 40 Jahre. Er sagt damit: „Nicht Essen hält mich am Leben, sondern Gott." [SF]

Welche Bibelverse helfen dir, Versuchungen auszuhalten? Notiere sie dir an einer Stelle, wo sie dir oft begegnen (Handy, PC, Spiegel).

JETZT DU

05 DO Du willst Bibelverse?

Du kriegst Bibelverse!

MATTHÄUS 4,5-7 Der Versucher hat offensichtlich dazugelernt. Jesus will Bibelverse? Die kann er haben und zwar an einem Ort der Gottesverehrung: oben auf dem Tempel. „Dir wird doch nichts zustoßen beim Sprung in die Tiefe. Steht ja schließlich so in der Bibel, oder?", sagt der Versucher mit seinem Bibelzitat. Aber Jesus lehnt es ab, Gott auf die Probe zu stellen. Er versucht nicht, Gott oder die Wahrheit der Bibel zu beweisen. Er weiß: Gott lässt sich nicht nötigen oder vorführen. Gott erspart uns nicht alle Schwierigkeiten. Er fängt uns nicht bei sämtlichen Stürzen auf oder hält uns alle Schmerzen, Niederlagen und Misserfolge vom Leib. Das zeigt das Leben von Jesus ganz klar. [SF]

WEITERDENKEN

„Gott hilft uns nicht immer am Leiden vorbei, aber er hilft uns hindurch."(J. A. Bengel).

06 | FR | Kleine Geste, große Wirkung?

MATTHÄUS 4,8-11 Was hat Jesus von diesem Berg aus gesehen? Eine schicke Villa, eine noble Yacht, beeindruckende Firmengebäude, Schaltzentralen der Macht? „Nur eine winzig kleine Verbeugung und schon gehört das alles dir", flüstert ihm der Versucher zu. „Das ist doch wirklich ein Schnäppchen." Aber Jesus weiß genau: Gott allein gehört die Anbetung.

Macht ist neben Sex und Geld eine der größten Versuchungen für uns Menschen. Aber Jesus erliegt ihr nicht. Gottes Wort ist seine Waffe. Am Ende der Versuchungen ist Jesus immer noch hungrig, ohne Gottesbeweis und ohne Weltherrschaft. Aber er ist auch kein Knecht des Verführers, sondern ein Kind Gottes. [SF]

GEBET Jesus, wenn ich in Versuchung gerate, dann mach' mein Vertrauen auf dich ganz groß. Mach mich stark, weil ich zu dir gehöre. Amen

You Tube

Heute gibt's ein neues Video!
YouTube.de/startindensamstag

07 SA Jesus macht sich unbeliebt

MATTHÄUS 4,12-17 Wie war Jesus als Pubertierender, als junger Erwachsener? Hatte er Stress mit den Eltern? Wurde er Zimmermann, weil ihm nichts Besseres eingefallen ist als der Beruf des Vaters? Darüber wissen wir fast nichts. Aber mit dem Text heute werfen wir einen kleinen Blick in das Leben von Jesus, bevor er in der Öffentlichkeit bekannt wurde. Johannes der Täufer wird gefangengenommen. Vielleicht war er für die Machthaber zu einflussreich geworden. Als Jesus das hört, nimmt er den Faden auf. Er predigt mutig und ruft die Menschen wie Johannes dazu auf, umzukehren. Das klingt so easy, ist aber fetter Widerstand gegen die Machthaber. Damit beginnt Jesus schon, sich Feinde zu machen. [SF]

WEITERDENKEN Wo stehst du mutig für eine gute Sache ein, auch wenn das nicht allen gefällt?

08 | SO | Nicht lang schnacken, Sachen packen

MATTHÄUS 4,18-22 Viel gequatscht wird hier ja nicht gerade. „Kommt, folgt mir!“ sagt Jesus. „Ok“, antworten alle Brüder. Zumindest ist in diesem Text nichts anderes überliefert. Jesus muss eine charismatische, beeindruckende Persönlichkeit mit megastarker Ausstrahlung gewesen sein. Jedenfalls stellt keiner der jungen Männer die Fragen, die ich gestellt hätte: „Wohin gehst du denn? Was hast du vor? Was soll ich einpacken? Wie lange wird es dauern? Kann ich später nachkommen?“ Ich bin ein bisschen neidisch auf diese Bereitschaft der Brüder, sofort mit Jesus zu gehen. Was sagst du, wenn Jesus dich heute auffordert: „Komm, folge mir“? [SF]

WEITERDENKEN Was genau es bedeutet, Menschenfischer:in zu sein, erklärt Jesus am Ende des Matthäusevangeliums im Taufbefehl (Mt 28,18-20)

RETTEN & AUFRÜTTELN

DAS BUCH DER RICHTER

SIMON HAINBACH [SH] – SIMON-SOUNDSO@GMX.DE

#ABKEHR

#UMKEHR

#GEBET

Basics ZUM BUCH DER RICHTER

Es ist eines der tragischsten Bücher der Bibel. Die Israeliten hatten endlich das Land eingenommen, was Gott ihnen versprochen hatte. 40 (!) krasse Jahre des Umherwanderns in der Wüste lagen hinter ihnen. Und nach zahlreichen blutigen Kriegen waren sie endlich dort, wo sie hingehörten: Zuhause! Friede, Freude, Eierkuchen im Home, sweet home, könnte man meinen. Doch es kam anders. Die Nachfolge-Generationen vergaßen, wer sie eigentlich in dieses Land gebracht hatte. Sie ghosteten Jahweh und beteten stattdessen lieber zu Göttern, die man in Kanaan schon vor ihrer Ankunft verehrte. Dass das Konsequenzen haben würde, hatte Gott ihren Vorfahren angekündigt (3. Mose 26,14ff). Die Warnungen der damaligen Zeit hatten die Israeliten aber entweder vergessen oder sie nahmen das Ganze auf die leichte Schulter. Wie auch immer: Das Buch der Richter beschreibt, wie die Israeliten so ziemlich das Gegenteil von all dem tun, was Teil der Vereinbarung war, die sie feierlich mit Jahweh geschlossen hatten. Es ging brutal und ruchlos zu. Und Gott, der schon genau wusste, warum er die Warnungen und Konsequenzen in seinen Bund mit den Israeliten aufgenommen hatte, ließ sie schwer unter den kriegerischen Angriffen feindlicher Völker leiden. Als der Druck dann zu groß wurde, wandten sich die Israeliten wieder verzweifelt Jahweh zu. Der feierte diese Umkehr und stattete dann einzelne Personen im Volk mit besonderer Kraft und Gaben aus. Diese sog. „Richter" waren nicht nur Rechtsprecher, sondern vielmehr politische Leitende und Held:innen. Sie schlugen die Feinde in die Flucht und sorgten für Frieden im Land. Mit ihnen wurde es aber kein bisschen besser. Sobald nämlich wieder Frieden im Land eingekehrt war, kehrten auch die Israeliten schnell zu alten Mustern zurück. Und das Spiel ging von vorne los:

Zwölfmal wiederholte sich dieser Kreislauf! Und Gottes treues Eingreifen änderte nichts. Ganz im Gegenteil: Mit jedem neuen Durchlauf wurden die Geschichten grausamer und die Israeliten verhielten sich schlimmer als vorher. Es war, als ob sich das gesamte Land in einer moralischen Abwärtsspirale befand, sodass man am Ende des Buches fragt: Wo soll das hinführen? Und wer verändert die Einstellung dieses Volkes? Die Antwort entfaltet sich langsam ab dem Buch Rut, das einen Meilenstein im Stammbaum Jesu legt. [SH]

09 MO Stille Post

RICHTER 2,6-15 Alle sitzen im Kreis, eine Person überlegt sich ein Wort und flüstert es ihrem linken Nachbarn ins Ohr. Der flüstert das, was er verstanden hat, wiederum seinem linken Nachbarn ins Ohr. So geht das weiter bis zur letzten Person, die das Lösungswort aussprechen soll. Und so wird aus „Gaumenschmaus" schonmal „Gurkenmaske" oder „Grzbjqkbsökn". Ähnlich muss das bei den Israeliten gelaufen sein: Das, was sie von Gott wissen und wie sie sich verhalten, ist komplett anders, als es ihre Vorfahren überliefert haben. [SH]

WEITERDENKEN Was macht Stille Post so herausfordernd?
Was hätten die Israeliten anders machen können?

10 DI Troy

RICHTER 2,16-23 Versetz dich mal in Gottes Lage: Du hast von Anfang an Regeln für gutes Zusammenleben gesteckt ☺. Die werden aber immer wieder übertreten ☹. Du versuchst, die Menschen zur Veränderung zu bewegen 🙂. Weil sie einfach zu stur sind, geht das nur gewaltsam 😠. Auf den Druck hin entzündet sich eine Hoffnungs-Flamme der Veränderung 🤩! Die ist aber ganz schnell niedergebrannt und alles ist wie vorher 😬.

Gott könnte sich auch einfach ein anderes Volk suchen oder die Welt platt machen. Aber Er ist treu. Und indem Er die Menschen prüft, sagt Er auch: Ich gebe euch nicht einfach auf. Ihr könnt das. Ich glaube an euch. [SH]

YOUTUBE-TIPP Troy von Fanta Vier
youtu.be/TkvuDOB9XD4

11 MI Das perfekte Match

RICHTER 4,1-16 Debora war die einzige weibliche Richterin, von der berichtet wird. Sie war sensibel für Gottes Stimme, nahm ihre Verantwortung wahr und hatte keine Scheu, in einer von Männern dominierten Welt als Leiterin aufzutreten. Barak hingegen war demütig genug, um sich als gestandener Krieger von einer Frau Befehle geben zu lassen. Außerdem wird sein Glaube in Hebräer 11,32 lobend erwähnt. In diesem Zusammenspiel waren die beiden ein unschlagbares Team. Und sie sind ein geniales Beispiel dafür, was Menschen erreichen, wenn sie ihre Gaben mutig einsetzen und sich Ergänzungen suchen, wo sie selber begrenzt oder unsicher sind. [SH]

WEITERDENKEN Was sind deine Gaben und wo setzt du sie ein? Wer könnte dich in deinen Aufgaben ergänzen?

12 DO Andere Zeiten

RICHTER 6,1-10 In den Basics ging es schon um den Kreislauf, den die Israeliten immer wieder durchmachten: Abkehr von Gott – Krieg – verzweifelte Gebete – Richter – Frieden ... In Kapitel 6 geht es nun in die fünfte Runde. Ich denke manchmal: Meine Güte, hätten die Israeliten nicht schnallen müssen, was abgeht? Aber dann wird mir wieder bewusst, dass sie zu einer Zeit lebten, lange bevor Jesus und der Heilige Geist auf die Erde kamen. Und ich frage mich, ob ich so viel anders gehandelt hätte, wenn nicht Gottes Geist mich leiten und von innen heraus verändern würde. [SH]

GEBET Danke Gott, dass ich genau jetzt leben darf. Ich will deinen Willen tun und mich von dir in die beste Version von mir selbst formen lassen. Bitte mach dich mit deinem Geist breit in mir. Amen.

13 FR Raus aus dem Emo-Loch

RICHTER 6,11-24 Gideons Vertrauen in Gottes gutes Wirken ist am Boden. Und vielleicht geht es dir auch so: Klausur verhauen, deine Eltern streiten ständig, du erlebst Mobbing oder, oder, oder... Wo sind denn die Wunder? „Der Engel des Herrn", der Gideon begegnet, ist Gott selbst in einer Form, wie ihn die Menschen damals wahrnehmen konnten. Und wir heute dürfen Gott nochmal eine Schippe persönlicher in Jesus kennen, der sagt: Ich bin bei dir. Und mit meiner Hilfe triumphierst du letztlich als Sieger. (Matthäus 28,20 & Römer 8,37) [SH]

YOUTUBE-TIPP Du brauchst gerade eine Erinnerung daran, dass Gott auch heute gut und mächtig wirkt? Check die Geschichten von ERF Mensch Gott: https://www.youtube.com/c/ERFMenschGott

14 SA Die Wahrheit wird euch freimachen

RICHTER 6,25-32 Das Problem mit Baal und Aschera war, dass die Menschen Dinge von ihnen erbaten, die sie nur vom Schöpfer der Welt erwarten konnten. Sie glaubten einer Lüge. Wir heute können eher darauf reinfallen, dass uns zehn Likes mehr glücklicher machen, dass das nächste Binge-Watching uns tiefenentspannt oder dass das Leben nur dann perfekt ist, wenn wir mit Person xyz zusammen sind. [SH]

JETZT DU Gibt es etwas in deinem Leben, von dem du Dinge erhoffst, die du eigentlich von Gott erwarten solltest? Schreib' es hier auf:

Was willst du mit dieser Sache tun, damit du dich zuerst auf Jesus verlässt?

15 SO Sicher ist sicher

RICHTER 6,33-40 Gideon war einer der wenigen Menschen der damaligen Zeit, die mit dem Heiligen Geist erfüllt wurden. Trotzdem will er auf Nummer sicher gehen. Ich finde es manchmal auch herausfordernd, Gottes Stimme oder seinen Willen klar zu erkennen. Wenn ich mir ganz unsicher bin, mache ich's wie Gideon und verabrede mit Gott ein Zeichen. Das kann ein Münzwurf sein oder aber auch, dass eine dritte Person einen Gedanken bestätigt, ohne dass ich mit ihr darüber geredet habe. Wichtig ist dann: Das Ergebnis akzeptieren und im festen Vertrauen auf Gott danach handeln. [SH]

BUCH-TIPP Eine etwas kritischere Perspektive auf Gideons Vlies-Aktion hat Kevin DeYoung. Sein Buch „Leg einfach los!" ist super Stoff für alle, die sich schwertun, Entscheidungen zu treffen.

16 MO Ehre, wem Ehre gebührt: dem Einen

RICHTER 7,1-8A „Meine Gnade genügt dir, denn meine Kraft kommt in Schwachheit zur Vollendung." Das, was Paulus 2850 Jahre später als Botschaft von Jesus hört und den Korinthern als Ermutigung weitergibt (2. Kor 12,9), erlebt Gideon hier auch schon. Und das Ziel ist beides Mal dasselbe: Menschen sollen erkennen, dass es Gott ist, der real wirkt. Auch deine vermeintlich nervigen Schwachstellen können genau das sein, was Gott nutzt, um anderen zu zeigen, wie mächtig Er ist. [SH]

GEBET Jesus, ich danke dir für die Begrenzungen und Schwachstellen, die du mir nicht nimmst. Ich vertraue darauf und freue mich, dass du sie gebrauchst, um dich anderen Menschen zu offenbaren. Amen.

17	DI	Ehre, wem Ehre gebührt ...

... den Angsthasen

RICHTER 7,8B–14 In Hebräer 11,32 wird Gideon als Glaubensheld bezeichnet. Witzig, wenn man sieht, wie sehr Gott seine Finger im Spiel hatte, damit Gideon auch wirklich das tat, was er tun sollte.

Mir macht das Mut: Wenn Gott viel von mir verlangt, gibt er mir auch alles, was ich dazu brauche. Und am Ende sorgt er sogar dafür, dass die Ehre nicht nur ihm gebührt, sondern dass auch gut von denen geredet wird, die ihm gehorsam waren. [SH]

18 MI Gott weiß, was er tut

RICHTER 7,15-22 Erinnerst du dich, wie unsicher Gideon in Richter 6,15-18 auf Gottes Berufung reagiert? Und hier überlegt er sich eine Taktik, wie er mit 300 Männern ein Heer in die Flucht schlägt, das so zahlreich wie der Sand am Meer ist! Gideon war ein schlauer Kopf und Gott wusste das. Wenn du merkst, dass Gott dich dazu beruft, Klassensprecher zu werden, den Teenkreis mitzuleiten oder auch etwas ganz anderes zu tun: Nur Mut, Gott weiß schon, was er in dich hineingelegt hat. [SH]

19 DO Das Gegenteil von gut ist gut gemeint

RICHTER 8,22-28 Gideon war ein bedeutender Leiter. Und er hatte eine Nähe zu Gott wie kein anderer im Volk. Aber er zog daraus falsche Schlüsse. Das Efod war eigentlich das Gewand des israelitischen Priesters, in das unter anderem Goldfäden eingewoben wurden. Indem Gideon hier ein eigenes anfertigen lässt, macht er sich selbst zum geistlichen Vermittler zwischen Gott und Volk – eine Rolle, die Gott ihm nie gegeben hatte! [SH]

JETZT DU Hier endet unsere Reihe zum Buch der Richter. Schreib mir gern, wenn du noch offene Fragen oder Kommentare hast! simon-soundso@gmx.de

FAMILIENGESCHICHTE

DAS BUCH RUT

#FREUNDSCHAFT

#SOLIDARITÄT

#GOTTSEGNET

KATRIN MICHNIKOWSKI [KM] – KATRIN.MICHNIKOWSKI@EVLKA.DE

DANIEL GÖTZFRIED [DGO] – DANIEL@GOETZFRIED-AMBERG.DE

Basics DAS BUCH RUT

Rut – Ein Buch über eine starke Frau

Im Buch Rut geht es um eine tragische Familiengeschichte. In den Hauptrollen die Moabiterin Rut und ihre aus Bethlehem stammende Schwiegermutter Noomi. In den nächsten Tagen liest du ihre Lebensgeschichte. Da geht es um Trauer, Zusammenhalt, Loyalität, Traditionen und Neuanfänge – und alles aus der Perspektive von Frauen!

Die Geschichte von Rut ist voller Hoffnung und Zuversicht. Einfache, arme Menschen meistern ihr Schicksal im Vertrauen auf Gott, der ihr Handeln bestimmt. Freundschaft und Solidarität spielen dabei die Hauptrolle.

Das Buch Rut ist in 4 Kapitel aufgeteilt. In der hebräischen Tradition gehört es zu den fünf Festrollen (Megillot) und wird zum jüdischen Wochenfest (Schawuot – das ist das hebräische Wort für Woche) gelesen. Das Wochenfest ist ursprünglich übrigens ein Erntefest. Die Ernte spielt auch im Buch Rut eine Rolle. Einer der Hauptschauplätze ist ein Weizenfeld.

Interessant ist im Buch Rut auch, dass sowohl zwischenmenschliche Beziehungen als auch Gotteserfahrungen in besonderer Weise dargestellt werden. Die Geschichte wird so erzählt, dass Gottes Handeln an keiner Stelle explizit erwähnt wird. Das gibt es noch öfter in der Bibel, zum Beispiel in der Geschichte von Josef und seinen Brüdern. Gottes Handeln zeigt sich nicht in großartigen Ereignissen, sondern in für die damalige Zeit alltäglichen Situationen und mit Menschen wie dir und mir.

Du kannst aber im Verlauf der Geschichte sehr wohl erkennen, wie Gott im Hintergrund führt und segnet. Vielleicht magst du in den nächsten Tagen auch mal darauf achten, wo Gott dich im Hintergrund begleitet?! [KM]

20 FR Eine Flucht, zwei Schicksalsschläge

RUT 1,1-13 Eine Familie aus Bethlehem – Vater, Mutter und zwei Söhne – flieht in das benachbarte Moab. Denn es herrscht eine Hungersnot. Die Frau heißt Noomi. Leider stirbt Noomis Mann bereits kurz nach der Ankunft im Asylland. Aber die Integration gelingt offenkundig trotzdem: Die beiden Söhne heiraten die Moabiterinnen Orpa und Rut. Das ist ziemlich ungewöhnlich für die damalige Zeit. An anderer Stelle im Alten Testament steht: Israelitische Männer dürfen keine „heidnischen" Frauen heiraten. Hintergrund ist die Angst, durch solche Ehen könnte die Verehrung anderer Götter Einzug halten. Einige Zeit scheint in Moab die Welt der drei Frauen in Ordnung. Aber dann sterben auch die Söhne. Noomi ist nun scheinbar ganz allein, ohne Mann und ohne Kinder. Deswegen trifft sie eine große Entscheidung. Sie bricht noch einmal auf in ihrem Leben. Du darfst gespannt sein, wie es weitergeht! [KM]

21 SA Wo du hingehst, da will ich auch ...

... hingehen; wo du bleibst, da bleibe ich auch.

RUT 1,14-22 Vielleicht bist du genauso erstaunt wie ich es vor Jahren war, als ich festgestellt habe, dass diese Worte an dieser Stelle der Bibel stehen. Dass sie gar nicht im Zusammenhang mit einem Ehegelübde stehen, sondern mit einer Migrationsgeschichte. Dass sie zwischen einer Witwe und ihrer Schwiegermutter ausgesprochen wurden. Rut zieht mit Noomi in deren Heimatstadt Bethlehem und lässt ihr seitheriges Leben wirklich komplett zurück. Das ist krass mutig und loyal. Und es hat auch Noomi überzeugt, die eigentlich allein zurück nach Bethlehem gehen wollte. Gemeinsam laufen sie los in eine unbekannte Zukunft. [KM]

WEITERDENKEN In Bremerhaven gibt es ein ganzes Museum, das sich mit dem Thema „Migration" beschäftigt: das Auswandererhaus. Ganz viele persönliche Lebensgeschichten kannst du hier erleben. Wenn du Zeit und Lust hast, surf doch mal über die Homepages: https://dah-bremerhaven.de und https://www.logbuch-bremerhaven.de/thema/auswandererhaus/

22 SO Ein Wendepunkt

RUT 2,1-7 „Stoppeln“ war nicht nur zu biblischen Zeiten eine verbreitete Erntemethode. Zur Erntezeit haben bedürftige Menschen die nach der Ernte auf dem Feld liegen gebliebenen Ähren gesucht und aufgesammelt. Neben Ähren sammelten die Menschen auch liegen gebliebene Früchte von Feldern, Weinbergen oder Bäumen nach der bereits erfolgten Ernte. Die Praxis war und ist oft gesetzlich geschützt. Ährenlesen ist ein wirklicher Knochenjob. Und doch auch ein erneuter Wendepunkt in der Lebensgeschichte von Rut: Sie trifft Boas. [KM]Übrigens: Heute wird das Ährenlesen im großen Stil von humanitären Organisationen durchgeführt, beispielsweise auf Feldern, die aus ökonomischen Gründen nicht abgeerntet werden. In einigen Gegenden Deutschlands gibt es auch heute noch den Brauch, bedürftigen Personen in Obstanlagen das Nachlesen zu gestatten.

23 MO Heute wie damals!

RUT 2,8-16 In dem Bibeltext von heute klingt durch die Worte von Boas an, dass Ruts Verhalten Gottes Geboten entspricht. Besonders die Solidarität von Rut wird von Boas in ihrem ersten Gespräch aufgegriffen. Freundschaft und Solidarität wiegen für Rut mehr als die Zweifel und der Wunsch nach Sicherheit. Sie kümmert sich aufopferungsvoll um Noomi und arbeitet hart für den gemeinsamen Lebensunterhalt. Darüber hinaus zeigt sich in Ruts Verhalten der Mut, einer neuen Herausforderung entgegenzugehen. Dafür erhält sie die Anerkennung von Boas. Er versorgt sie und stellt sie unter seinen Schutz. Sie kann sich auf ihn verlassen, so wie wir uns auf Gott verlassen können. Er hilft uns auch heute noch so, wie er damals Rut und Noomi geholfen hat. [KM]

24 DI Gott ist da

RUT 2,17-25 Bis zum Abend arbeitete Ruth auf dem Feld von Boas. Sie bringt nicht nur Getreide, sondern sogar eine fertige Mahlzeit nach Hause. Du kannst dir vielleicht die Freude von Noomi vorstellen. Als sie erfährt, dass Ruth auf dem Feld von Boas war, ist sie noch glücklicher. Sie erklärt Ruth, wer Boas ist, und sie ist Gott gegenüber dankbar. Sie erkennt hinter der Güte von Boas die Hand Gottes. Sie schöpft Hoffnung und merkt: Gott hat sich nicht von ihr abgewendet. Noomi gibt Rut nun den Rat, das Angebot von Boas, in den nächsten Monaten auf seinen Feldern zu bleiben, anzunehmen. Wenn sie bei den Arbeiterinnen von Boas bleibt, ist Rut sicher vor Belästigungen und Übergriffen. Rut nimmt den Rat an (und nicht nur diesen, wie du in den nächsten Tagen lesen kannst)! Sie bleibt auch nach der Getreideernte noch treu bei Noomi. Toll, oder?! [KM]

25 MI Jeden Tag neu!

RUT 3,1-13 Noomi vertraut Gott. Sie ist sich sicher, dass Boas zum Segen für Rut werden wird. Sie hätte Rut auch raten können, ihm dies oder jenes zu sagen, damit er tut, was Noomi für richtig hält. Doch Noomi vertraut darauf, dass Gott die Situation in seiner Hand hält und die Situation zum Guten führt. Deshalb genügt es, dass sich Rut zu den Füßen von Boas legt. Mehr soll Rut nicht tun. Noomi ist sich sicher, dass Boas weiß was daraufhin zu tun ist. Und tatsächlich: Boas schickt Rut nicht mitten in der Nacht weg. Er verspricht ihr, Verantwortung zu übernehmen, falls der andere Löser nicht bereit dafür ist. [KM]

JETZT DU Vielleicht bist du (sinnbildlich) ganz nah bei Gott oder bist eher weit von ihm entfernt. Das Tolle ist, egal, wo du dich gerade befindest – du kannst zu ihm beten! Jeden Tag darfst du ihn aufs Neue bitten: „Herr, zeig' du mir den Weg, den ich gehen soll. Amen."

26 DO Langsam schließt sich der Kreis

RUT 3,14–18 Rut schläft bis zum frühen Morgen, als es noch nicht hell ist, zu den Füßen von Boas. Sie hat ihre Position nicht verändert nach der Unterhaltung mit Boas. Boas rührt sie nicht an. Trotzdem ist es ihm wichtig, dass sie nicht so gesehen werden – Getratsche und üble Nachrede gab es wohl schon damals und darauf konnten beide gut verzichten. Anschließend geht Boas in die Stadt und Rut zu Noomi. Sie berichtet Noomi über alles, was sie erlebt hat. Noomi hat nun die Gewissheit, dass Boas noch vor Ablauf des Tages diese Angelegenheit geregelt haben wird. Übrigens: Boas schickt Rut nicht zu Noomi zurück, ohne ihr sechs Maß Gerste mitzugeben. Das ist ganz schön viel. Sechs ist die Zahl der Unvollkommenheit, der Mühe und der Arbeit. Unser ganzes Leben besteht aus Mühe und Arbeit. Und doch gibt uns Gott genug, um damit auszukommen. [KM]

27 FR Die Geschichte nimmt ihren Lauf

RUT 4,1–12 In Kapitel 3 hast du gelesen, dass Boas bereit ist, Verantwortung für Rut und Noomi zu übernehmen. Er weiß um seine Rolle als Löser, er weiß aber auch, dass es noch jemanden gibt, einen näheren Verwandten von Noomi. Boas schiebt die Angelegenheit daher nicht auf die lange Bank und spricht vor Zeugen mit dem Mann. Keine Ahnung, was der Mann gedacht hat, als Boas ihn angesprochen hat. Vielleicht war er neugierig. Vielleicht war er auch voller Sorge, weil er nicht weiß, um was es geht. Vielleicht hat er sich auch nur aus Respekt für Boas auf das Gespräch eingelassen. Letztendlich werden die beiden sich schnell einig: Boas soll für Noomi und Rut sorgen. Die Zeugen bekräftigen die Entscheidung und geben ihren Segen dazu. Und (die) Geschichte nimmt ihren Lauf …[KM]

WEITERDENKEN Im Stammbaum Jesu nach Mt 1,1ff. ist Rut übrigens eine von fünf Frauen, die erwähnt werden. Mehr dazu liest du morgen! Neben ihr stehen: Tamar (Vers 3a), Rahab (Vers 5a), Batseba (Vers 6b) und Maria (Vers 16). Wenn du Zeit und Lust hast, lies doch auch einmal ihre Lebensgeschichten.

28 SA Ein Happy End

RUT 4,14-17 Rut und Boas heiraten also und bekommen ein Kind namens Obed (hebräisch für „Diener"). Die Frauen im Ort bekommen das natürlich mit und freuen sich. Interessant finde ich, dass die Frauen zu Noomi und nicht zu Rut sprechen. Zur Erinnerung: Als Noomi nach Bethlehem zurückgekehrt ist, ist sie verbittert. Sie ist ohne Hab und Gut zurückgekehrt, obwohl sie reich nach Moab gegangen ist. Nun sagen die Frauen: „Gelobt sei der HERR, der dir heute den Löser nicht versagt hat!" Dass zeigt, dass nicht nur Rut, sondern auch Noomi durch das Handeln von Boas gesegnet ist. Der Grund dafür: Der Enkel Noomis wird für sie zum Segen sein. Er wird nicht nur ihr Herz erfreuen, sondern sie auch im Alter versorgen. Die Frauen nehmen auch wahr, dass Noomi durch Rut reich beschenkt worden ist. Sie haben die Beziehung der beiden Frauen beobachtet und dabei festgestellt, wie sehr Rut Noomi liebt und ihr treu war und ist. Sie ist wirklich eine großartige, starke Frau und ein Vorbild! [KM]

YOUTUBE-TIPP Wenn du noch einmal eine Zusammenfassung der Lebensgeschichte von Rut anschauen möchtest, geht das hier: https://dasbibelprojekt.visiomedia.org/videos/rut/

29 SO Sonntagsfeierei

PSALM 92,1-6 Viele Psalmüberschriften finde ich ziemlich komisch. Aber diese hier ist klasse: Ein Lied für den Tag des Sabbats (V.1). Ein Loblied für Gott am freien Tag der Woche. Wie sehen deine Sonntage aus? Hast du da Zeit, um Gott im Gebet oder mit Liedern zu loben? Oder liegen doch noch die Hausaufgaben oder andere To-dos für die nächste Woche oben auf? Der Psalm fordert dich und mich heraus, unser Tun und Machen am Sonntag sein zu lassen und uns auf Gott auszurichten. Seine Gnade, seine Treue soll unseren Fokus bestimmen (V.3). Vielleicht kannst du gleich heute damit beginnen und Psalm 92 morgens und abends beten. Die Hausaufgaben können warten. [DGO]

YOUTUBE-TIPP Gott loben mit diesem Lied: Outbreakband – Mit allem, was ich bin: youtu.be/LIG3oHI3eW8

30 MO Alt und grau und super cool!

PSALM 92,13-16 Hoffentlich hast (oder hattest) du coole Großeltern. Bei mir ist das so. Die Verse 15 und 16 treffen voll und ganz auf meinen Opa zu. Georg heißt er. Er ist für mich ein echtes Vorbild, weil er nach einem so langen Leben und so vielen Erlebnissen (auch Kriegserfahrungen) an Gott festhält und einen tiefen Glauben an Jesus hat. Immer wieder sagt er mir voller Leidenschaft, wie dankbar wir sein können für alles, was Gott uns schenkt. Das beeindruckt mich. Mein Opa ist der Hammer! So will ich es auch mal machen. Und jetzt schon damit anfangen. Wie schön, dass wir nicht alleine im Glauben unterwegs sind, sondern uns immer wieder auch an Vorbildern orientieren können. Mir hilft das! [DGO]

Wer ist für dich ein Vorbild im Glauben? Warum?

WEITERDENKEN

BERGPREDIGT & VATERUNSER

MATTHÄUSEVANGELIUM

	STUDIERENDE **DES CVJM-KOLLEGS** KASSEL
✉	**CHRIS PAHL [CP]** | CHRIS.PAHL@CHRISTIVAL
◎	**CHRISTI.PAHL**
✉	**RAFAEL DEUTSCHMANN [RD]** | RAFAEL.DEUTSCHMANN@GMX.DE
◎	**RAFFADEUTSCHMANN**

31 DI Jesus spuckt‘s aus und packt‘s an

MATTHÄUS 4,23-25 Das liest sich wie eine Zusammenfassung. Ich würde zu gerne wissen, was da im Einzelnen abgegangen ist. Aber es muss krass gewesen sein. Die Menschen kommen zu Jesus, weil sie merken, dass er ihnen wirklich helfen kann. Jesus predigt die frohe Botschaft von Gottes neuer Welt und lebt, was er sagt. In Matthäus 9,35 steht nochmal nahezu die gleiche Aussage wie in Vers 23. Und dazwischen: Die Bergpredigt (Mt 5-7) und Wunder- und Heilungsgeschichten (Mt 8-9). Dadurch werden Menschen innerlich und äußerlich geheilt. Jesus – der Retter in Wort und Tat. Merk‘s dir: Was Jesus sagt und tut, tut gut! [DGO]

JETZT DU Auch du kannst zu Jesus kommen, z.B. im Gebet. Schmeiß Jesus alles vor die Füße, was dich schmerzt. Und sei gespannt, was Jesus dazu sagt und tut.

01 MI Die Seligpreisungen:

Wer wirklich glücklich ist

MATTHÄUS 5,1-4 Wäre doch mega stark, mal eine Predigt von Jesus selbst zu hören! Kein Problem: In diesem Monat kannst du dich intensiv mit der sogenannten Bergpredigt (Matthäus 5-7) auseinandersetzen und sehen, was Jesus alles zu sagen hat. Er steigt steil ein und spricht darüber, wer wirklich glücklich oder „selig“ ist. Die Seligpreisungen (V.3-12) haben gemeinsam, dass sie davon erzählen, wie Gott unser Leben sieht. Es geht dabei nicht darum, was wir für Gott tun, sondern was Gott an uns tut. Ein Lichtblick (Himmelreich) für Verzweifelte (geistlich Arme), Trost für diejenigen, die traurig sind. Das ist Gottes Werk – und das ist wahres Glück! [DGO]

WEITERDENKEN Warum sagt Jesus nicht: „Selig sind die Reichen, die Coolen, die Mächtigen?“

02 DO Glücklich, weil hungrig

MATTHÄUS 5,5-6 Wenn ich Hunger hab', dann gibt's nur eins: ab zum Kühlschrank und was zu essen holen. Das passiert aktiv. So verstehe ich auch Vers 6: Wo kannst du dafür sorgen, dass dein Hunger nach Gerechtigkeit was zu essen bekommt, dich also wirklich um eine gerechtere Welt bemühen? Vielleicht in der Schule, zu Hause, gegenüber Freunden. Ich bin sicher, Gott wird deine Bemühungen segnen und dich satt machen. Mit Stress und Krach geht hier nix, sondern in Freundlichkeit liegt die wahre Stärke (V.5). [DGO]

JETZT DU Oft wissen wir ganz genau, wo in unserem Alltag wir uns für mehr Gerechtigkeit einsetzen können. Nimm dir eine konkrete Sache vor und setze sie heute um. Ich werde heute möglichst viele fremde Menschen freundlich grüßen. Und du?

03 FR Glücklich, weil göttlich

MATTHÄUS 5,7-8 Diese beiden Seligpreisungen sagen besonders viel über Gott aus. Barmherzig – so wird im Alten Testament Gottes Wesen beschrieben. Das bedeutet, dass Gott uns liebevoll anschaut und nur das Beste für uns will. Und Gott wird spürbar, ja sogar sichtbar für uns, wenn wir uns mit unserem Herzen voll auf ihn ausrichten. Wow, was für ein genialer Gott, der uns so begegnet. Er lädt uns ein, genauso barmherzig anderen Menschen zu begegnen. Und wir werden ihn sehen, face to face, wie unvorstellbar schön! [DGO]

GEBET Wunderbarer Gott, danke, dass du mich liebevoll ansiehst. Ich will dich spüren und sehen in meinem Leben. Darum gebe ich dir heute mein Herz und bitte dich: Fülle mein Herz mit deiner Liebe. Und hilf mir, dass ich andere genauso sehen kann, wie du mich siehst. Amen.

YouTube **Heute gibt's ein neues Video! YouTube.de/startindensamstag**

04 SA Glücklich, weil friedlich

MATTHÄUS 5,9 Jesus ist der Sohn Gottes. In Jesaja 9,5 wird er als „Friedefürst" angekündigt. Und tatsächlich sagt Jesus vor seinem Tod zu seinen Jüngern: „Zum Abschied schenke ich euch Frieden. Ich gebe euch meinen Frieden." (Joh 14,27). Jesus hatte also Bock auf Frieden. Zu Leuten, die sich für Frieden stark machen, sagt Gott: „Hey, ihr seid meine Kinder!" Klar, jeder und jede von uns hat nichts gegen Frieden. Aber klar ist doch auch: Von allein wird's nix. Darum: Halte dich zu Jesus, dem Friedefürst, und lass dich von seinem Frieden anstecken. [DGO]

JETZT DU Frieden ist ein großes Wort. Vielleicht denkst du: Was kann ich denn schon ausrichten? Aber die Seligpreisung kann dir Mut machen. Gib dem Frieden beim nächsten Streit doch mal die oberste Priorität.

05 SO Glücklich, weil gefestigt

MATTHÄUS 5,10-12 Hast du das schon mal erlebt, dass du für deinen Glauben ausgelacht oder sogar angefeindet wurdest? Sicher keine schöne Erfahrung! Wie kann Jesus das glücklich nennen?! Viele Christen in anderen Ländern müssen sogar um ihr Leben fürchten – und sollen dabei glücklich sein?! Jesus redet hier nichts schön, sondern will Mut zusprechen: Keine Sorge, Leute, wer sowas erlebt, der hat bei mir einen festen Platz. Darauf kannst du dich verlassen! Jesus ist stärker als diejenigen, die auslachen oder anfeinden. Er hält zu dir und lässt dich nicht im Stich. Das steht fest! [DGO]

JETZT DU Weitere Infos über verfolgte Christen findest du auf: https://www.opendoors.de Wenn du von solchen Erfahrungen erzählen oder darüber sprechen möchtest, schreib mir gerne: daniel@goetzfried-amberg.de

06 MO Salz und Licht sein

MATTHÄUS 5,13-16 Kennst du das Gefühl, vor Freude oder Begeisterung zu platzen, sodass du unbedingt deinen Freunden davon erzählen musst? Auch Jesus möchte, dass wir unser Leben mit ihm nicht für uns behalten, sondern es freudig mit unseren Mitmenschen teilen. Jesus spricht davon, dass wir Salz und Licht in der Welt sein sollen. Durch unser Handeln können wir die Liebe Gottes mit anderen Menschen teilen und ihnen so Gott näherbringen. Dies kann unterschiedlich aussehen: Braucht gerade jemand ein offenes Ohr, gibt es eine obdachlose Person, die sich über eine warme Mahlzeit freuen würde oder benötigt deine Nachbarin eine helfende Hand beim Tragen des Wocheneinkaufs? [Sonja Bayer]

JETZT DU Überlege, wie du in der nächsten Woche Salz und Licht sein kannst.

07 DI Hab ich mich geirrt?

MATTHÄUS 5,17-20 Was soll das alles für mich jetzt heißen? Ist Jesus für mich und meine Sünde gestorben, ist mit meinem Glauben an ihn alles neu geworden? Oder muss ich jetzt doch etwas leisten? Jein. Ich stelle mir vor, was passieren könnte, wenn alle nach dem Motto leben würden: „Jesus ist eh für meine Sünde schon gestorben, ist doch egal, wie ich lebe". Das könnte zu sehr egoistischem Handeln fühlen.Es geht nicht darum, dass du etwas Zusätzliches leisten musst. Aber für den Jesus, der am Kreuz für die Menschen gestorben ist, war Gerechtigkeit ein unglaublich wichtiges Thema. Also: Gerade, weil Jesus für uns gestorben ist, ist Gerechtigkeit für alle, die ihm folgen wollen, wichtig. [Arnold Etsoh]

WEITERDENKEN Wie kann Gerechtigkeit in deinem Alltag aussehen?

08 MI Wenn Worte töten

MATTHÄUS 5,21-24 Hast du schon mal jemanden ermordet? „Natürlich nicht!", denkst du dir jetzt wohl. Doch nach dieser Bibelstelle sind wir alle „Mörder." Ganz schön krass. Hast du schon mal jemanden „Idiot" oder „Dummkopf" genannt? Warst du schon mal auf deinen Bruder/ deine Schwester zornig? So wichtig ist es Gott, dass wir einen guten Umgang miteinander haben und uns nicht gegenseitig mit Worten verletzen. Wenn man im Unrecht ist, sollte man es zugeben und schnell wieder in Ordnung bringen. Gott nimmt uns an, wie wir sind. Dasselbe wünscht er sich von uns. Wir sollen uns in Nächstenliebe begegnen und einander verzeihen, wenn wir etwas falsch gemacht haben. [Hanna Stöhr und Johanna Büchner]

JETZT DU Hast du jemanden in deinem Umfeld, mit dem du Streit hast oder den du schlecht behandelt hast? Vielleicht ist es jetzt an der Zeit, das Gespräch zu suchen.

09 DO Laber ned

MATTHÄUS 5,33-37 Im Bibeltext spricht Jesus darüber, dass wir Versprechen, die wir Gott gegenüber ausgesprochen haben, halten sollen. ,,Ja, ich helfe dir, versprochen!'' Es ist wichtig, seine Versprechen zu halten. Das schafft Vertrauen und ermöglicht gesunde zwischenmenschliche Beziehungen. Lügen und Unwahrheiten gehören zum Alltag vieler Menschen dazu. Um für andere Menschen glaubwürdiger zu sein, meinen wir, solche Aussagen wie ,,versprochen'' zusätzlich sagen zu müssen. Damit wollen wir oftmals unsere Versprechen bekräftigen.Wenn wir konsequent das einhalten, was wir versprechen, dann haben unsere Worte eine vertraute und ehrliche Gewichtung bei unserem Gegenüber. [Rahel Bereswill, Jonas Lattka]

JETZT DU Nimm dir Zeit, eine Entscheidung zu treffen und stehe zu ihr.

10 FR Huch, missverstanden!

MATTHÄUS 5,38-42 Kennst du den Spruch "Auge um Auge, Zahn um Zahn"? Wusstest du, dass er aus der Bibel kommt? Er bedeutet, dass man andere so behandeln soll, wie man selbst behandelt worden ist. Man könnte schnell denken: Im Alten Testament suchten die Menschen Vergeltung (2. Mose 21,24), während sie im Neuen Testament einen friedlichen Ausgleich wollten (Mt 5,38). Großes Missverständnis. Der Sinn der zwei Aussprachen ist sehr ähnlich: Die jüdische Regelung bedeutet: keine Rache. Sie half Richtern, angemessene Strafen zu verhängen – weder zu streng noch zu milde. Also keine Vergeltung. Jesus lehrt dich nicht die Unterwerfung unter das Böse. Jesus rät zum gewaltlosen Widerstand. Er rät zu einer dritten Möglichkeit: sich nicht klein zu machen und dennoch Gewalt zu vermeiden. [Hajnal Kecseti]

WEITERDENKEN Wie könnte diese dritte Variante in deinem Leben aussehen?

11 SA „Das ist doch bescheuert!?“

MATTHÄUS 5,43-48 Und wieder lachen sie und das nur, weil ich nicht so bin, wie sie es gerne hätten. Da ist es wieder. Das Gefühl von Hass, Wut, Verzweiflung. Kommt dir das bekannt vor? Deine Feinde zu lieben – das ist doch bescheuert! Doch genau davon spricht Jesus. Er fordert uns auf, die Menschen zu lieben und sogar für die zu beten, die es uns schwer machen. Aber wie soll das gehen? Jesus spricht hier von einer Liebe, die mehr ist als ein Gefühl. Er spricht von einer Liebe, die über alles geht und sich ganz dem Anderen zuwendet, egal, was passiert. So liebt Gott dich. So liebt Gott jeden. Für deine Feinde zu beten, ist das Beste, was du tun kannst. Nicht weil du musst. Sondern weil die Liebe alles verändert. [Jaqueline Ernst, Ella Frank]

JETZT DU Bete für eine Person, die dich besonders herausfordert.

12 SO Handle leise – Gott weiß Bescheid

MATTHÄUS 6,1-4 Stell dir vor, du bist unterwegs und tust einem armen Obdachlosen etwas Gutes, hilfst ihm/ihr. Und das, ohne dass du es weitererzählst und dafür irgendeinen großen Dank bekommst. Ja, das klingt erstmal komisch, aber so hat es auch Jesus von seinen Schülern gefordert. Wer sich Lob von Menschen holt, braucht nicht denken, dass es ein göttliches Danke gibt. Warum solltest du das tun? Weil du dir gewiss sein kannst, dass Gott dich dafür belohnen wird. Denn das ist viel schöner als jeder Applaus, den du von Menschen bekommen kannst. Vielleicht kannst du mit einem Obdachlosen dein Essen teilen. Gott sieht dich und dein Handeln. [Katharina Herrmann]

GEBET Bete für die, die sich mit ihren Taten hervorheben und für die, die leise helfen.

13 MO Tür zu! Klappe halten!

MATTHÄUS 6,5-8 Ich bin ganz gut im Beten. Deswegen schreibe ich ja auch die Texte zum Vaterunser in den nächsten Tagen. Ich kann gut formulieren und bete auch vor großen Gruppen. Ich bin ein Profi und brauch eigentlich kein vorformuliertes Gebet wie das Vaterunser. Und genau solche Leute wie mich „challengt" Jesus. Gebet ist etwas Intimes und Persönliches zwischen Jesus und dir. Die richtigen Worte oder sogar noch Zuschauer sind nicht nötig. Bei Gott kannst du stammeln, nuscheln, schweigen, oder vorgefertigte Gebete beten. Gebet ist Herzenskontakt. [CP]

GEBET Jesus, ich will in den nächsten Tagen lernen, wie du Beten gemeint hast. Mach mich zu jemanden, der von Herzen betet. Amen.

14 DI Unser Vater –

Du darfst Papa zu mir sagen

MATTHÄUS 6,9 Ich kenne eine Person, die betet immer „Unser Vater" anstatt „Vater unser". Das hat mich erst voll gestört. Aber dann hat es mir diesen krassen Gebetsbeginn neu bewusst gemacht. Er lautet nicht „eure Majestät" oder „Ey, du irgendein Gott" oder „Mein Chef". Papa und Kind ist eine echt intensive Beziehung. Ich bin selbst seit bald einem Jahr Papa. Und ich liebe meinen Sohn so sehr. Ich bin stolz, dass er mich „Papa" nennt. Jesus macht klar: Er ist unser aller Papa. [CP]

JETZT DU Schreib dir die Worte „Unser Vater" heute irgendwo hin und denke immer wieder drüber nach. Gott ist so persönlich und doch für uns alle: einfach Papa!

15 MI Sein Wille – bin ich denn willenlos?

MATTHÄUS 6,10 Immer wieder denke ich an dieser Stelle des Vaterunsers: „Das ist echt gefährlich, was ich hier bete." Was, wenn Gott will, dass ich nach Afrika gehe oder ich meinen Sohn opfern soll? Was, wenn Gott etwas will, was ich gar nicht möchte? Drei Fakten: 1. Wie Gottes Wille ist, lernen wir am besten an Jesus in der Bibel. Sein erster Wille ist, dass wir mit ihm unterwegs sind. 2. Gott bricht unseren Willen nicht. Er lässt uns Freiheiten und nimmt unser Herz ernst. 3. Ja, Gottes Willen tun kann zu Schwierigkeiten führen. Aber nur auf Basis von 1. und 2. [CP]

GEBET Danke, Jesus, für das viele, was ich habe. Bitte hilf mir, dankbar zu sein und zeig mir heute, wie ich anderen helfen kann, dass sie täglich Brot zur Verfügung haben. Amen.

16 DO Tägliches Brot – ist da bei Gott ...

... auch noch Nutella drauf?

MATTHÄUS 6,11 Wie gern magst du Brot? Ich mag ja lieber Brötchen. Und am liebsten mit viel Belag oder Nutella. Zur Zeit Jesu gab es keine Aussagen wie: „Ich mag dieses Brot oder diesen Belag nicht". Wasser und Brot sind das Symbol zum Überleben. Denn darum ging es. Täglich Brot zu haben, das ist bis heute für viele Menschen auf der Welt ein großes Glück. In Deutschland bist du in einem Land geboren, in dem die meisten Menschen die Sorge nach „Brot" nicht haben. Diese Zeile des Vaterunsers sollte uns jedes Mal zutiefst dankbar machen für jedes Nutella-Brot, das wir haben. Es ist nicht normal. [CP]

GEBET Danke, Jesus, für das viele, was ich habe. Bitte hilf mir, dankbar zu sein und zeig mir heute, wie ich anderen helfen kann, dass sie täglich Brot zur Verfügung haben. Amen.

17 FR Unsere Schuldiger – ...

... vergeben ist gerecht

MATTHÄUS 6,12 Sie hatte mich verlassen. Es war ein anderer Mann im Spiel. Mein Herz war zerbrochen. Wut, Verzweiflung, Hass, ...viele Gefühle waren in mir präsent. Das war nicht fair. Und dann sagte ein Freund diesen Satz: „Gib sie an Gott ab, er wird sie richten. Nach seiner Gerechtigkeit und seiner Gnade. Genau wie dich auch". Bähm, der Satz saß. In mir wehrte sich einiges. Denn ich wollte keine Angst vor dem Gericht Gottes haben und ich hatte gleichzeitig Sorgen, dass Gott „zu nett und zu gnädig" mit ihr sein würde. „Ein bisschen leiden sollte sie ja schon". Doch dann habe ich unsicher gebetet: „Gott, ich will ihr vergeben. Du sollst sie richten, nicht ich. Bitte sei ihr gnädig, wenn sie um Vergebung bittet. Bitte heile mein Herz und hilf mir, sie loszulassen". Es war der Beginn einer tollen, aber noch länger dauernden Vergebungsgeschichte. [CP]

18 SA Die Kraft – wie groß ist sein Bizeps?

MATTHÄUS 6,13 Wie betest du diese Verse? Leierst du die letzten Worte runter und wirst immer leiser? Probiere es mal damit, die Worte „Kraft" und „Herrlichkeit" laut und selbstbewusst auszusprechen. Hey, wenn wir von Gottes Kraft reden, dann denk mal an den größten Wasserfall, den du je gesehen hast oder den Moment, wenn ein Flugzeug abhebt. Und bei „Herrlichkeit" denke an die schönste Prinzessin, die an ihrer Hochzeit strahlend durch den vollen Ballsaal schreitet. Diese Bilder sind noch zu klein gedacht. Gott ist mächtig und herrlich. Glaubst du das? Warum zweifelst du daran? [CP]

JETZT DU Bete das Vaterunser und erhebe bei „Kraft" und „Herrlichkeit" bewusst deine Stimme.

19 SO Nicht vergeben macht krank

MATTHÄUS 6,14-15 Vorgestern hab ich dir von meinem Kampf mit Vergebung erzählt. Dieser Vers heute fordert mich heraus, denn Gott macht hier seine Vergebung von meiner Tat abhängig. Wenn ich viele andere Stellen anschaue, steht da aber, dass Jesus für uns starb, weil wir Sünder sind und es nicht schaffen, „richtig“ zu handeln. Ich verstehe den Text als eine deutliche Warnung, wie bitter und schlimm es werden kann, wenn wir nicht bereit sind, zu vergeben. Unser Herz wird hart und das nennt die Bibel dann Sünde. Immer wieder wird vermutet, dass manche Krankheiten auf Konflikte oder Groll im Herzen zurückzuführen sind. Deswegen macht Jesus hier klar: Vergeben macht frei. [CP]

YOUTUBE-TIPP Myriam erzählt in diesem Clip aus ihrem Leben, wie Vergebung möglich wird: „Wie ich meiner Familie vergeben habe“: youtu.be/5-Mm_zgJyW4&t=12s

20 MO Zieh keine Fresse – wasch dich lieber

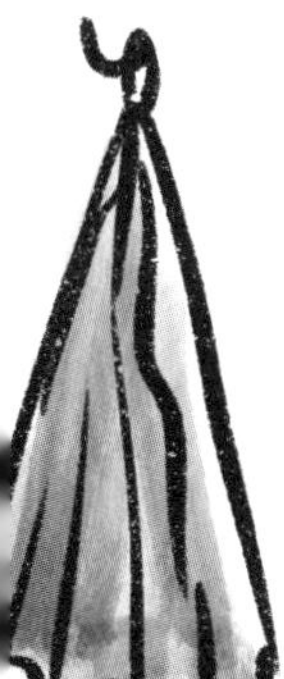

MATTHÄUS 6,16-18 Fasten bedeutet verzichten. Es ist gut, immer mal wieder Verzicht zu üben. Und ja, auch als Christ muss man an mancher Stelle verzichten, um etwas Besseres zu bekommen. Ich liebe diesen Text, weil er sich ganz klar gegen jegliche „Mitleidsnummer“ und jegliches „Show-Christentum“ wendet. Es geht nicht darum, fromm oder besonders christlich auszusehen, sondern Jesus sieht das „Verborgene“. Puh, das ist in unserem „Insta-Zeitalter“ gar nicht so einfach. Nicht alles Gute und scheinbar Fromme, was ich tue, will ich öffentlich raushauen. Und da sind wir wieder beim Thema meiner ersten Auslegung vom 13. Februar. Lies sie nochmal und dann nimm dir Zeit, bewusst und langsam das Vaterunser zu beten. [CP]

21 DI Einfach mal ausmisten!

MATTHÄUS 6,19-21.24 Bei meinem letzten Umzug bin ich etwas erschrocken, wie viele Dinge sich über die Zeit so angehäuft haben. Das geht schneller, als man denkt. Ich hab zwar vieles aussortiert, aber es gab eben auch vieles, was ich „noch brauche“ oder mir einfach wichtig war. Jesus sagt hier auch nichts gegen Besitz im Allgemeinen. Aber er warnt davor, unser Herz daran zu hängen. Wenn das, was wir haben oder haben wollen, unser Herz einnimmt, dann bleibt da nicht mehr genug Platz für Gott. Jesus macht klar, dass unsere Schätze hier keinen Bestand haben. Das, was wirklich zählt, ist unser Leben und unsere Perspektive mit Gott. [RD]

JETZT DU Wie wichtig ist dir Geld oder etwas von deinem Besitz? Manchmal hilft es, etwas tatsächlich wegzugeben, um das Herz mal wieder auszumisten.

ASCHERMITTWOCH

22 MI Ab ins Training!

MATTHÄUS 6,25-32 Heute knüpft Jesus direkt an gestern an. Weil also nichts außer Gott unser Herz einnehmen soll, sollen wir uns auch keine Sorgen machen. Ich glaube, Jesus geht es hier auch nicht darum, zu sagen: “Ich leg die Füße hoch und mein Essen wird schon kommen”. Jesus geht es um quälende, grübelnde Sorgen, mit denen wir uns den Kopf zermartern und die uns lähmen und vereinnahmen. Ich finde das herausfordernd, weil ich das Gefühl habe, mich mit den Sorgen ständig auseinandersetzen zu müssen. Aber wenn ich ehrlich bin, bringen mich die Sorgen nicht wirklich weiter. Wenn ich diese Zeit stattdessen mit Jesus verbringe, aber schon. [RD]

JETZT DU In 1. Petrus 5,7 geht es um das Sorgen-Werfen. Das müssen wir alle regelmäßig trainieren. Versuch es doch heute mal ganz praktisch. Schreibe deine Sorgen auf einen Stein und wirf ihn weit weg.

23 DO Was ist das Wichtigste?

MATTHÄUS 6,33-34 Die letzten zwei Tage ging es darum, was NICHT das Wichtigste ist. Und scheinbar gehören dazu Besitz, Essen, Trinken und Kleidung. Das wirkt erstmal etwas komisch auf mich, dass hier auch die Grundbedürfnisse genannt werden. Aber Jesus sagt: Wenn ihr euch zuallererst darum kümmert, dass eure Beziehung zu Gott in Ordnung ist, dass ihr euer Leben mit Gott gestaltet und Gottes Wille auch Platz in dieser Welt bekommt, dann klappt das mit dem Rest schon. Ich glaube, je mehr wir Gott an erste Stelle setzen, desto mehr erleben wir auch, wie er uns ganz praktisch versorgt. Ich durfte das auch schon erleben. Und trotzdem ist es immer wieder eine große Vertrauensübung für mich. [RD]

WEITERDENKEN Wo kannst du anfangen, ganz bewusst Gott an erste Stelle zu setzen? Willst du es wagen? Schreib mir gerne, wo du starten möchtest! rafael.deutschmann@gmx.de oder bei Insta: raffadeutschmann

24 FR „Herr Doktor, ...

... ich habe einen Balken im Auge!“

MATTHÄUS 7,1-5 Puh ... eine sehr klare Ansage zum Urteilen. Dabei passiert das doch so schnell! Aber Jesus scheint das wirklich wichtig zu sein: Wir haben nicht das Recht, über andere zu urteilen. Das Bild, das Jesus verwendet, trifft es (wie so oft) sehr deutlich. Wir urteilen über andere, wir stellen uns höher als sie, obwohl wir selbst einen ganzen Balken im Auge haben. Jesus geht es nicht darum, konstruktive Kritik und kritisches Feedback abzuschaffen. Diese Dinge geschehen auf Augenhöhe und sind daran interessiert, dass unser Gegenüber wachsen kann. Das funktioniert aber nur, wenn wir kapieren, dass wir genauso unsere Macken und Fehler haben. [RD]

JETZT DU Bitte Gott, dass er dir deinen Balken zeigt. Bitte ihn um Hilfe, diesen Balken zu entfernen. Das Tolle ist: Er verurteilt dich nicht!

25 SA Beten hilft

MATTHÄUS 7,7-11 Jesus ermutigt uns, durchzuhalten! Er ermutigt uns, dranzubleiben mit unseren Bitten. Wir sollen nicht aufgeben, denn unsere Gebete werden erhört. Das kann aber sehr herausfordernd sein, wenn wir erleben, dass Gott kein Wunschautomat ist: wenn Gott nicht so handelt, wie wir uns das wünschen oder ein Gebet nicht erfüllt wird. Deshalb macht Jesus klar: Gott ist der liebevollste Vater! Von ihm kommt nur Gutes und er wird uns das geben, was wir wirklich brauchen. Wenn wir diese Erkenntnis fest in unserem Herz verankern können, dann können wir erleben, wie Gott Gebete erhört und wir nicht verzweifeln, wenn auch einmal scheinbar nichts passiert. [RD]

GEBET Ich danke dir, Gott, dass du mich versorgst und meine Gebete hörst. Bitte schenke mir das Vertrauen, dass du das Richtige tun wirst. Amen.

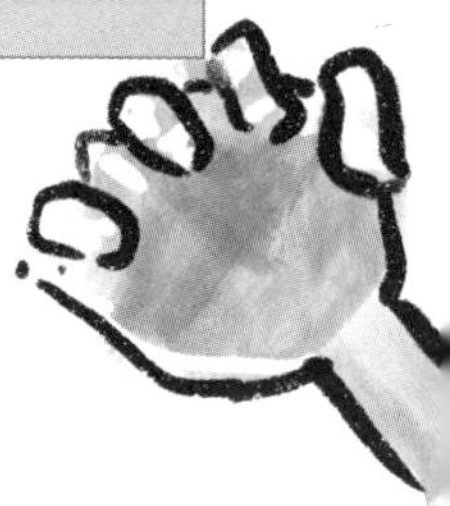

26 SO Einfach genial!

MATTHÄUS 7,12 Dieser Vers ist so einfach und so genial! Wie würde sich unsere Gesellschaft, diese Welt verändern, wenn sich alle diese paar Worte zu Herzen nehmen würden? Ich glaube, wir würden diese Welt nicht wiedererkennen! Das Miteinander wäre geprägt von Nächstenliebe, Rücksicht, Gerechtigkeit und Freundlichkeit. Es würde alles auf den Kopf stellen. Mich begeistert, wieviel Potenzial in einem einzigen Bibelvers stecken kann. Hier kann man sehen, wie aktuell und relevant die Bibel auch heute noch ist. Wenn schon so viel in einem Vers steckt? Was versteckt sich dann noch im ganzen Rest? [RD]

WEITERDENKEN Wo kannst du andere so behandeln, wie du selbst behandelt werden möchtest? Was kann das in deinem Umfeld verändern?

27 MO Anders

MATTHÄUS 7,13-14 Mit dem Strom zu schwimmen, ist einfacher. Und ich habe oft das Bedürfnis, den einfachen, den offensichtlichen Weg auszusuchen. Aber Jesus zeigt von Anfang an, dass er Vorstellungen und Erwartungen sprengt. Er tut Dinge anders. Er hält andere Werte hoch und hat andere Vorstellungen, wie Menschen miteinander umgehen. Und damit macht er sich auch Feinde. Jesus will seinen Jüngern auch keine falschen Hoffnungen machen. Ihm nachzufolgen, leben nach den Werten von Jesus, ist immer wieder herausfordernd. Weil man anders handelt als die Masse. Man erlebt auch immer wieder Unverständnis oder Ablehnung. Aber Jesus sagt: Es lohnt sich! [RD]

WEITERDENKEN Mit Jesus zu leben ist das Beste, was mir passiert ist. Und wenn das jetzt schon so ist – wie großartig wird erst ein ewiges Leben mit Jesus sein?

28 DI Stürmische Zeiten

MATTHÄUS 7,24-29 Gestern habe ich davon geschrieben, wie gut für mich ein Leben mit Jesus ist. Und unsere heutigen Verse verdeutlichen das sehr schön. Ich hab schon einige Stürme in meinem Leben gehabt. Situationen, die mich extrem herausgefordert und an meine Grenzen gebracht haben. Und mein „Haus" hat dabei immer wieder heftig gewackelt. Und trotzdem bin ich nicht daran kaputt gegangen. Jesus sagt, dass das Fundament hält, wenn wir das, was er gesagt hat, auch in die Tat umsetzen. Und ich muss zugeben – ich bemühe mich, bin da aber absolut nicht der Beste drin. Und trotzdem erlebe ich, dass Jesus mich dort, wo ich ihn einbeziehe, auch durchträgt. [RD]

GEBET Jesus, ich danke dir, dass du mich trägst und tragen willst! Komm du (neu) in mein Leben! Amen.

WER WIRD KÖNIG?!

1. SAMUEL 1–15

✉	MATTHIAS GELFERT [MG] | MATTHIAS@INTERHEILAND.DE
✉	ISABELLE-JOELLE KIERIG-ROSMANN [IJKR] | ISABELLE.KIERIG@WEB.DE
✉	WIMKE KEIL [WK] | W.KEIL@CVJM-OSTFRIESLAND.DE

#VEREINTESKÖNIGREICH
#GESCHICHTEISRAELS

Basics ZU DEN SAMUEL-BÜCHERN

Uff – alttestamentliche Bücher klingen nach langen, alten und womöglich langweiligen Geschichten.

Mitnichten, die zwei Bücher Samuel, die ursprünglich mal eins waren, sind Stories, wie es aktuelle Serien nicht besser inszenieren könnten. Es geht um Aufstieg und Niedergang.

Historisch behandeln die Bücher den Abschluss der Richterzeit und Anfänge des Königtums ca. 1.000 vor Christus. Sie läuten ein neues Zeitalter in Israel mit dem Ende der Richterzeit, also dem Ende 12 ganz individueller Stämme und dem Anfang des Königtums Israel ein. Die 12 Stämme bleiben – ähnlich den heutigen Bundesländern – erhalten, zusammen aber bilden sie ein geeintes Königreich Israel.

Die letzte glanzvolle Person dieser alten Zeit ist der Prophet Samuel.

Und ja, der Start in dieser neuen Epoche ist mit Überheblichkeiten, Führungsschwäche und Neid durch den ersten König (Saul), gepflastert. Mit dem zweiten König, David, wird es deutlich besser. Er führt Israel siegreich zu ungeahntem Glanz. Und es wird deutlich: Wenn Glaube und Vertrauen auf Gott und Macht haben, sich nicht ausschließen, sondern ergänzen, kann Großes bewegt werden.

Am Ende läuten König Davids moralische Verfehlungen und Liebesgeschichten aber auch wiederum das Ende seines Vermächtnisses ein. Tragisch und vollkommen unnötig. Aber menschlich und aktueller denn je.

Dennoch, Gott vermag auch aus der größten Niederlage einen Sieg zu machen und so wird aus Davids Geschlecht der hervorgehen, der sein Volk befreien und von aller Schuld retten wird. Jesus – sein Reich wird ein ewiges Reich sein. Und so schließt sich mit den Büchern Samuels der Kreis für uns Christen. [MG]

Eine wunderbare Zusammenfassung findest du auch hier:

Bibelprojekt 1. Buch Samuel:
https://dasbibelprojekt.visiomedia.org/videos/samuel-1/

Bibelprojekt 2. Buch Samuel:
https://dasbibelprojekt.visiomedia.org/videos/samuel-2/

01 MI Gott hört zu und versteht

1. SAMUEL 1,1-11 Ich weiß nicht, wie alt du bist. Aber hast du dir schon einmal Gedanken darüber gemacht, ob du später Kinder möchtest? Für Hanna ist das ihr größter Wunsch. Und nein, ich glaube nicht nur, weil Kinder zu haben zu damaliger Zeit ein Zeichen von Segen war und kinderlose Frauen quasi kein Ansehen genossen. Was sie aber schmerzt, ist, dass sie von ihrer Widersacherin deswegen immer provoziert und fertiggemacht wird. Wie gehst du damit um, wenn du aufgrund persönlicher Nachteile in den Dreck gezogen wirst? Wenn polemische oder ironische Bemerkungen anderer wie Pfeile mitten ins Herz treffen, dann kennt Hanna aber nur einen Weg: den zu Gott. Jedes Jahr wieder weint sie sich vor ihrem Herrn aus. Gott hört zu und versteht. [MG]

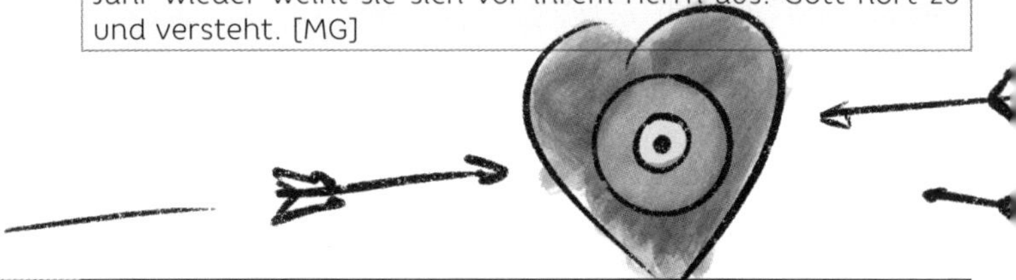

02 DO Was Gott verspricht, das hält er auch

1. SAMUEL 1,12-20 Hanna betet mit ganzem Herzen. Nicht hörbar, aber sichtbar. Der Priester Eli lässt sich von seinen Augen täuschen, auch kein gutes Zeugnis für ihn. Er moralisiert und vorverurteilt, bevor er hört, was Hanna zu sagen hat. Hanna macht es richtig. Sie hat ihr Herz vor Gott ausgeschüttet. Alle Wut, alle Klage, alle Trauer. Gott hält das aus und erbarmt sich über uns – bei Hanna durch die Erfüllung ihres großen Wunsches. Gott verspricht durch Eli und hält in Hanna sein Wort ein.

JETZT DU Trau dich, dein Herzensleid an unseren himmlischen Vater zu richten. Auch unter Tränen. [MG]

03 FR Hart, aber herzlich

1. SAMUEL 1,21-28 Was jetzt geschieht, lässt uns auf den ersten Blick vielleicht ratlos werden. Da hat Hanna das gewünschte Kind bekommen und gibt es wieder ab. Gestillt wurden Kinder damals locker vier Jahre, das wäre heute bei uns eher nicht vorstellbar. Doch auf jeden Fall in einem zarten Alter gibt sie ihren Sohn Samuel in die Hände des Priesters Eli, und hält gleichermaßen wie Gott ihr Versprechen ein. Heute kennen wir ähnliche Verhältnisse, wenn Kinder oder Jugendliche ins Internat gegeben werden, weil sie eine musische, sportliche oder andere Förderung erhalten sollen. Und sowas in der Art soll Samuel auch bekommen. Er soll jemanden hören, der in besonderer Weise in der Lage ist, auf Gott zu hören. [MG]

04 SA Loblied

1. SAMUEL 2,1-8

Mit anderen (neuen) Worten

Mein Herz ist fröhlich in dem HERRN
ich gebe ihm mein Leben gern.
Die gegen mich waren, hören nun mein Reden.
Wie ich dich lobe und mich freue über mein Leben.
Niemand ist so krass wie Gott.
Wer dir folgt, geht nie bankrott.
Angeben und protzen zählt nicht beim HERRN.
Handeln und nicht nur reden, ja, das hat er gern.
Bei IHM werden Schwache stark und Starke schwach.
Er versorgt die Armen und hält die Reichen in Schach.
Gott ist Herr über Tod und Leben
Und wie er will, kann er beides geben.
Arm und reich, das fügt der HERR.
Und er erhöht besonders sehr
jene, die ganz unten leben.
Er wird ihnen alle Ehre geben.
Denn die Welt ist in seinen Händen
Und nur er vermag sie zu lenken.

JETZT DU Dichte das Loblied Hannas mit deinen Worten um und sende es an mich: Instagram: _matthiasgelfert_ [MG]

YouTube – Heute gibt's ein neues Video! YouTube.de/startindensamstag

05 SO Treue zahlt sich aus

SAMUEL 2,18-21.26 Hannas Herz ist das ganze Jahr über bei Samuel. Schnell mal mit dem Zug zum Tempel fahren, war nicht möglich. Einmal im Jahr aber wird ihr Herz laut gepocht haben – über die Vorfreude, ihren Sohn zu sehen und wie er gewachsen ist. Und wie Mütter halt so sind, bringt sie ihm tolle Klamotten mit. Den Priester Eli beeindruckt diese Liebe und so segnet er Hanna und ihren Mann Elkana und verheißt ihnen weiteren Nachwuchs – um den Hanna sich gar nicht getraut hatte, zu beten. Fünf gemeinsame Kinder bekommen die beiden. Außergewöhnlich selten für eine alttestamentliche Erzählung, dass die Töchter mit erwähnt wurden. Hannas Treue, Fürsorge und Fürbitte belohnt Gott umfangreicher, als erwartet. [MG]

06 MO Hier bin ich!

1. SAMUEL 3,1-9 Wie stellst du dir vor, wie Gott Menschen – vielleicht uns – (be)ruft? Mit Pauken und Trompeten? Durch eine großartige Show? Nein, Gott ruft Samuel auf ganz feine und leise Weise, die niemand mitbekommt. Auch Eli nicht. Er ist es aber, der in seiner Weisheit spürt, was hier vor sich geht. Hast du schon einmal erlebt, dass Gott dich gerufen hat? Wenn du heute Abend schlafen gehst und vielleicht betest, sag doch mal: „HERR, hier bin ich. Rede, denn dein Diener hört". Mich würde brennend interessieren, ob du in nächster Zeit eine Antwort bekommst. Wenn ja, schreibe mir gerne. Instagram: _matthiasgelfert_ Auch kann ich dir hierüber erzählen, wie ich gespürt habe, dass Gott mich gerufen hat. [MG]

07 DI Auf die Probe gestellt.

1. SAMUEL 3,10-4,1A Das ist nicht ohne. Gottes erstes Wort an Samuel wird gleichzeitig eine Prüfung. Eli will am folgenden Tag genau wissen, was Gott ihm gesagt hat. Er hat seine eigene Lebensgeschichte vor Augen und hoffte vermutlich auf Gnade. Ich verstehe auch nicht so wirklich, warum Gott auch hier keine Gnade vor Recht ergehen lässt und Eli Unheil ankündigt. Eli erwartet von Samuel, nun alles zu sagen. Samuel hätte des lieben Friedens willen oder auch aus Angst oder Respekt etwas sparsam mit der Wahrheit sein können. Aber nein, er spricht das kommende Unheil vom ersten bis zum letzten Wort an. Genau das wird es sein, was Gott von Samuel brauchen wird: einen treuen Diener, der sein Wort unverfälscht an die Menschen gibt, auch wenn es unbequem ist. [MG]

GEBET Gott, schenk mir heute den Mut, auch Dinge anzusprechen, die unangenehm sind. Amen.

08 MI Für den König!

1. SAMUEL 8,1-9 Heftig: Gott, der ewige König, lässt sich von Menschen absetzen! Israel will seine Hoffnung lieber auf einen Menschen setzen als auf Gott, der so viele Wunder vor ihren Augen getan hatte – okay, viele davon vor den Augen ihrer Vorfahren... Sind die Berichte zu Storys geworden, die keiner mehr hören oder glauben wollte? Wenn ich die Verse so lese, denke ich mir: Alter, was tun die da?! Dann denke ich mir aber auch: Halt mal, mach ich's überhaupt besser? Auf wen vertraue ich am meisten? Von wem lass' ich mir was sagen, und in welchen Lebensbereichen? Hab' ich irgendwelche tollen, coolen oder mächtigen Menschen vor Augen oder steht da noch einer drüber? Einer, der als Schöpfer seine Geschöpfe, dich und mich, hundertprozentig kennt? [IJKR]

YOUTUBE-TIPP Albert Frey – Für den König
youtu.be/8Hz-NHzugw4

09 DO Löcherkäse

1. SAMUEL 8,10-22 Warnungen in den Wind zu schießen, ist einfacher, als über meinen Wunsch nachzudenken. Nicht jeder Wunsch ist auch gut für mich. Mich macht das oft wütend oder eher trotzig, wenn ich zu Gott mit einem Wunsch komme, über den ich tief in mir drin eigentlich höre: Lass' das mal lieber bleiben. Aber ich habe erfahren: Ein Wunsch, in dem Gott fehlt, macht aus meinem Herz einen Löcherkäse – da fehlt was! Ich ermutige dich, mit Gott über Wünsche zu reden. Er weiß, was dir guttut und möchte dich noch tiefer erfüllen, als es je ein Wunsch könnte. Wo menschliche Liebe, Kraft usw. aufhört, geht Gott weiter. [IJKR]

WEITERDENKEN Was steckt hinter deinen Wünschen? Sehnsucht nach Anerkennung, Sicherheit, Erfolg...? Erfüllt dein Wunschobjekt wirklich jeden Winkel deiner Sehnsucht? Wo ist Gott in deinem Wunsch?

10 FR Fake News oder Good News?

1. SAMUEL 9,1-13 Yihaa ... Esel suchen gehen. Ob Saul wohl genervt die Augen verdreht hat? – nobody knows. Auf jeden Fall suchen Saul und der Knecht die Tiere überall – also wirklich gründlich. Sie lassen keine Option aus. Nur eine Option ziehen sie erst zum Schluss in Betracht: Gott fragen. Gott fragen? Wie ist das bei dir? Ist Gott deine letzte Chance oder denkst du früher an ihn? Dass Tiere abhauen, könnte man damals sozusagen als „Alltagsproblem" bezeichnen. Interessiert sich Gott für meine Alltagsprobleme? Ich glaube, ja. Lies mal Matthäus 7,7-11. [IJKR]

GEBET Danke, Jesus, dass du bei mir bist. Mich beschäftigt das voll: (dein Alltagsproblem). Schenke mir Vertrauen, dass du wirklich da bist und Gutes für mich möchtest und mir hilfst. Amen.

11 SA Unter vier Augen

1. SAMUEL 9,14-27 „Ich will dir noch etwas unter vier Augen sagen" (1. Sam 9,27 Hfa). Bei solchen Sätzen muss ich immer erstmal schlucken. Hab' ich was falsch gemacht? Ist da irgendetwas, das ich nicht mitbekommen habe? Saul war bestimmt auch nervös. Samuel hat nämlich schon am Vortag ziemlich komische Sachen abgezogen. Er kannte ihn gar nicht und hatte ihn behandelt wie einen Ehrengast. Lag doch eine Verwechslung vor? Gibt's jetzt Ärger? Und dann steht da nicht nur irgendwer vor ihm, sondern ein Botschafter Gottes. Und dann haut Samuel noch einen raus: „Bleib stehen, ich habe dir eine Botschaft von Gott mitzuteilen! (1. Sam 9,27 Hfa)." [IJKR]

JETZT DU Bleib mal stehen, warte mal, bevor du losgehst und frag Gott, was er heute von dir möchte. Hör' genau hin! Und hab' keine Angst.

12 SO Holy Spirit

1. SAMUEL 10,1-12 Der Heilige Geist kommt in Sauls Leben und sein Herz wird neu. Viele Christen klammern ihn aus, den Heiligen Geist Gottes. Man kann sich eher eine Vorstellung machen, wenn man zum himmlischen Vater oder zu Jesus betet, aber wer ist dieser Heilige Geist? Er ist unser Tröster und Lehrer, seit Jesus nicht mehr mit Hand und Fuß auf der Erde ist (Joh 14,26). Er betet für uns, wenn uns die Worte fehlen (Röm 8,26). Er beschenkt uns mit göttlichen Gaben (1. Kor 12,8-11). Er ist die Kraft, die Jesus von den Toten auferweckt hat. Und diese Kraft lebt auch in dir, wenn du Jesus dein Leben schenkst. Entdecke dich neu als Tempel des Heiligen Geistes (1. Kor 6,19-20). Denn: Der Heilige Geist ist Gott, der in dir lebt. Der Heilige Geist ist Gott auf dieser Erde. [IJKR]

YOUTUBE-TIPP Bethel Music – Fall afresh
youtu.be/yJAsppeugzo

13 MO Identitätscheck

1. SAMUEL 10,17-27 Gott traut Saul mehr zu, als dieser sich selbst. Aus seinem Versteck herausgerufen, salbt ihn Samuel zum König. Auf Jubel folgt Spott. Einige Männer lästern über Saul. Doch Saul ignoriert sie und hält fest an der Identität, die ihm Gott gegeben hat. Kennst du deine Identität, die du durch Jesus Christus von Gott bekommen hast? Gottes Worte über dich sind die Wahrheit, ganz egal, was andere über dich sagen oder du von dir denkst. Halte Lügen Gottes Wahrheit entgegen, wenn du mit ihnen zu kämpfen hast. Du bist wunderbar gemacht (Ps 139,14) und noch so viel mehr ... [IJKR]

JETZT DU Finde mehr über dein MEHR heraus! Hier findest du seitenweise Wahrheiten über dich:
https://kurzelinks.de/8646

14 DI Sternleuchten

1. SAMUEL 12,1-5 Samuel dankt ab. Vorher will er sich aber sicher sein, dass er sein Volk gut geführt und sich nichts zuschulden hat kommen lassen. Wäre es so gewesen, wollte er es wieder gut machen! Verantwortung hat man nicht nur, wenn man andere politisch oder geistlich führt. Erinnere dich mal an den Identitätscheck von gestern... Gott sieht in dir ein Licht für die Welt. Das hört sich jetzt nach Weihnachten an, Sterne strahlen aber auch im März am Himmel. Als Kinder Gottes sollen wir für unsere Mitmenschen leuchten wie Sterne (Phil 2,15 Hfa). Und wenn bei dir mal etwas schiefläuft, dann erinnere dich daran, dass du vor Gott gerecht bist und er gerne vergibt. Nobody's perfect, Gott weiß das. [IJKR]

WEITERDENKEN Wo kannst du Licht sein für Menschen um dich herum (z.B. im Sportverein)? Wie könnte das aussehen?

15 MI Klartext

1. SAMUEL 12,13-25 Klartext – das brauchten die Israeliten. Letzten Mittwoch hast du gelesen, dass sie unbedingt einen menschlichen König wollten, obwohl Gott doch ihr König war. Ein Wunsch, in dem Gott fehlt, macht das Herz zum Löcherkäse, erinnerst du dich? Darum ging es am Donnerstag. Da stehen die Israeliten also und der wahre Gott und König lässt ein Donnerwetter los, nach dem Motto: „So kann's nicht weitergehen! Hängt euer Herz nicht an Dinge, die euch nicht helfen werden. Vertraut mir, eurem Gott. Lasst mich wieder in eure Herzen, dass ich sie ganz mache." Genauso könnte Gott auch heute sprechen. Er steht zu seiner Freundschaft mit uns, so untreu wir auch manchmal sind. Es ist echt unglaublich, dass Gott das schon über 2.000 Jahre durchzieht: Uns Menschen treu sein – aus Liebe. [IJKR]

YOUTUBE-TIPP Outbreakband – Gott und König
youtu.be/ZIYYT4fH6Tc

16 DO Geduldsprobe

1. SAMUEL 13,1–4 Hast du schon mal eine WhatsApp-Nachricht abgesendet und dich später so richtig darüber geärgert? Vielleicht war sie nicht sonderlich freundlich und du bist deinen negativen Emotionen gefolgt, anstatt einmal tief durchzuatmen, um dann in Ruhe eine Nachricht zu tippen. Saul hätte wohl auch besser einen Moment länger abgewartet. Aber lässt Gott nicht manchmal ganz schön lange auf sich warten? Da fällt es schwer, auszuhalten und abzuwarten. Schon so manches meiner Gebete blieb unbeantwortet. Oder sollte ich lieber sagen – ist aktuell noch unbeantwortet? Sollte ich mich doch noch etwas mehr in Geduld üben? [WK]

GEBET Gott, lehre mich geduldiger zu sein. Amen.

17 FR Jeden Abend

1. SAMUEL 15,10-23 Neulich fragte ich in einer Gruppenstunde, wer es schafft, immer Gottes Gebote zu halten. Ich schaute in irritierte Gesichter. „Das schaffen wir nicht“, war die knappe Antwort. „Aber wir können jeden Abend ehrlich um Vergebung bitten für das, was schieflief.“ Für Saul keine Option? Dabei scheint es bei Gott darauf anzukommen, genau hinzuhören. Das ist etwas, was ich täglich trainieren möchte. Und wenn es mal (wieder) schief gelaufen ist, bitte ich ehrlich um Verzeihung und starte am nächsten Tag einen neuen Versuch. [WK]

JETZT DU Wie hörst du Gott? Er spricht so vielfältig zu uns. Spitze heute mal die Ohren und weite deinen Blick.

18 SA Aus tiefstem Herzen

1. SAMUEL 15,24-31A „Wir können jeden Abend ehrlich um Vergebung bitten.“ – diese Aussage traf mich tief ins Herz. Scheinbar hat auch Sauls Herz einen Wandel durchlebt. Tief im Inneren spürt er, dass sein Verhalten nicht richtig war. Er fühlt sich schuldig. Ich spüre beim Lesen des Textes, wie sauer er auf sich selbst ist. Seine Ehrlichkeit zahlt sich aus. Gott vergibt, wenn wir ihn aus tiefstem Herzen um diese Vergebung bitten. Eine oberflächliche Entschuldigung enttarnt er sofort. Dinge, die aus der Tiefe unseres Herzens kommen, aber auch. [WK]

WEITERDENKEN Wann fühlt sich eine Entschuldigung für dich echt an?

4 TAGE MIT PSALMEN

19 SO Unterschiede

PSALM 22,1-12 Manchmal erwische ich mich bei der Frage, was mich als Christin eigentlich von anderen Menschen unterscheidet. Gerade dann, wenn der Alltag mal wieder zuschlägt und ich einfach funktioniere. Die ersten Zeilen von Psalm 22 geben mir eine Antwort (von vielen) auf diese Frage. Ich lebe in der Zuversicht, dass ich nichts alleine bewältigen muss. Da ist jemand, der mit mir geht, den ich rufen kann, bei dem ich mich bedanken kann, den ich aber auch anklagen darf in Zeiten, in denen es mir nicht gut geht. Gott verlässt mich nicht. Das ist ein krasser Unterschied. [WK]

GEBET Gott, mache mir immer wieder neu bewusst, dass ich mich auf dich verlassen kann. Amen.

20 MO Es ist okay

PSALM 22,13-20 Manchmal fühlen wir uns schlapp, hilflos, herumgetrieben von Gedanken und Sorgen. Dann fühlen wir uns schlecht und haben das Gefühl, dass alle anderen ein herrliches Leben führen. Manchmal führt das dazu, dass wir uns noch unwohler in unserer Haut fühlen und uns einfach auf dem Sofa einkringeln möchten. Die gute Nachricht: Es ist okay. Wir müssen nicht jeden Tag funktionieren. Manchmal helfen nur das Sofa und die Gewissheit, dass Gott mit uns gemeinsam darauf sitzt. [WK]

JETZT DU Schnapp dir einen Zettel und schreibe darauf „Es ist okay." Hänge, lege oder stecke ihn dir irgendwo hin und lasse dich immer wieder daran erinnern, dass es auch mal okay ist, unzufrieden zu sein.

21 DI Erzähl mir deine Geschichte

PSALM 22,21-27 Und? Hast du schon mal jemandem nicht erzählt, dass du an Gott glaubst? Mir ist das schon einmal passiert. Heute ist mir ein wenig unwohl bei dem Gedanken an diese Situation. Damals dachte ich, dass die Person mich nicht mag, wenn sie weiß, dass ich Christin bin. Heute weiß ich, dass viele meiner Mitmenschen mich gerade deswegen mögen. Denn ich wage andere Perspektiven auf die Dinge. Trau dich und erzähl deine Geschichte mit Gott. Vielleicht schenkt sie deinen Mitmenschen Lebensmut. [WK]

WEITERDENKEN Welcher Soundtrack würde zu deiner bisherigen Geschichte mit Gott passen?

22 MI Kniefall

PSALM 22,28-32 Als ich das erste Mal erlebt habe, wie jemand während des Lobpreises vor Gott auf die Knie fiel, war mir das irgendwie unangenehm. Ich fragte mich, ob die Person sich wohl darüber Gedanken machen würde, was andere von ihr denken. Die Antwort erschien mir schnell sehr klar: natürlich nicht. Wenn uns die Gefühle überfallen und wir das Gefühl haben, dass wir gerne vor Gott auf die Knie gehen möchten – warum nicht? Gott freut sich, wenn wir unsere Art finden, ihn zu loben. [WK]

JETZT DU Probiere mal etwas Neues aus. Wie wäre es mit laut singend zu Worship durchs Zimmer tanzen oder eine andere Person zu fragen, ob man für sie beten darf?

AUS UND VORBEI …?

MATTHÄUS 26–28

✉	CLEMENS SCHLOSSER [CSC] | C.SCHLOSSER@CVJM-BAYERN.DE
✉	FYNN ADOMEIT [FA] | FYNN.ADOMEIT@ADO-NET.DE
✉	LENA NIEKLER [LN] | L.NIEKLER@CVJM-WESTBUND.DE

#SCHULD
#DUNKELHEIT
#HAPPYEND

23 DO Der Anfang vom Ende?

MATTHÄUS 26,1-5 Es braut sich richtig was zusammen. Jesus weiß hier sehr genau, was auf ihn zukommt. Er bereitet seine engsten Vertrauten sogar schon auf den Tag genau darauf vor. Sachlich und opferbereit redet Jesus über seinen eigenen Tod. Kein Anzeichen von Panik oder Flucht. Jesus scheint bereit zu sein. Und während Jesus mit seinen engsten Vertrauten Zeit verbringt, überlegen die religiösen Chefs, wie sie ihn endlich ohne großes Aufsehen aus dem Weg räumen können. [CSc]

WEITERDENKEN Der Konflikt hat sich schon länger zugespitzt. Konfrontation zwischen Jesus und religiösen Chefs kannst du z. B. in Mt 15,1; 21,15 oder 21,23 nachlesen.

24 FR Ist es das wert?

MATTHÄUS 26,6-13 Wir sind es gewohnt, die Kosten für etwas im Verhältnis zu dem Nutzen zu setzen. Wo bekommen wir das meiste für unser Geld? Wie kann ich mit möglichst wenig Aufwand die besten Noten schreiben? Genauso haben auch die Jünger gedacht, als die Frau das unfassbar teure Öl einfach über Jesus ausgegossen hat. Jesus stellt sich dem Urteil der Jünger bewusst entgegen. Denn alles, was aus Überzeugung und Liebe für Jesus getan wird, lohnt sich immer. Wenn wir in Jesus investieren, ist es niemals Verschwendung. Egal, ob es sich um Zeit, Geld oder andere Dinge handelt: Jesus ist es wert. [CSc]

GEBET Jesus, hilf mir, dass ich lerne, großzügig in dich zu investieren. Amen.

25 SA Aus den eigenen Reihen

MATTHÄUS 26,14-16 Judas ist einer der Zwölf des inner circle von Jesus. Er hat hautnah zusammen mit Jesus krasse Erlebnisse gehabt und Wunder erlebt. Eigentlich müsste er es doch besser wissen und vollumfänglich Jesus vertrauen und ihm den Rücken stärken. Ganz anders als die Frau gestern investiert er nicht in Jesus, sondern versucht, letztlich Profit aus ihm zu machen. An Judas wird deutlich: Du kannst offensichtlich ganz nah bei Jesus sein und dein Herz gleichzeitig sehr weit weg von ihm. [CSc]

WEITERDENKEN Ist es bei uns auch so, dass wir uns wünschen, aus der Beziehung zu Jesus einen bestimmten Nutzen zu bekommen? Was passiert, wenn das nicht der Fall ist?

26 SO Bin ich es?

MATTHÄUS 26,17-25 Die Jünger sind tief erschüttert. Was Jesus hier sagt, macht jeden betroffen. Keiner von ihnen scheint sich zu 100% sicher zu sein, dass er nicht der Verräter sein könnte. Jeder einzelne fragt besorgt nach. „Ich? Ich werde es doch nicht sein – oder?“ Sie hoffen auf das befreiende „Nein“ von Jesus. Sie scheinen genau zu wissen, dass nicht sie, sondern allein Jesus die Wahrheit um ihr Herz kennt. Beeindruckend, dass jeder auf seine eigene Beziehung zu Jesus schaut und weiß, wie anfällig diese ist. [CSc]

GEBET Jesus, du weißt am besten, wie es in meinem Herzen um dich steht. Hilf mir, dass ich an dich glauben kann. Bewahre mein Herz, dass ich zu dir stehe. Amen.

27 MO Vom Schatten in das Licht

MATTHÄUS 26,26-30 Jesus feiert zusammen mit seinen Jüngern das Passamahl. Das Passamahl dient als Erinnerung, wie Gott das Volk Israel aus der Gefangenschaft in Ägypten befreit hat. Es ist die Erinnerung an die Freiheit, in welche Gott geführt hat. Es ist die Erinnerung an das Ende des Kummers und der Beginn einer großen Freude. Jesus erinnert daran: Die krasse Lebensveränderung in die Freiheit bei Gott wird es durch seinen Tod geben. Jesus selbst führt uns aus dem Schatten der Gottesferne in das Licht der Gegenwart Gottes. [CSc]

JETZT DU Das Abendmahl erinnert an die Freiheit, in welche Jesus uns führt. Gibt es eine Möglichkeit bei dir, Abendmahl zu feiern? Nutze die Chance und danke Jesus für das Versprechen der Freiheit, das er uns gegeben hat.

Die folgenden beiden Texte hat Maximilian Rößle geschrieben. Er ist FSJler im CVJM Bayern.

„Ich mache meinen Bundesfreiwilligendienst beim CVJM Bayern und komme ursprünglich aus dem Allgäu. Ich habe es in meiner Zeit vor meinem BFD, in der ich in Kempten studiert habe, immer genossen, am Morgen vor allen im Hörsaal da zu sein und entspannt mit „START in den Tag“ in den Tag zu starten. Ich wünsche mir auch für alle Leser:innen, dass sie eine Routine entwickeln können, durch die sie die Bibel täglich einbauen.“

28 DI Falsche Vorhersage?

MATTHÄUS 26,31-35 „Du wirst nächste Woche dreimal eine 6 in der Schule schreiben.“ Das sagt dein bester Freund zu dir. Dann denkst du mit Sicherheit erstmal, dass das nur ein Witz ist und woher er denn das wissen soll. Vielleicht würdest du dann alles dafür tun, dass dies nicht eintritt. Aber ist das wirklich genug? Kann es nicht trotzdem sein, dass eine schlechte Note rauskommt, weil die Rahmenbedingungen so sind, dass du an der Tatsache einfach nichts mehr ändern kannst? Manchmal können wir das, was passiert, nicht ändern. Wir sind keine perfekten Menschen. Was wir im Nachhinein aus dieser Situation mitnehmen und machen, liegt in unserer Entscheidung. Dann gilt: Nicht den Kopf hängen lassen, sondern aus diesen Situationen lernen und es beim nächsten Mal besser machen. [Maximilian Rößle]

WEITERDENKEN In Mt 26,69-75 findest du heraus, ob die Vorhersage wahr oder falsch war.

29 MI Nur eine Aufgabe

MATTHÄUS 26,36-46 Du kommst von der Schule nach Hause und weißt, du hast nur eine Aufgabe zu tun. Ist das nicht ein schönes Gefühl? Aber wenn du diese Aufgabe dann nicht erfüllst? Dann fühlt man sich umso schlechter. Und wahrscheinlich ist die Person, die dir diese Aufgabe gegeben hat, ziemlich enttäuscht, weil du ja nur diese eine Aufgabe hattest. Wie reagierst du, wenn Menschen die von dir anvertrauten Aufgaben nicht machen? Bist du dann wütend und machst es lieber selbst? Oder kannst du wie Jesus den anderen immer wieder neu dein Vertrauen schenken? [Maximilian Rößle]

GEBET Jesus, gib mir die Kraft, anderen Menschen immer wieder neu mein Vertrauen zu schenken – so, wie du es auch getan hast. Amen.

30 DO Liebe und Verrat

MATTHÄUS 26,47-56 Wann immer ich diese Textstelle lese, denke ich an die Momente in meinem Leben, in denen ich mich schon einmal verraten gefühlt habe. Besonders verletzend war es, wenn geliebte Menschen, denen ich völlig vertraut habe, Geheimnisse von mir weiterverraten haben. Ich verbinde Verrat vor allem mit den Gefühlen Wut, Enttäuschung und Hilflosigkeit. Wie reagiert man richtig auf Verrat? Ich jedenfalls hätte in solchen Momenten am liebsten auch ein Schwert gehabt und alles um mich herum kurz und klein gehauen. Jesus jedoch bleibt cool und ergibt sich in sein Schicksal – wohl wissend um die Konsequenzen, die der Verrat nach sich zieht. [FA]

WEITERDENKEN Hast du dich schon einmal von jemandem verraten gefühlt? Bist du auch so cool geblieben wie Jesus?

31 FR Für seine Überzeugungen einstehen

MATTHÄUS 26,57-68 Für das einstehen, was einem wichtig ist. Für die Ideen kämpfen, von denen man selbst überzeugt ist. Jesus tut genau das. Er selbst ist dabei mutiger und radikaler als wohl die meisten von uns. Er ist bereit, für seine Überzeugungen zu sterben. Im Gegensatz zu religiösen Fanatikern, die sterben, um dabei andere mit in den Tod und ins Elend zu reißen, ist Jesus bereit zu sterben, um uns mit Gott zu versöhnen. Er tut dies in aller Freiheit – Gott zwingt ihn in diesem Moment nicht, sich zu opfern. Jesus schweigt, leugnet nicht und antwortet wahrheitsgemäß. Ich hätte wohl alles abgestritten. Und du? [FA]

YouTube

Heute gibt's ein neues Video!
YouTube.de/startindensamstag

01 SA Gefühle sind menschlich

MATTHÄUS 26,69-75 Angst. Keine andere Stelle in der Bibel beschreibt dieses allzu menschliche Gefühl wohl besser. Wenn wir uns in die Enge getrieben fühlen, dann geht es uns vor allem um uns selbst. Wer würde nicht alles sagen und tun, nur um einer gefährlichen Situation zu entkommen? Jesus weiß, dass Petrus ihn verleugnen wird und verurteilt ihn trotzdem nicht dafür. Denn Angst ist genauso ein menschliches Gefühl wie die Überheblichkeit. Petrus jedenfalls war ein paar Stunden vor Jesus Festnahme noch felsenfest davon überzeugt, dass er Jesus unter gar keinen Umständen verleugnen würde ... [FA]

WEITERDENKEN Hast du schon mal den Mund zu voll genommen und behauptet, dass du etwas schaffen kannst und hattest dann zu viel Angst, es wirklich durchzuziehen?

02 SO Eine tragische Figur

MATTHÄUS 27,1-10 Judas ist wahrlich eine tragische Figur. Was treibt ihn an? Warum hat er Jesus verraten? Man versteht es nicht so ganz. Matthäus lässt uns nur wissen, dass Judas seinen Fehler erkennt und versucht, ihn wieder gut zu machen. Ich glaube Judas, dass er den Verrat an seinem Freund wahrlich bereut. Leider ist es zu spät – er muss mit den Konsequenzen leben, die sein Handeln hat. Weil er mit seinen Schuldgefühlen nicht klarkommt, beschließt Judas schlussendlich, sich das Leben zu nehmen. Dies ist vielleicht die tragischste Stelle der gesamten Geschichte rund um die Kreuzigung Jesu. Sein Tod hat einen klaren Sinn. Judas Tod dagegen scheint einfach nur sinnlos. [FA]

03 MO Dröhnendes Schweigen

MATTHÄUS 27,11-14 Jesus hat seine Wahl bereits getroffen. Er wird jede Entscheidung akzeptieren, die Pilatus in seiner Funktion als Richter trifft. Jesus macht sich nicht einmal mehr die Mühe, sich gegen die Anschuldigungen der Hohepriester und der Gelehrten zu verteidigen. Pilatus selbst scheint dieser in sich ruhende schweigende Jesus nicht ganz geheuer zu sein. So schwere Anschuldigungen und keine Verteidigungsrede? [FA]

GEBET Bei Gott schweigt meine Seele still. Von ihm kommt die Hilfe, die ich nötig habe! Nur er ist mein Fels und meine Rettung – meine feste Burg, sodass ich nicht wanke. (Psalm 62,2-3 BB)

04 DI Unschuldig

MATTHÄUS 27,15-26 Pilatus ist mithilfe seiner Frau zu der Erkenntnis gelangt, dass Jesus unschuldig ist. Da er es sich mit den Hohepriestern jedoch nicht verscherzen möchte, fällt er nicht selbst die Entscheidung über die Strafe Jesu, sondern lässt sie das Volk treffen. Pilatus hat die Rechnung dabei aber ohne die Hohepriester gemacht, welche das Volk gegen Jesus aufhetzen und ihn gekreuzigt sehen möchten. Pilatus entspricht diesem Wunsch; er selbst wäscht sich die Hände in Unschuld. Populisten, welche das Volk aufhetzen und Politiker, die lieber wegschauen, anstatt sich ihnen mit starken Worten und mutigen Taten entgegenzustellen. Jesus hat die schmerzliche Erfahrung gemacht, welche weitreichenden Konsequenzen Populismus haben kann. [FA]

05 MI Gedemütigt

MATTHÄUS 27,27-31 Jesus Schicksal steht fest. Er wird sterben müssen. Jede und jeder von uns wünscht sich, in Würde zu sterben – umgeben von unseren Liebsten, an einem ruhigen Ort und in einer friedvollen Atmosphäre. Jesus hingegen wird nackt ausgezogen, verspottet, angespuckt und geschlagen. Nicht einmal in seinen letzten Stunden auf Erden wird ihm zugestanden, was allen Menschen zustehen sollte. Stattdessen zeigt sich in den Soldaten die ganze Grausamkeit, zu der wir Menschen fähig sind. Und dennoch: Jesus bleibt auch in diesem Moment Mensch. Er lässt die Demütigungen und die Grausamkeiten stillschweigend über sich ergehen. Er weicht ihnen nicht aus. Ebenso wenig wie dem Kreuz. [FA]

06 DO Alles andere als märchenhaft

MATTHÄUS 27,32-44 Auf einem Thron mit rotem Samt, die goldene Krone auf dem Kopf und das Zepter als Ausdruck seiner Macht in der Hand – diese Bilder kommen mir als erstes in den Kopf, wenn ich an einen König denke. Im heutigen Bibeltext ist von all dieser Pracht nichts zu finden. Verachtende Worte, körperliche Schmerzen und Spott über seinen Königstitel begleiten Jesus auf diesem letzten Weg. Jesus trägt sein Kreuz und weiß: Er wird sterben. Sein Weg hat nichts mit einem Märchenkönig gemeinsam – es ist ein Weg des Leidens, bei dem es kein Happy End zu geben scheint. Was die, die ihn verachten, nicht ahnen: Wie groß und mächtig er wirklich ist, zeigt sich am Kreuz. Der König der Könige erträgt all das für uns Menschen! [LN]

YOUTUBE-TIPP Tobias Hundt – Das ist mein König
youtu.be/fz8ZJ9L9D9Y

KARFREITAG

07 FR Stille und Schmerz

MATTHÄUS 27,45-56 Heute ist Karfreitag – einer der wenigen „stillen Feiertagen“ im Jahr. Ist dir schon einmal aufgefallen, dass Clubs wegen des Tanzverbots heute geschlossen sind und bestimmte Filme nicht gezeigt werden? Warum das so ist? Heute soll Zeit sein, sich an den Leidensweg von Jesus und seinen Tod am Kreuz zu erinnern, mal Pause zu machen von allen Alltagsthemen und die herausfordernden Worte auszuhalten: „Jesus schrie noch einmal laut auf und starb.“ (V. 50). Auch in unserem Leben gibt es Schweres und Schmerzhaftes – vielleicht ist heute auch ein Tag, an dem du Jesus das anvertrauen kannst. Im Wissen: Er versteht dich, weil er weiß, wie sich das anfühlt. [LN]

GEBET Gott, gib mir die Kraft, auch Schweres auszuhalten. Ich vertraue darauf: Du verstehst mich, wenn ich mal keine Worte habe. Amen.

08 SA Sicher ist sicher

MATTHÄUS 27,57-66 Bist du ein Mensch, der lieber auf Nummer sicher geht? Der abwägt, was alles schief gehen könnte? Die Gegner von Jesus sind es auf jeden Fall. Nachdem die Freunde von Jesus dafür gesorgt hatten, dass er ein ordentliches Grab bekommt, machen sich bei seinen Gegnern Zweifel breit. Da war doch was mit Auferstehung? Ihr Anliegen ist klar: in jedem Fall dafür sorgen, dass die Botschaft von Jesus nicht noch weitere Kreise zieht. Mit ihren Sicherheitsvorkehrungen rund um sein Grab bewirken sie jedoch genau das Gegenteil: Sie tragen dazu bei, dass noch glaubhafter wird, dass Jesus auferstanden ist. [LN]

WEITERDENKEN Bibelstellen wie diese können helfen, im Glauben „Sicherheit“ zu schaffen. Sie weisen darauf hin, dass Jesus wirklich den Tod besiegt hat. Welche Bedeutung haben diese Texte für dich?

OSTERSONNTAG

09 SO Furchtlos

MATTHÄUS 28,1-10 Wow, wäre ich bei diesen Ereignissen am Ostermorgen dabei gewesen, hätte ich vermutlich richtig Panik bekommen. Erst Erdbeben, ein Engel und ein offenes Grab – und dann die Begegnung mit dem auferstandenen Jesus. Kein Wunder, dass die beiden Frauen zweimal die Worte „Fürchtet euch nicht!" hören (V.5+10). Was sie erleben, ist krass, aber kein Grund, Angst zu haben. Im Gegenteil: Es ist die beste Botschaft der Welt – denn Jesus wurde von den Toten auferweckt! Der Tod hat nicht das letzte Wort. Eine Botschaft, die bis heute Hoffnung schenkt: Nicht die Furcht, sondern Freude darf unser Leben bestimmen! [LN]

YOUTUBE-TIPP Hör dir den ermutigenden Song „Fearless" von Jesus Culture an und lass dich daran erinnern: Gott gibt auch dir die Kraft, furchtlos zu leben! youtu.be/nLel9pPgLUg

OSTERMONTAG

10 MO Vertuschung und Falschaussagen

MATTHÄUS 28,11-15 Einen spannenden Krimi lesen oder einen True-Crime-Podcast hören – dafür bin ich in jedem Fall zu haben. Was ist wirklich passiert? Und wer handelt eigentlich aus welchen Motiven? Fragen, die auch gut zum heutigen Bibeltext passen, der die Ereignisse rund um die Bewachung des Grabs von Jesus weitererzählt (vgl. Mt 27,62-66). Noch immer bemühen sich die Gegner von Jesus zu vertuschen, warum das Grab wirklich leer ist. Handeln sie aus Angst? Oder wollen sie nicht zugeben, dass sie Jesus mächtig unterschätzt haben? Gerüchte und Zweifel bleiben, aber die gute Nachricht von Jesu Auferweckung können sie nicht aufhalten. Die Wahrheit gewinnt! [LN]

WEITERDENKEN „Die Sprache der Wahrheit gilt alle Zeit, die Sprache der Lüge nur einen Augenblick." (Sprüche 12,19) Erlebst du das auch so?

11 DI Bergmomente

MATTHÄUS 28,16-18 Ich liebe den Blick in die Weite und die neue Perspektive, die ich beim Wandern in bergiger Landschaft entdecke. Im Text von heute begleiten wir die Jünger, die auf einem Berg dem auferstandenen Jesus begegnen. Sie bekommen einen ganz neuen Blick auf die Dinge – und der hat nichts mit der Aussicht zu tun. Jesus hat von Gott alle Macht bekommen. Und damit wird auch klar: Er ist der „Menschensohn", der schon in den Schriften des Alten Testaments angekündigt wurde (vgl. Dan 7,13-14). Ihr Freund und Lehrer hat alle Macht der Welt. Sie erleben: Gott kommt uns Menschen in Jesus ganz nah und ist zugleich so groß und machtvoll, dass es unsere Vorstellungskraft übersteigt. [LN]

YOUTUBE-TIPP Das Lied „Höher" von ICF Worship macht genau das zum Thema – hör mal rein! youtu.be/EdldcFUYWgQ

12 MI Ich trau dir das zu!

MATTHÄUS 28,19-20 Mit 18 habe ich in meiner Jugendarbeit die Leitung unserer Jungschar übertragen bekommen. Die bisherigen Leiterinnen machten klar: „Du kannst das jetzt allein – aber wir sind da, wenn du mal Unterstützung brauchst." Und ganz ehrlich: Ich hatte echt Respekt davor, für die ganzen Kinder verantwortlich zu sein ... So ähnlich erging es wohl auch den Jüngern, als Jesus sagte: Und jetzt seid ihr dran! Erzählt den Menschen von eurem Glauben und ladet sie ein, Gott kennenzulernen. Ein Auftrag, an dem auch wir als Nachfolger von Jesus mitwirken dürfen. Und wir bekommen das hin, weil sein Versprechen „Ich bin immer bei euch!" bis heute gilt. [LN]

JETZT DU Welcher herausfordernde Schritt steht bei dir gerade an? In welchen Situationen ermutigt es dich zu wissen, dass Jesus an deiner Seite ist?

DAVIDS GESCHICHTE

1. SAMUEL 16–24

CARMEN STRÄSSER [CS] | CARMENSTRAESSER@GMX.DE
MARIEKE RAHN | MARIEKE.RAHN@POSTEO.DE
LEA GARBERS | LEALIENE@GMX.DE

2. SAMUEL

MIRIAM SCHÖNLE [MS] | DIAKONIN@EKIMABAD.DE
STEPHAN MANSOUR [SM] | STEPHAN.MANSOUR@OUTLOOK.COM

#RIESENBESIEGEN
#FREUNDSCHAFT
#KÖNIGDAVID

Die Basics zu Samuel findest du auf
Seite 51 / März

13 DO Auf welche Stimme hörst du?

1. SAMUEL 16,1-7 In meinem Kopf sind manchmal zwei Stimmen. Die eine ist die Stimme der Angst. Sie hält mich von vielem ab. Sie sagt: Es ist vielleicht peinlich. Was denken dann wohl die anderen über mich? Was wird dabei herauskommen? Es ist auch nicht ungefährlich. Die andere ist die Stimme des Vertrauens. Ich vertraue auf meinen Auftraggeber. Ich habe erlebt, dass ich mich auf sein Wort verlassen kann. Ich habe gelernt, dass Mut mich in meinem Leben weiterbringt als Angst. Samuel hat Todesangst. Saul wird ihn umbringen, wenn er herausfindet, dass Samuel seinen Nachfolger sucht. Aber Samuel hat erlebt, dass Gott für ihn da ist. Er vertraut ihm und läuft los. [CS]

JETZT DU Lass heute deine Sorgen und Ängste hinter dir. Vertrau auf Gott und triff mutige Entscheidungen.

14 FR Du bist mehr!

1. SAMUEL 16,8-13 Beeindruckend, gutaussehend und begabt. Ist dir schonmal aufgefallen, dass du Menschen mehr zutraust, die auch was hermachen? Dem Anzugträger würdest du bei einem Vortrag eher zuhören, als dem Menschen mit strubbeligen Haaren und zerrissenen Jeans. Ich urteile nicht bewusst. Aber oft muss ich zugeben: „Wow, das hätte ich dir gar nicht zugetraut." Warum? Weil du äußerlich nicht meinen Erwartungen entsprichst. Ein Sohn nach dem anderen wird Samuel vorgestellt. Vielversprechende Kandidaten. Aber am Ende ist es der Jüngste. Der, der die Schafe hütet. Der, der beim eigenen Vater nicht mal auf der Vorstellungsliste stand. Aber Gott gefällt er, weil Gott mehr in ihm sieht als Samuel oder seine Familie. Auch du bist mehr! Frag Gott doch mal, was er in dir sieht! [CS]

15 SA Einfach machen.

1. SAMUEL 16,14-23 Theodore Roosevelt hat mal gesagt: „Tu, was du kannst, mit dem, was du hast, genau da, wo du bist.“ David wurde zum König gesalbt und am nächsten Tag geht es wieder zu den Schafen. Dort kämpft er gegen wilde Tiere und spielt Harfe. Wo bleibt der Palast? David hat keine Pläne gesponnen, wie er König wird und den amtierenden König stürzen kann. Er hat Geduld und macht das, was er kann, da, wo er ist. Gott leitet alles in die Wege. Er bringt David über sein musikalisches Talent an den Königshof. Träume und Ziele sind superwichtig. Aber schätze auch die Gegenwart. Bring dich hier mit deinen Gaben ein. Wenn Gott dich woanders haben möchte, wird er dich darauf aufmerksam machen. [CS]

WEITERDENKEN Was vernachlässigst du gerade? Finde wieder ein JA dazu und nutz deine Gaben!

16 SO Was ist dein Riese?

1. SAMUEL 17,1-11 Goliath verschlägt den Israeliten die Sprache. Gerade waren sie bereit, in den Krieg zu ziehen. Jetzt traut sich niemand mehr, etwas zu sagen. Alle haben Angst. Diese Riesen gibt es auch in meinem Leben. Personen oder Aufgaben, die mir die Sprache verschlagen. Auf einmal werde ich ganz klein. Ich bin ein Niemand. Ich kann nichts. Auf einmal ist mein Ego angeknackst. Ich bin nichts wert. Wegen diesen Riesen vergesse ich alles Positive. Ich bin wie gelähmt. Was ist dein Riese? Was steht wie ein Riese vor dir und lähmt dich? Welcher Aufgabe fühlst du dich nicht gewachsen? [CS]

WEITERDENKEN Fällt dir eine Situation ein, in der du einen ähnlichen Riesen schon mal besiegt hast? Schreib mir von deinen Riesen an carmenstraesser@gmx.de. Schon allein, sie zu benennen und auszusprechen, macht sie kleiner.

17 MO Impossible

1. SAMUEL 17,12-30 „Denn wer ist dieser unbeschnittene Philister, der die Schlachtreihen des lebendigen Gottes verhöhnt?" Das klingt nach einer Beleidigung. David kommt zum Kriegsgeschehen und ärgert sich. Ein einzelner Mann wagt es, sich über die Israeliten lustig zu machen. Mit einer einzigen Frage macht er diesen Riesen klein. Er ist nicht mehr als ein unbeschnittener Philister. Seine Gegner dagegen haben den lebendigen Gott auf ihrer Seite. Auf einmal wirkt die Angst der Israeliten fast albern. David sagt: „Was fürchtet ihr euch vor diesem Niemand, nur weil er groß ist und eine schwere Rüstung trägt? So jemand kann uns doch nichts anhaben, wenn Gott auf unserer Seite ist." Gott macht auch in deinem Leben das Unmögliche möglich. [CS]

YOUTUBE-TIPP Sidewalk Prophets – Impossible
youtu.be/mUL3dJkNTKI

18 DI Du kannst das nicht.

1. SAMUEL 17,31-40 „Du bist zu jung. Du hast keine Erfahrung." Wenn ich sowas höre, zweifle ich: Stimmt das? Vielleicht sollte ich das doch nicht machen. Aber David weist Saul zurück. Er hat zwar keine Kriegserfahrung und hatte noch nie eine Rüstung an, aber er wurde auf diesen Kampf anders vorbereitet. Mit Bären und Löwen als Gegner. David lässt sich von Saul und den gesellschaftlichen Erwartungen nicht zurückhalten. Er ist kein Krieger, sondern Hirte. Er trägt keine Rüstung, sondern sein Hirtenoutfit. Aber er ist mutig und lässt seinen Gott nicht verspotten. Ist das naiv? Vielleicht. Aber David hat die Erfahrung gemacht, dass Gott ihm beisteht. Darauf vertraut er auch jetzt. [CS]

JETZT DU Lass dir nicht von anderen vorschreiben, was geht und was nicht. Sei mutig mit Gott unterwegs.

19 MI Den Riesen besiegen

1. SAMUEL 17,41-54 David besiegt den Riesen. Jetzt wissen alle, dass es Gott gibt. Das Trumpf-Ass der Philister hat verloren. Auf einmal wachen die Israeliten aus ihrer Angststarre auf. Sie laufen den Philistern hinterher und beenden, was David begonnen hat. Manchmal ist dieser Riese in unserem Kopf wie ein Balken. Er lähmt dich und hindert dich, zu denken. Kaum ist der Riese weg, bist du wie befreit. Was kann dir helfen, deinen Riesen loszuwerden? Erinnere dich: Das ist nicht der erste Riese, den du besiegst. Vertrau auf Gott und SEINE Fähigkeiten. Das macht dich stark. Aber wenn du es nicht schaffst, den Riesen selbst mit Gottes Hilfe zu besiegen, dann such dir einen David. Wenn wir nicht mehr vertrauen können, brauchen wir Menschen, die uns aus unserer Angststarre raushelfen. [CS]

20 DO Echte Freunde

1. SAMUEL 17,55-18,5 Nach dem Sieg kommt David an den Königshof. Ihm steht eine erfolgreiche militärische Laufbahn bevor. Aber Gott sorgt sich auch um Davids Herz und Gemüt. Selbst, wenn David weiß, dass Gott immer bei ihm ist, braucht es auch Menschen an seiner Seite. Gott stellt ihm einen Freund an die Seite. Wenn du allein in eine neue Gruppe / Stadt kommst, fühlst du dich schnell einsam. Feste Freunde sind mit das Wichtigste, was du brauchst. Und Freundschaft gewinnt an Qualität, je fester sie wird. Jonathan und David machen quasi einen Freundesschwur. Nichts und niemand kann ihre Freundschaft zerstören. [CS]

WEITERDENKEN Hast du einen ECHTEN Freund oder Freundin, mit dem/der du durch dick und dünn gehen kannst? Bitte Gott, dir so einen zu schenken oder eine Freundschaft in die Tiefe wachsen zu lassen.

21 FR Eifersucht

1. SAMUEL 18,6-16 Plötzlich kommt da einer, der kann alles besser. Dem gelingt alles. Er ist stärker, musikalischer und sieht auch noch besser aus, alle jubeln ihm zu und dann ist er auch noch bescheiden und sympathisch. Saul ist eifersüchtig – ein Gefühl, das Freundschaften und Beziehungen zerstören kann. Ein bisschen Eifersucht ist ganz normal, aber bevor sie dich auffrisst, leg sie in Gottes Hände. [MR]

GEBET Hilf mir Gott, meinen Blick auf das zu lenken, was du mir geschenkt hast und nicht auf das zu schauen, was die anderen haben. Amen.

22 SA Gute Erinnerungen

1. SAMUEL 19,1-7 Jonathan erinnert Saul daran, was David alles für ihn getan hat und überzeugt seinen Vater: Gott wirkt durch David! Auch, wenn Saul Angst hat, David könnte ihn vom Thron stoßen, so muss er sich doch eingestehen, dass es keine gute Idee ist, ihn aus dem Weg zu räumen. Ein Glück für David, dass er einen so mutigen Fürsprecher hat. [MR]

WEITERDENKEN Gibt es jemanden, den du nicht leiden kannst? Kann es sein, dass Gott durch diese Person wirkt?

23 SO Flucht

1. SAMUEL 19,8-17 David ist ein mutiger Held, der es sogar mit dem Riesen Goliath aufnehmen konnte – aber vor Saul läuft er davon. Nicht, weil er Angst vor ihm hat, sondern weil er nicht Sauls Feind sein will. David will Saul unterstützen, aber Saul sieht ihn nur als Bedrohung. Manchmal kannst du Menschen nicht davon überzeugen, das Gute in dir zu erkennen. Manchmal lohnt sich der Kampf nicht und du kannst ihnen nur aus dem Weg gehen und beten, dass Gott ihnen die Augen öffnet. [MR]

GEBET Gott, gib mir Gelassenheit, die Dinge hinzunehmen, die ich nicht ändern kann, den Mut, Dinge zu ändern, die ich ändern kann und die Weisheit, das eine vom anderen zu unterscheiden. Amen.

24 MO Bittere Wahrheit

1. SAMUEL 20,1-9 Jonathan kann nicht glauben, was David ihm da erzählt. Warum sollte Saul ihn töten wollen? Jonathan glaubt, seinen Vater gut zu kennen, der würde so etwas doch nicht tun und schon gar nicht hinter seinem Rücken. Doch Jonathan muss sich eingestehen, dass er das Bild, das er von seinem Vater bisher hatte, überdenken muss. Es war sicher schwer für ihn, mit dieser Enttäuschung umzugehen. [MR]

25 DI Außergewöhnliche Freundschaft

1. SAMUEL 20,10-23 Eigentlich stammen die beiden aus verschiedenen Welten, der Königssohn und der Hirtenjunge, aber trotzdem ist da eine tiefe Freundschaft, die beide verbindet. Als Jonathan mit David einen Bund schließt, bezieht er Gott in diese Freundschaft mit ein. Wenn sich ihre Wege trennen und Jonathan sich nicht mehr für David einsetzen kann, dann wird Gott diese Aufgabe übernehmen. [MR]

JETZT DU Gibt es Freundschaften, die du aus dem Blick verloren hast? Vielleicht ein guter Zeitpunkt, um sich mal wieder zu melden, oder für die Person zu beten. Samuel Harfst hat Psalm 91 vertont. Hör mal rein!

26 MI Gottes Wille

1. SAMUEL 20,24-34 Gott hat David durch Samuel zum zukünftigen König salben lassen. Saul und Jonathan ahnen beide, dass es irgendwann so kommen wird. Saul ist wütend und eifersüchtig, aber er ärgert sich auch, weil sein Sohn Jonathan derjenige wäre, dem eigentlich der Thron zustehen würde. Jonathan wird vielmehr davon betroffen sein als Saul, wenn David statt ihm König wird. Doch trotzdem freundet er sich mit ihm an. Jonathan akzeptiert, dass Gott hier seine Entscheidung gefällt hat. [MR]

GEBET Gott, dein Wille geschehe, wie im Himmel, so auf Erden. Amen.

27 DO Ein schwerer Abschied

1. SAMUEL 20,35–21,1 David und Jonathan haben so viel miteinander durchgemacht und David wäre ohne seinen treuen Freund vielleicht schon gar nicht mehr am Leben. Kein Wunder, dass ihnen der Abschied jetzt besonders schwerfällt – vor allem ohne Handy und WLAN. „Geh in Frieden" wünscht Jonathan David. Manchmal muss man Menschen ziehen lassen, aber Jonathan weiß, dass Gottes Friede David begleiten wird. [MR]

28 FR Trennungsfelsen

1. SAMUEL 23,14–28 Wie eine Folge aus Game of Thrones oder ein Kapitel von Herr der Ringe liest sich dieser Abschnitt der Bibel. Hochdramatisch und die gesamte Gefühlspalette ist vertreten. Bei David: Unsicher, gehetzt, abhängig und verletzlich. Saul hingegen fühlt sich hintergangen, verraten, vermutlich wütend und auch verletzt. Interessant, dass beide sich in dieser Situation an Gott wenden (V. 16; V. 21). Beide wähnen sich im Recht, auch vor Gott. Trotzdem stehen sie buchstäblich vor einem Trennungsfelsen. Machen wir uns nichts vor: Menschen, die in mir ähnliche Gefühle auslösen, können echt auch an Gott glauben. [LG]

JETZT DU Bevor du das nächste Mal auf ein krasses Gefühl reagierst, atme lieber dreimal tief durch und denke dir: Es ist ok, so zu fühlen. Gott, hilf mir mein Gegenüber zu verstehen.

29 SA Merkst du selber, ne?

1. SAMUEL 24,1-8A Was für eine Szene, es bleibt filmreif. Der Verfolgte hat die Gelegenheit, seinen Verfolger zu vernichten, während dieser auf'm „stillen Örtchen" an der Felswand sitzt oder steht. Das tut David aber nicht, sondern schneidet ein Stück Stoff von Sauls Gewand ab. Eine entsetzliche Demütigung. Klar, David ist offensichtlich kriegerisch überlegen, aber moralisch in dem Moment nicht. Was er tut, beschämt den König. Und dann merkt er es selber! Großartig und außergewöhnlich. So, als hätte Gott ihm in dem Moment ins Herz gesprochen und erinnert, wer er sein möchte: ein würdiger König. Vielleicht kennst du beide Seiten: Beschämt worden zu sein. Jemanden beschämt zu haben. [LG]

JETZT DU Rede mal mit deinen Leuten darüber, aber sei behutsam: Das Thema Scham kann sehr verletzlich machen.

30 SO Antitoxische Männlichkeit

1. SAMUEL 24,8B-23 Männer, die sich bis zum Ende blutig und heroisch die Köpfe einschlagen, sich ausrotten bis ins Letzte, dabei niemals Gefühle zeigen – nicht mal dann, wenn sie in den Armen ihres besten Freundes sterben? Fehlanzeige, hier wird erstmal gründlich mit toxischer Männlichkeit aufgeräumt: Statt weiter zu wüten, legt David unter Tränen und Flehen sein Herz vor Saul. Ganz ohne Ego und Ansprüche nennt er ihn Vater und König und gibt ihm seine Würde zurück. Und Saul wird ganz weich, ja zart, und wendet sich voller Liebe David zu. Nennt ihn Sohn und zukünftigen König. Sie erkennen sich an und sprengen den Trennungsfelsen. Megaabschnitt! [LG]

GEBET Mein Gott, hilf mir, die Trennungsfelsen zwischen mir und XY zum Bröckeln zu bringen. Schenk mir Davids Mut und Kraft, mein Herz zu öffnen. Amen.

TAG DER ARBEIT

01 MO Der König ist tot, lang lebe der König!

2. SAMUEL 1,1-4.11-12 Saul ist im Krieg gefallen. Der amtierende König ist tot und David wird die Nachricht überbracht. David wird nun König werden, denn auch Sauls Söhne sind im Kampf getötet worden. Aber da ist keine Freude bei David, nur Trauer. Er zerreißt seine Kleidung und lässt, blind vor Schmerz, den Boten töten (Verse 5-10). Er hat keinen Platz für große Erwartungen oder Hoffnungen. Dennoch ist Sauls Tod die Grundlage für eine neue, gewaltige Ära: Das Königreich Davids, von dem er grad nichts wissen will. So ist das Leben: Mitten in unserem Schmerz ist schon die Zukunft angelegt, auch in der Natur. Hinter uns liegen die kalten, dunklen Wintermonate. Die Voraussetzung für alles Blühen. [LG]

JETZT DU Schalt dein Handy aus. Geh raus, setz dich irgendwo ins Grüne und genieße. Alles.

02 DI Top of the world

2. SAMUEL 5,1-12 Die Prophezeiung wird wahr: David ist König. Er wird der wichtigste König Israels sein, auserwählt, gesalbt und gekrönt. 1.000 Jahre vor Jesus wird er als Retter gefeiert und auch Jesus ist ein Nachkomme von David. In diesem Abschnitt scheint ihn erstmal nichts aufhalten zu können, er ist so richtig on top of the world, zumindest on top of Israel. Dass das nicht so bleibt, kann man nachlesen. Die Bibel verschweigt das nicht, es gibt keinen perfekten Helden, nicht mal David ist so einer. [LG]

Vom kleinsten Hirtenjungen zum wichtigsten König Israels. Wenn du mehr wissen möchtest über David, lies doch mal nach:https: //kurzelinks.de/8tgj

WEITERDENKEN

03 MI Hä – Bundeslade?

2. SAMUEL 6,1-15 Die Bundeslade nach Jerusalem zu holen, ist eine der großen Taten Davids. Er festigt damit nicht nur seine Macht, sondern zeigt, wie sehr er mit Gott verbunden ist. Äh, was ist eigentlich diese Bundeslade? Sie ist zunächst mal ein Gegenstand, eine Truhe aus Akazienholz mit Gold überzogen (wenn du das nachlesen willst: 2. Mos 25,10–22). Darin wurden die Steintafeln mit den 10 Geboten transportiert und sie war ein Zeichen für Gottes Gegenwart. Im Grunde also ein transportables Heiligtum, welches das Volk Israel auch ständig bis zur Sesshaftigkeit mit sich trug. Die Bundeslade repräsentierte den Bund zwischen Gott und seinem Volk und darum war sie den Israeliten so heilig. [LG]

JETZT DU Gibt es etwas, das dir heilig ist? Hast du einen Gegenstand, der deine Beziehung zu Gott symbolisiert.

04 DO Dance like nobody's watching

2. SAMUEL 6,16-23 … das ist genau das, was David macht – außer, dass ungefähr die ganze Stadt zusieht und er der König ist. Er tanzt zu Gottes Ehren und gibt echt alles. Michal, Davids Ex, ist das entsprechend peinlich. Fremdschämen. Kennst du das? Vielleicht sogar, wenn jemand aus deiner Gemeinde vor Gott so richtig abgeht? Aber wieso schäme ich mich für eine andere Person? Das hat doch nichts mit mir zu tun, oder? Meistens eben doch. Vielleicht, weil ich mich das nie trauen würde, aber eigentlich gern will? Vielleicht, weil ich in so einer Situation schon 'nen beschämenden Spruch kassiert habe? Irgendwas steckt meistens bei mir selber dahinter. Gott jedenfalls scheint das gut zu finden, wenn wir loslassen und vor ihm tanzen. [LG]

JETZT DU Dreh die Musik auf, schließ dein Zimmer ab und tanze, als würde niemand (oder nur Gott) zugucken und lass los.

05 FR Mein eigener Prophet

2. SAMUEL 7,1-16 Weißt du, was cool wär? Einen Propheten zu kennen. Am besten auch einen, der immer in meiner Nähe ist. So wie bei David. Ein Prophet ist so etwas wie ein „Postbote" Gottes. Jemand, der Nachrichten von Gott ausrichtet. Wann immer David eine Frage an Gott hat, kann er sie einfach Nathan stellen und der gibt ihm dann Gottes Antwort. Ich denke, wenn ich einen Propheten kennen würde, dann würden mir große Entscheidungen nicht so schwer fallen. Aber in meinem Leben gibt es leider keinen. Und in deinem Leben wahrscheinlich auch nicht. Die gute Nachricht ist: Wir dürfen selbst und ganz direkt mit Gott reden. Ihm unsere Fragen und Zweifel anvertrauen. Und ich bin mir sicher, Gott antwortet uns. [MS]

WEITERDENKEN Was meinst du: Wie antwortet Gott heute auf unsere Gebete?

YouTube

Heute gibt's ein neues Video!
YouTube.de/startindensamstag

06 SA Dankgebet

2. SAMUEL 7,17-29 Hast du dich schon mal so richtig gesegnet gefühlt? Ganz glücklich, weil in einem Moment alles perfekt war? Ganz hoffnungsvoll und zuversichtlich, dass alles gut wird? Hast du schon mal Gottes Liebe gespürt? Ich finde, in diesem Text kann man Davids Gefühle für Gott erkennen. Er ist Gott so dankbar für seinen Segen und freut sich über Gottes Zusagen. Für mich ist Musik eine schöne Art, um Dankbarkeit gegenüber Gott auszudrücken. Manchmal kann ich Gott (oder Gottes Liebe oder Gottes Segen) spüren, wenn ich Musik mache. Dann passiert etwas Besonderes, ein Lied wird zu einem Dankgebet. So wie Davids Worte, die wir heute gelesen haben. [MS]

YOUTUBE-TIPP Eines meiner liebsten Gebets- und Dankelieder ist 10.000 Reasons von Matt Redman. Vielleicht hast du ja Lust, es mal (wieder) anzuhören. youtu.be/XtwIT8JjddM

07 | SO | Gnade weitergeben

SAMUEL 9,1-13 Gestern haben wir gelesen, dass König David Gottes Gnade spüren konnte. Und jetzt ist David selbst gnädig. Saul war vor ihm König und mit seinem Sohn Jonathan war David sehr gut befreundet. Saul und Jonathan starben als Soldaten in einer Schlacht. Ihnen kann David nichts Gutes mehr tun, also fragt er nach Nachkommen und erfährt von Mefi-Boschet. Was für ein Glück für den Sohn Jonathans! [MS]

JETZT DU

Wenn ich lese, wie David Gottes Liebe weitergibt, fällt mir ein anderer Bibelvers ein. In Gen 12,2 sagt Gott zu Abraham: „Ich will dich segnen und du sollst ein Segen sein." Auch David wurde gesegnet und ist jetzt ein Segen für Mefi-Boschet. Wie der Satz für Abraham und David galt, so gilt er auch für dich! Überleg dir, wem du heute etwas Gutes tun und damit „ein Segen sein" kannst.

08 | MO | Davids andere Seite

2. SAMUEL 11,1-13 Ich kann es gar nicht fassen: David beobachtet Batseba, findet sie hübsch und lässt sie dann zu sich bringen, um mit ihr zu schlafen. Was Batseba dazu gesagt hat, steht leider nicht im Text. Sicher ist: Sie wurde in dieser Nacht schwanger. Als König konnte David kein uneheliches Kind zulassen. Also ließ er Batsebas Mann, Uria, zu sich bringen. Sein Plan war, dass Uria die Nacht Zuhause verbringt und dann denkt, das Kind wäre von ihm. Aber Uria war mitfühlend und wollte nicht zu Hause schlafen, während seine Kameraden auf den Feldern übernachten. Uria schlief lieber bei den Knechten im Freien. Am nächsten Abend versuchte David, ihn betrunken zu machen und hoffte, dass er dann zu Hause schlafen würde. Aber Uria ging nicht zu Batseba. Er blieb wieder bei den Knechten und Davids Plan ging nicht auf. [MS]

09 DI Was ist nur mit David los?

2. SAMUEL 11,14-27 Im heutigen Text ist David noch krasser drauf. Mir fällt wirklich fast nichts ein, was noch schlimmer wäre: David lässt Uria absichtlich an vorderster Front kämpfen, damit er getötet wird – nur, um sein eigenes Fehlverhalten zu vertuschen. Danach heiratet David Batseba und sein Problem ist gelöst: Wenn er mit ihr verheiratet ist, kann sie auch das gemeinsame Kind zur Welt bringen. Nachdem David Gott im Text von Sonntag so nah war, ist er jetzt so weit von Gott entfernt. [MS]

GEBET Gott, wir alle machen Fehler. Manche sind groß, andere sind klein. Bitte lass uns nicht daran verzweifeln und hilf uns zu verstehen: Fehler gehören zum Leben dazu. Hilf uns, andere nicht zu verurteilen und uns für eigene Fehler zu entschuldigen. Amen.

10 MI Nathans Vergleich

2. SAMUEL 12,1-12 Den König zu kritisieren, war sicherlich nicht einfach. Clever von Nathan, die Geschichte mit den Schafen zu erzählen. Er ahnt bestimmt, wie David darauf reagiert. Und dann sagt Nathan: „Du bist der Mann!“ Erst da kapiert David, was gemeint ist: Er hatte schon mehrere Ehefrauen, als er Batseba heiratete. Uria war mit Batseba verheiratet, aber David wollte sie unbedingt. Ich finde immer noch unfassbar, was David getan hat. Aber wenn ich lese, dass Gott ihn bestrafen möchte (V. 10-12), dann wundert mich das. Müsste Gott nicht lieb und gnädig sein? Warum ist Gott so „menschlich“ in dieser Situation? [MS]

WEITERDENKEN Wie geht es dir mit diesem (typisch alttestamentlichen) Gottesbild? Ist Gott für dich immer nur lieb und nett? Oder auch ein strenger Richter?

11 DO Schuldeingeständnis

2. SAMUEL 12,13-25 David sucht keine Ausrede, sondern steht zu seiner Schuld: „Ich habe gesündigt gegen den HERRN" (V.13). „Gott hat dir vergeben, du musst nicht sterben", antwortet Nathan. „Das Kind wird aber sterben." David versucht alles, um Gott doch noch umzustimmen – er fastet, weint und betet. Aber es bleibt dabei: Das Kind stirbt. Und wieder frage ich mich: Warum ist Gott so grausam? Aber ein Blick in die weitere Geschichte zeigt mir: Wenn Batseba und Davids Erstgeborener leben würde, wäre wohl die ganze Geschichte Israels eine andere. Denn Salomo, der Zweitgeborene, soll Davids Thronfolger sein. [MS]

WEITERDENKEN Jeder trauert auf seine Weise. Ich find es beeindruckend, wie überzeugt David weiß: Ich werde einmal wieder bei meinem Kind sein (V.23). Ich wünsche uns, dass wir in Trauer auch so zuversichtlich bleiben können.

12 FR „Abschalom for President"

2. SAMUEL 15,1-12 Oder so ähnlich könnte es auf Wahlplakaten geheißen haben, hätte er welche am Start gehabt. Abschalom – einer der Söhne von König David – betreibt hier etwas, das fast als Wahlkampf durchgehen könnte. Mit einer dienenden Haltung und großen Versprechen gewinnt er das Herz der Israeliten. Im Grunde vorbildlich, wie er den Menschen hier begegnet. Nur leider hat dieser nichts Gutes im Sinn. Mit einer großen Anhängerschaft hinter sich, macht er sich auf den Weg nach Hebron. Sein Alibi: Er will ein Versprechen einhalten, das er Gott früher mal gegeben hat. Seine eigentliche Mission: Eine Verschwörung gegen seinen Vater. Viel Drama-Potenzial ist hier auf jeden Fall vorhanden. Wie gut, dass Gottes Treu-Sein nicht an uns Menschen hängt. [SM]

13 SA I'm on my way, ...

... driving at 90... (Castle on the Hill von Ed Sheeran)

2. SAMUEL 15,13-16 Mit 90 km/h – am liebsten noch schneller – hätte David sein Königreich wohl verlassen, als er davon Wind bekam, dass Abschalom nichts Gutes gegen seinen Vater im Schilde führt. Krieg gegen seinen Sohn – darauf haben weder er noch seine Leute sonderlich große Lust. Mit dem „Sunset over the Castle" wird es aber nichts. Jetzt heißt es erstmal: Renn, so schnell du kannst. [SM]

JETZT DU Familie ist – offensichtlich – nicht immer einfach. Versuch heute dennoch mal, auf die positiven Seiten zu schauen und sag einem Familienmitglied, was du an ihm/ihr schätzt.

MUTTERTAG

14 SO He fights my battles

2. SAMUEL 18,1-8 Jetzt heißt es Krieg. Und immerhin wäre David sich nicht zu schade, selbst in die Schlacht zu ziehen, würde seine Armee diesem Vorhaben nicht vehement widersprechen. Nur, dass sie seinen Sohn, der unglücklicherweise der Auslöser dieses Dramas ist, bitte lebendig zu ihm bringen sollen, gibt er ihnen noch unüberhörbar mit auf den Weg. Unfassbar viele Menschen sterben an diesem Tag. Und es ist so verständlich, wenn man sich hier fragt: Wozu, Gott? Eine perfekte Antwort darauf habe ich nicht, was ich aber weiß ist: Gott ist sich nicht zu schade, selbst in unsere Schlachten zu ziehen, wenn du ihn darum bittest. Und das Gute: Keine Menschen müssen dafür sterben. Und das Beste: Er siegt. Immer. [SM]

YOUTUBE-TIPP UPPERROOM – Surrounded (Fight my Battles)
youtu.be/vx6mfAgHDsY

15 MO Zur falschen Zeit am falschen Ort

2. SAMUEL 18,9-18 Okay, das hätte wirklich nicht schlechter laufen können für Abschalom. Festgeritten in einem Baum direkt vor den Augen von Davids Soldaten. Und Joab widerspricht der unmissverständlichen Aufforderung seines Onkels, des Königs, Abschalom am Leben zu lassen und sticht ihn mit drei Speeren ins Herz, ehe seine Waffenträger ihm den Rest geben. Eine kurze Beerdigung, oder besser: ein Verstecken der Leiche, und weiter geht's. Wie der König wohl reagieren wird? [SM

JETZT DU Schwieriger Text, oder? Bitte Gott mit deinen eigenen Worten darum, dass er dir ein Herz für sein Wort und ein Wort für dein Herz gibt – auch, wenn es bei solchen Texten manchmal schwierig sein kann, etwas mitzunehmen.

16 DI Hiobsbotschaft für David

2. SAMUEL 19,1-9A Ein bisschen mehr Dankbarkeit wäre angebracht. Findet zumindest Joab, der seinem Onkel vorwirft: „Du liebst die, die dich hassen, und du hasst die, die dich lieben!" (V.7, BB). Irgendwie eine verzwickte Situation. Dass David trauert, ist so verständlich, wie diese ganze Situation vermeidbar war. Und überhaupt: Joab ist doch derjenige, der Abschalom getötet hat. Dieses Detail verschweigt er dem König aber lieber. Jemand musste sterben, damit Frieden herrschen kann. Wir glauben, dass Gott dem ein für alle Mal ein Ende bereitet hat mit dem Tod seines eigenen Sohnes Jesus Christus. [SM]

GEBET Gott ich bitte dich: Hilf mir, meine Feinde genauso zu lieben wie meine Freunde. Und verzeih mir bitte, wo ich das nicht kann. Amen.

17 MI „In der allergrößten Not ...

2. SAMUEL 22,1-7.29-31 ... hilft mir der Herr, mein Gott". Das, was David hier zum Ende seines Lebens schreibt, reimt sich zwar nicht so schön, soll aber eine Art Gedicht oder Lied sein. Er denkt hier an die Zeiten, in denen Gott gut zu ihm war und ihn aus Gefahren gerettet hat. Er beschreibt dabei Gott nicht einfach als irgendeine unsichtbare Macht, die er herbeibeschwören kann, sondern als wahren Zufluchtsort und Ansprechpartner, den er sogar zuschreien darf und erhört wird. David hat in seinem Leben viele Nöte durchlebt und Gott ist derjenige, dem solche Nöte nicht fern sind, sondern der mittendrin ist. Oder, wie er es formuliert: „Mit meinem Gott springe ich über Mauern." (V.30, BB.) [SM]

YOUTUBE-TIPP BibleProject – Buchvideo: 2. Samuel
youtu.be/jdGu7UOpcVY

HIMMELFAHRT

18 DO Vom Alten Testament bis ...

... zur Generation Alpha und darüber hinaus.

PSALM 89,2-9 In diesem Psalm können wir viel von dem lernen, wie Gottes Wesen und sein Plan mit uns Menschen ist. Der Schreiber macht uns Leser darauf aufmerksam, dass wir es mit einem lebendigen Gott zu tun haben. Dieser Gott überspringt keine Generation und hält seine Versprechen treu. Selbst im Himmel unter all den Engeln und den himmlischen Wesen gibt es niemanden, der auch nur im Ansatz vergleichbar ist mit Gott, dem HERRN. Und dieser Gott hat es David versprochen: Ein Nachkomme von dir wird für immer König sein. [SM]

JETZT DU Lies doch mal das erste Kapitel vom Matthäusevangelium ganz am Anfang vom Neuen Testament, dem zweiten Teil der Bibel. Dort wird uns Jesus vorgestellt. Der ewige König aus der Nachfolge Davids.

LAUTER RATSCHLÄGE

DAS BUCH DER SPRÜCHE

CHRISTIAN HILK [CHI] | C.HILK@CVJM-KV.DE

#WEISELEBEN

#KÖNIGSALOMO

#RESPEKTVORGOTT

Basics ZUM BUCH DER SPRÜCHE

„Wer andern eine Grube gräbt, fällt selbst hinein." Sicher hast du dieses Sprichwort schon mal gehört. Oder: „Hochmut kommt vor dem Fall." Das sind Redewendungen, die eigentlich jede/r kennt. Aber wusstest du, dass sie aus der Bibel stammen? (Sprüche 26,27 und 16,18). Im Buch der Sprüche sind solche Redewendungen gesammelt.

Wer der Autor war, ist umstritten. Oft wird das Buch König Salomo zugeschrieben. In der jüdischen Tradition wird es König Hiskija zugeschrieben. Man kann jedoch davon ausgehen, dass die Sprichwortsammlung über einen längeren Zeitraum entstanden ist – ungefähr 700 bis 200 v. Chr.

Was interessieren uns heute Lebensweisheiten von vor 2.500 Jahren? Zugegeben, manches ist heute tatsächlich problematisch – und würde man danach handeln, würde man sich strafbar machen. Z.B. wenn es um Gewalt bei der Kindererziehung geht (Sprüche 13,24). Auch gehen die Verfasser vom „Tun-Ergehen-Zusammenhang" aus. Vereinfacht gesagt bedeutet das: Guten Menschen, die auf Gott hören, ergeht es gut. Schlechten Menschen ergeht es schlecht. Nicht erst heute weiß man, dass das nicht so einfach ist. Schon in der Bibel wird dieser Zusammenhang kritisch reflektiert, z.B. bei Hiob oder im Buch Prediger (4,1).

Also: alles überholt? Nein, denn das, was hier aufgeschrieben wurde, sind die Erfahrungen, die Menschen mit Gott gemacht haben. Nicht alles lässt sich eins zu eins auf heute übertragen. Manche Erfahrungen sind vielleicht ähnlich wie deine eigenen. Andere sind völlig unterschiedlich. Wieder andere muss man kritisch sehen und sich davon distanzieren. Trotzdem können wir viel daraus lernen: Welchen Blick hatten die Menschen damals auf Gott? Wie hat Gott zu ihnen gesprochen? Wie haben sie mit ihm gelebt? Was können wir von ihnen lernen? Was ist gleich und was ist heute anders?

Der Zugang ist vielleicht nicht so leicht wie bei den vertrauten Jesus-Texten. Aber hey, auch die sind nicht immer einfach... Ich persönlich finde genau das spannend an der Bibel – dass sie manchmal holprig und sperrig ist. Gerade das ist ja herausfordernd.

Die Auslegungen zu den Texten aus dem Buch der Sprüche spannen einen Bogen aus der Welt der Bibel in die heutige Zeit und zeigen auf, was die Texte heute mit uns zu tun haben können. Das ist – wie übrigens keine Auslegung in diesem Buch – nicht die Musterlösung und einzig richtige Deutung. Vielleicht kommst du auf eigene Gedanken, vielleicht spricht dich ein Sprichwort ganz anders an. Gut so. Lass dich auf jeden Fall auf die Herausforderung ein! Es ist ein spannendes Buch und es lohnt sich, sich damit zu beschäftigen.

[CHi]

19 FR Darf ich dir einen Rat geben ... ?

SPRÜCHE 1,7-9 Es gibt drei Arten zu lernen: 1. durch Nachdenken – das ist die Edelste. 2. durch Erfahrung – das ist die Bitterste und 3. von anderen – das ist die Einfachste. Wer lässt sich schon gerne etwas sagen? Gerade von den eigenen Eltern will man sich ja nicht unbedingt reinreden lassen. Und ja, manchmal muss man auch eigene Erfahrungen machen. Doch ab und an kann es auch mal klug sein, auf den Erfahrungen von jemand anderen aufzubauen. [CHi]

WEITERDENKEN Von wem nimmst du gerne Ratschläge an? Von wem nicht? Und warum? Weil der oder diejenige keine guten Ratschläge gibt oder aus Prinzip, weil du dir nichts sagen lassen willst?

20 SA „Viel Meinung – wenig Ahnung"

SPRÜCHE 2,1-8 So könnte man die Äußerungen in der heutigen Zeit beschreiben. Ein Shitstorm jagt den nächsten, da bleibt auch wenig Zeit, sich eine fundierte Meinung zu bilden. Wenn du das trotzdem tust, dann stellst du fest, dass die Dinge manchmal doch nicht so einfach sind, wie sie verkürzt wiedergegeben werden. Deshalb ist gerade für Christinnen und Christen umso wichtiger, sich wirklich grundlegend zu informieren. Nach Vernunft und Einsicht zu suchen wie „nach Silber". Und sich nicht nur innerhalb der eigenen Bubble zu informieren. Denn das kommt dann wieder denen zugute, die vielleicht zu Unrecht einem Shitstorm ausgesetzt sind. [CHi]

21 SO Aus einem anderen Blickwinkel

SPRÜCHE 2,9-15 Die wenigsten Konflikte und Streitereien im Alltag sind schwarz-weiß. Meistens verhält sich nicht einer nur gut oder einer nur böse. Da, wo Dinge verkürzt wiedergegeben werden oder einseitig dargestellt werden, wird viel zu oft auch Menschen unrecht getan. Und weil das immer wieder passiert – egal, ob im persönlichen Umfeld, in sozialen Netzwerken oder in den Medien – besteht immer wieder die Gefahr, in diese Falle zu tappen. Die Dinge mit „Besonnenheit und Einsicht" zu betrachten fordert der Bibeltext von uns. [CHi]

JETZT DU Stell dich bei einem Streit doch mal auf die Gegenseite. Versuche, die Situation aus der Perspektive der anderen zu betrachten. Natürlich musst du nicht jede Meinung übernehmen – aber vielleicht verstehst du so, wie jemand zu seiner Meinung kommt.

22 MO Keine Willkür!

SPRÜCHE 3,1-4 „Christ sein heißt: Rechte halbieren und Pflichten verdoppeln." So hat es mir vor langer Zeit mal ein Mitschüler gesagt. Damals wusste ich nicht so recht, was ich antworten soll. Klar, es heißt ja manchmal, dass ein Christ dieses nicht darf oder jenes unbedingt tun muss. Inzwischen habe ich gelernt, dass Gott seine Gebote nicht aus reiner Willkür gibt, sondern dass sie das Zusammenleben regeln sollen. Hinter Gottes Geboten steckt immer ein Sinn, den es zu entdecken gilt. Manche Sachen mache ich anders, weil ich Christ bin. Aber nicht, weil ich es muss, sondern weil ich es will. „Alles ist mir erlaubt", sagt Paulus, „aber nicht alles dient zum Guten." (1 Kor 6,12 LUT). [CHi]

WEITERDENKEN Gibt es „christliche Regeln", von denen du dich eingeschränkt fühlst? Kannst du einen Sinn dahinter entdecken – oder sind es nur Erwartungen von anderen Christ:innen?

23 DI Gott das Steuer übergeben

SPRÜCHE 3,5-8 Vorsicht, das ist gefährlicher Text! Viel zu oft wurde solche Bibeltexte missbraucht um Menschen, die etwas ausscherten wieder in die Spur zu bringen. Dann heißt es: „Du hältst dich selbst für klug. Aber hier steht, dass du nicht auf dich selbst vertrauen sollst. Also mach, was ich sage!“. Man darf diesen Text nie für andere lesen, sondern nur für sich selbst. Dann wird aus dem bedrohlichen Abschnitt ein wunderbarer Zuspruch: Ich darf mich auf Gott verlassen (V.5). Er meint es gut mit mir (V.10). Bedingungslos. Ich muss nicht alles selbst regeln. Wo ich an meine Grenzen komme und nicht weiter weiß, darf ich ihm das Steuer übergeben und er bahnt mit den Weg (V.6). [CHi]

GEBET Gott, hilf mir, dass ich loslassen und immer mehr auf dich vertrauen kann. Amen.

24 MI Noch besser als Reichtum ...

... und Anerkennung!

SPRÜCHE 3,13-26 „Richte deinen Blick auf Gott“, will der Text dir sagen. Mit Weisheit ist immer die göttliche Weisheit gemeint. Es gibt so vieles, was wir im Leben gerne haben wollen – nicht unbedingt Korallen (wie in Vers 15), aber das neuste Handy, Ansehen in der Schule, Erfolg im Sportverein – you name it. „Aber Weisheit ist doch viel besser“, erinnert uns dieser Bibeltext. Oder anders gesagt: Schau auf Gott. Er will ein erfülltes Leben für dich und Gemeinschaft mit dir! Neben dieser göttlichen Gemeinschaft ist alles andere unbedeutend. Auch Sorgen und Nöte, die dich bedrücken, werden ein Stückchen kleiner – und vielleicht in der Gemeinschaft mit Gott besser zu ertragen. [CHi]

GEBET Danke, Gott, für das Angebot, dass du mit mir Gemeinschaft haben möchtest. Amen.

25 DO Ein Herz für Außenseiter

SPRÜCHE 3,27-30 Bisher ging es hauptsächlich darum, wie ich mich auf Gott ausrichten kann. Jetzt geht es um meine Mitmenschen. Christinnen und Christen sind andere, denen es schlecht geht, nicht egal. Ganz gleich, ob der Außenseiter in der Schule, die Obdachlose im Park oder Menschen in anderen Ländern, die Hunger leiden oder vor Krieg fliehen. In der festen Verankerung in Gottes Gemeinschaft (siehe gestern) finde ich die Kraft, loszugehen, Schwachen zu helfen und Unrecht beim Namen zu nennen. Beides gehört zusammen: die Liebe zu Gott und die Liebe zu den Menschen. So wie im Doppelgebot der Liebe – für Jesus das wichtigste Gebot (Mk 12,29f). [CHi]

WEITERDENKEN Wo braucht in deinem Umfeld jemand Hilfe? Und was kannst du für diese Person tun?

26 FR Fake News!

SPRÜCHE 4,20-27 Fake News – ein ernstes Problem unserer Zeit. Nicht nur, dass ein wenig geflunkert wird, Fake News sind ein ernstes Problem für unsere Gesellschaft. Es spaltet Menschen und grenzt aus, wenn Fakten verdreht oder weggelassen werden oder ganz die Unwahrheit gesagt wird. Weil die Wahrheit oft komplexer ist, verbreiten sich Fake News viel schneller. Dagegen wendet sich der Text von heute. Bei der Wahrheit bleiben und nichts verdrehen (V.24) – dazu gehört auch, Dinge aus allen Blickwinkeln zu betrachten. Als Christinnen und Christen sind wir der Wahrheit verpflichtet. Das kann unbequem werden – vor allem, wenn man sich gegen die Mainstream-Meinung der eigenen Bubble wenden muss. Trotzdem macht uns der Text Mut, immer der Wahrheit auf der Spur zu bleiben (V.28) – gerade wenn es ungemütlich wird. [CHi]

GEBET Jesus, hilf mir, auch in schwierigen Situationen die Wahrheit zu erkennen und für sie einzustehen. Amen.

27 SA Handeln aus eigenem Antrieb

SPRÜCHE 6,6-11 Mal ehrlich: Muss ich mich von einem 2.500 Jahre alten Text als Faulpelz beschimpfen und stressen lassen? In der heutigen Zeit haben wir ja wirklich alle genug zu tun. Nicht wenige sind überlastet mit den Anforderungen, die andere an sie stellen – oder die sie an sich selbst stellen. Und dann soll ich als Christ noch die Welt verändern? Das ist ja noch mehr Stress... Ameisen sind wirklich fleißige Tiere: sie sorgen sich um den Nachwuchs, beschaffen Nahrung, beschützen und vergrößern den Bau. Ihr Geheimnis liegt in Vers 7: Die Ameisen haben keine Aufseher, niemand befiehlt und niemand treibt sie an (BB). Das, was sie tun, tun sich nicht aus einem Pflichtgefühl oder weil sie meinen, irgendwelche Erwartungen erfüllen zu müssen. Sondern es ist ihr innerer Antrieb, ihre innere Motivation. Du musst keine Erwartungen von der Gemeinde, dem Pastor oder gar von Gott erfüllen. Der erste Schritt ist, dich von Jesus verändern zu lassen, sodass der Wille Gottes auch dein Wille wird. Daraus entsteht die richtige Motivation für unser (stressfreies) Handeln als Christinnen und Christen. [CHi]

GEBET Jesus, hilf mir, dass dein Wille in mir wächst. Amen.

4 TAGE MIT PSALMEN

CHRISTIAN BERNARD [CB] | CHRISTIAN.BERNARD@EJWUE.DE

PFINGSTSONNTAG

28 SO Ansprechpartner

PSALM 143,6-10 David, der diesen Psalm geschrieben hat, erzählt Gott, wie es ihm geht. In seinem tiefsten Innern, seiner Seele, sehnt er sich danach, loszuwerden, was ihn bedrückt. Er schüttet Gott sein Herz aus. David vertraut Gott, bei ihm fühlt er sich mit dem, was ihn bewegt, geborgen und verstanden. Denn Gott meint es gut mit ihm, davon ist er überzeugt! Deshalb bittet er ihn, dass Gottes Geist, seine Kraft, durch die Gott in der Welt wirkt, ihn leitet. An wen wendest du dich mit dem, was dich in deiner Seele bewegt? Hast du Gott schon mal eingeladen dich zu leiten? [CB]

JETZT DU Schnapp dir Stift und Zettel oder dein Handy und schreib auf, was dich aktuell bewegt, bedrückt, umtreibt. Was du aufgeschrieben hast, kannst du wie David Gott in einem Gebet sagen und ihn bitten, dich darin zu leiten (begleiten).

PFINGSTMONTAG

29 MO Freude teilen

PSALM 34,2-9 David nimmt uns Lesende in diesen Versen mit in seine Freude und sein Gottvertrauen hinein. Er beschreibt, was er mit Gott erlebt hat. Dass sein Bitten erhört, er aus seiner Notlage gerettet und von Gott beschützt wurde. David bezeugt seinen Glauben und lädt in Vers 9 mit dem Bild vom Schmecken und Sehen sogar ein, diesen Gott, von dem er spricht, kennenzulernen und zu erleben, was ihm zu vertrauen bedeuten kann. Wir wurden auch einmal eingeladen, Gott kennen zu lernen. Ihm zu vertrauen, ein Leben mit ihm zu leben. Erinnerst du dich? [CB]

JETZT DU 1. Überleg mal, was du wie David mit Gott Gutes erlebt hast. Schreib es auf, in manchen Lebenssituationen ist es gut, sich an das Gute zu erinnern. 2. Wen würdest du gerne einladen, Gott kennen zu lernen (MitschülerIn, FreundIn, ...)?

30 DI Veränderung leben

PSALM 34,10-15 In diesem Teil des Psalms erzählt David, was passiert, wenn ein Mensch Gott kennenlernt. Die Verse 10+11 erklären, dass Gott die Menschen, die an ihn glauben und ihm vertrauen, versorgt. In den nächsten beiden Versen will David als „erfahrener“ Gläubiger teilen, was er im Glauben für richtig hält. Ehrfurcht meint hier nicht Angst vor Gott, sondern Achtung und Bewunderung ihm gegenüber, der sich für unser Leben Gutes wünscht! In den Versen 14+15 warnt David vor dem, was er selbst hat erfahren müssen. Lügen, Mitmenschen schlecht dastehen lassen, sich auf Böses einlassen, trennt den Menschen von Gott. Deshalb ermutigt David uns, Frieden zu suchen und Gutes zu tun, um so Gottes Liebe in die Welt zu leben. [CB]

GEBET Gott, du weißt, was mich von dir trennt. Bitte nimm es weg. Amen.

31 MI Leben mit Perspektive

PSALM 34,16-23 Gott wünscht sich, dass Leben in Gemeinschaft zwischen uns Menschen, aber auch mit ihm gelingt. Alles, was das verhindert, dürfen wir ihm sagen, ihm zurufen, sogar entgegen schreien, er hört es (V.16, 18). Er will denen helfen, die hilflos sind und ausräumen, was Leben verhindert. Denn Gott will, dass wir leben (V.17+21-22). Gott möchte den Menschen nahe sein, die verzweifelt sind (V.19). In Vers 20 sagt David klar, dass niemand vor dieser Verzweiflung geschützt ist. Und mit Vers 23 gibt David uns eine Perspektive. Wer an Gott glaubt (Knechte), bei ihm Schutz sucht, sich an Gott wendet, der soll leben. Im neuen Testament wird diese Perspektive durch Jesus ganz deutlich, bei ihm finden wir Zuflucht, Schutz und können sagen, was uns am Leben hindert, denn er trägt es! [CB]

JETZT DU Sag' Jesus, was dich am Leben hindert! Er will es für dich tragen!

UNSER LESERPROJEKT 2023

Dios Te Ve – Gott sieht dich

„Als du gestern gesagt hast, ich könne bald eine Ausbildung beginnen, war ich total aufgeregt. Ich habe mich gefragt: Wer würde mich unterstützen? Wer würde mich sehen?"

Das sagte Maria, eine junge Frau aus Independencia, zu mir. Ich kannte sie noch aus der Zeit, als ich nach dem Abitur ein Jahr in Peru gelebt hatte. Seit damals hatte ich den Traum, Jugendliche bei ihrer Berufsausbildung zu unterstützen. Nun war ich wieder in Lima, um mit meiner peruanischen Freundin Cinthia über Möglichkeiten zu sprechen.

Ich las in diesen Tagen die biblische Geschichte von Hagar, die von ihrem Mann verstoßen ʼird. Dann aber begegnet Gott ihr, ermutigt sie, hilft ihr ganz praktisch und chenkt ihr neuen Raum zum Leben. Überrascht ruft Hagar aus: „Du bist ein Gott, er mich sieht!"

ˌus der Begegnung mit Maria und mit agar erwuchs die Vision: Wir wollen ugendlichen zeigen, dass sie gesehen ʼerden – von uns und von Gott und ihen neuen Raum zum Leben schenken. 018 wurde dieser Traum Wirklichkeit: Vir gründeten den Verein Dios Te Ve, m Jugendliche durch finanzielle Unerstützung, geistliche Begleitung und ozialkompetenztraining bei ihrer Ausildung zu helfen.

aria hat mittlerweile ihre Ausbildung abgeschlossen. Sie hat jetzt einen besser ezahlten Job mit besseren Arbeitszeiten und kann ihre Tochter und ihre Mutter ersorgen.

ktuell begleiten und unterstützen wir durch Dios Te Ve 15 Jugendliche während ıres Studiums mit je 50-100 € monatlich. Wir freuen uns, wenn du mit uns dazu eiträgst, dass wie Maria auch andere Jugendliche der extremen Armut entkomıen und hoffnungsvoll in die Zukunft blicken können.

Julia Garschagen, 1. Vorsitzende

Spendenkonto:
Paxbank
IBAN: DE93370601930029271011
BIC: GENODED1PAX

Mehr Infos unter: www.dios-te-ve.org

GOTT WIRKT

ESRA 1–9

DENIS WERTH [DW] | D.WERTH@CVJM-WESTBUND.DE
MARTIN SCHOTT [MAS] | M.SCHOTT@CVJM-WESTBUND.DE

#NACHHAUSE
#GOTTESVOLK
#WIEDERAUFBAU

Basics ZUM BUCH ESRA

Endlich geht es nach Hause. Nach dem Urlaub oder einer Freizeit freue ich mich darauf, wieder zurück in mein bekanntes Umfeld zu kommen. Bei den Israeliten ist die Vorfreude auch groß, allerdings waren sie 50 Jahre lang nicht zu Hause in ihrem Land. Urlaubs- oder Freizeitfeeling wird bei ihnen vermutlich nicht aufgekommen sein.

Die Babylonier waren in Israel eingefallen und hatten die wichtigsten Menschen nach Babylon verschleppt. Jetzt geht es endlich nach Hause. Allerdings ist einiges nicht mehr so wie vorher. Der Tempel, Gottes Wohnzimmer in Jerusalem, ist zerstört, die Stadtmauern sind kaputt und der Glaube an Gott hat genauso wie die Gebäude und Fassaden gelitten.

In dieser Zeit spielen die Bücher Esra und Nehemia. Sie gehören zusammen und wurden vom gleichen Autor verfasst. Später wurden sie in zwei biblische Bücher aufgeteilt. Wir begleiten im Buch Esra zwei Anführer, die den Auftrag bekommen, die Stadt und den Glauben an Gott wiederaufzubauen. Auffällig ist, dass es bei beiden so wirkt, als hätten sie für eine anstehende Arbeit echt viel gelernt.

Das Endergebnis sorgt allerdings nicht für völlige Eskalation, sondern ist höchstens „ausreichend". In Esra 1-6 begegnen wir Serubbabel. Sein Name bedeutet „Spross von Babel". Er steht für die Israeliten, die in Gefangenschaft geboren wurden. Sie kennen „ihr" Land nur aus Erzählungen und wollen es trotzdem neu aufbauen. Serubbabel kümmert sich um den Aufbau des Tempels. Ermöglicht wird das durch einen Erlass des persischen Königs Kyrus. Er bekommt von Gott den Auftrag, die Israeliten nach Hause zu schicken, damit sie dort den Tempel ihres Gottes wiederaufbauen können. Dabei unterstützt er sogar den Aufbau, indem er sein Volk dazu auffordert, den Israeliten vor ihrer Abreise Spenden mitzugeben. Serubbabel geht den Aufbau mit einigen Leuten an und erlebt dabei größere Schwierigkeiten.

In den Kapiteln 7-10 lernen wir Esra kennen, einen Gelehrten, nachdem das Buch benannt wurde. Er tritt 60 Jahre später auf und wird von dem nun herrschenden König Artaxerxes I. beauftragt. Sein Job ist es, geistliche und soziale Erneuerung im Volk zu bewirken. Auch er stößt auf Widerstand im Volk. Die Israeliten haben sich mit anderen Völkern durch Heirat „vermischt". Weil aber das Volk Gottes heilig sein soll, fordert er sie auf, diese Ehen wieder zu lösen. Seiner Aufforderung kommen aber nur wenige nach, so dass auch seine Geschichte kein Happy End bereit hält.

Ich finde es spannend zu entdecken, dass Gott wirkt und gleichzeitig nicht alles auf wundersame Weise funktioniert. Das erlebe ich in meinem Alltag auch und so ist Esra eine ideale Alltagslektüre.

[DW]

01 DO Beten für die Welt

ESRA 1,1-11 Neue Regierung, neue Regeln. Die Perser unter Kyros hatten es sich zur Aufgabe gesetzt, alle Religionen, die die Babylonier verboten hatten, wieder zu erlauben. Für viele Völker war also der Sieg der Perser über die Babylonier eine große Erleichterung. Auch für das Volk Israel waren die Sätze von Kyros eine absolute Erlösung. Endlich durften sie wieder nach Hause. Wie genial, dass Gott durch diesen fremden König handelt. Glaubst du, dass er noch heute in das Weltgeschehen eingreift und die Entscheidungen von Politikern lenkt? Er hat bis heute seine Finger im Spiel und unser Job ist es, heute für die Politiker und Politikerinnen zu beten. [DW]

GEBET Gott des Himmels und der Erde, danke für die Menschen, die politische Verantwortung übernehmen. Schenk ihnen gute Ideen und wirke durch ihre Entscheidungen. Amen.

02 FR Money money money

ESRA 2,1.64-70 Endlich nach Hause. Viele Leute zogen aus Babylonien wieder nach Jerusalem. Was war das für eine große Menschenmenge, die da zusammen unterwegs war. Die Stimmung wird gut gewesen sein. Vielleicht haben sie unterwegs zusammen gesungen. Als sie zu Hause ankommen, finde ich es bemerkenswert, dass sie Geld für den Aufbau des Tempels spenden. Sie hätten mit Sicherheit ihr Geld gut in ihre eigenen vier Wände investieren können. Auf sie hat garantiert nicht ein fertig eingerichtetes Häuschen gewartet, sondern auch hier mussten sie alles neu aufbauen. Trotzdem geben sie etwas ab. Kannst du dir vorstellen, auch etwas zu spenden? [DW]

JETZT DU Wie viel Geld hast du momentan in deinem Portemonnaie? Wirf am Sonntag im Gottesdienst bewusst so viel davon, wie du willst, in die Kollekte.

03 SA Brandopfer?!

ESRA 3,1-7 Die Leute wollen nicht warten, bis der Tempel steht. Die Rituale, die dort früher durchgeführt wurden, sollen jetzt wieder beginnen. Also wird ein Altar aufgebaut. In 3. Mose 6,2-6 kannst du lesen, wie das Brandopfer durchgeführt wurde. Für uns klingt es ziemlich schräg, dass da morgens und abends „Brand geopfert" wurde. Dieses Ritual hat die Juden daran erinnert, mit Gott in den Tag zu starten und ihn auch mit ihm zu beenden. Zum Glück musst du dafür heute nicht anfangen, morgens und abends eine zu rauchen. Du kannst dir einfach eine Morgen- und Abendroutine überlegen. Morgens: Jesus, Danke für diesen neuen Tag. Hilf mir dabei, anderen eine Hilfe zu sein. Abends: Jesus, dafür will ich dir heute Abend danke sagen: ... [DW]

WEITERDENKEN Wie sehr spiegelt der Text deine eigene Haltung wider? (vgl. V. 5)

YouTube

Heute gibt's ein neues Video!
YouTube.de/startindensamstag

04 SO Etappenziel

ESRA 3,8-13 Der Bau beginnt und gefeiert wird direkt, als das Fundament steht. Alle kommen zusammen und danken Gott. Was für eine fröhliche Party und wie gut, dass hier dieser Zwischenschritt auf dem Weg zum neuen Tempel gefeiert wird. Wo bist du gerade unterwegs und hast ein Etappenziel erreicht? Zum Beispiel Arbeiten oder Klausuren geschafft, Bewerbung geschrieben und abgeschickt, Projekt abgeschlossen, mal wieder aufgeräumt oder einfach den letzten Tag geschafft? Nimm dir heute Zeit, dieses Etappenziel zu feiern! Wir rasen immer von einem zum nächsten Ding und vergessen oft, das Erreichte zu realisieren und zu feiern. Gönn dir heute also mal was Gutes und sag Gott danke dafür, dass du soweit gekommen bist! [DW]

JETZT DU Informiere dich im Internet über die beiden Organisationen (www.naechstenliebe-befreit.de und www.gefaengnisseelsorge.de) und nimm ruhig mal Kontakt mit ihnen auf, wenn du magst.

05 MO Sackgasse

ESRA 4,1-5 So richtig verstehe ich die Reaktion von Serubbabel und den anderen nicht. Da kommen Leute, die helfen wollen und sie lehnen das einfach ab. Dafür bekommen sie dann auch die Quittung, der Bau wird lahmgelegt. Nur warum haben sie die Hilfe abgelehnt? Vermutlich ging es um Macht. Wer den Tempel baut, hat auch später das Sagen im Land. Es steht leider nicht da, wie Gott die Sache sieht. Ich schließe daraus, dass sie ihn auch nicht gefragt haben. So wirklich nice handeln sie in meinen Augen nicht. Sie verpassen die Chance, dass die gesamte Bevölkerung des Landes zusammenwächst und eine Gemeinschaft wird. [DW]

JETZT DU Achte heute auf deine Entscheidungen und versuche, durch kurze Gebete Gott mit einzubeziehen. Handle nicht egoistisch, sondern versuche, Menschen zu verbinden und ihnen mit Liebe zu begegnen.

06 DI Alles zäh?

ESRA 5,1-17 Haggai und Sacharja feuern als Propheten das Volk an, endlich wieder die Arbeit am Tempel aufzunehmen. Vorher war längere Zeit Leerlauf angesagt, nach der Fundamentfeier folgte der Kater. Doch kaum haben sie die Arbeit wieder aufgenommen, werden sie auch schon wieder behindert und der neue König, Darius, muss um Erlaubnis gefragt werden. Manchmal gibt es diese zähen Phasen. Da scheint es nicht voranzugehen, da hat man das Gefühl auf der Stelle zu laufen. Ich mache dir Mut, wenn du in so einer Phase steckst, weiterzumachen. Serubbabel und Co. ließen sich auch nicht abbringen, wie es in Vers 5 steht. Gott wachte über ihre Arbeit damals und über mein und dein Leben noch heute! Gib nicht auf! Gott gibt dich auf jeden Fall nicht auf. [DW]

YOUTUBE-TIPP Hier noch ein Mutmachsong:
O'Bros – Du lässt mich nie allein
youtu.be/dy-xjc80uQ8

07 MI Da habt ihr's schwarz auf weiß

ESRA 6,1–12 Warum machst du die Sachen, die du machst? Weil du es so willst oder weil du einen Auftrag dazu hast? Die Juden wollen das Haus Gottes, den Tempel, wieder aufbauen. Sie wissen, dass sie mal die Erlaubnis des persischen Königs bekommen haben. Und sie sind sich sicher, dass es Gott will und auch ihr eigenes Anliegen ist. Aber es gibt Leute, die das nicht so sehen und deswegen Stress machen. König Darius lässt Nachforschungen anstellen und tatsächlich: Die Juden dürfen den Tempel weiterbauen. Darius stellt die Juden sogar unter seinen Schutz. Wow, was für eine Bestätigung. [MAS]

JETZT DU Bitte Gott um seine Bestätigung für Dinge, bei denen du dir unsicher bist. Vielleicht durch einen Bibelvers oder durch eine andere Person oder durch ein Lied oder ... Gott hat viele Möglichkeiten.

08 DO Einweihungsparty

ESRA 6,13–18 Geschafft! Endlich fertig. Nach langer Bauphase ist es soweit. Der Tempel ist fertig. Das Haus Gottes. Wir können es uns gar nicht richtig vorstellen, was das für die Juden bedeutete. Ist doch nur ein Haus, oder? Für die Juden war der Tempel aber DAS HAUS GOTTES. Gott selbst hatte den Juden versprochen, dass er dort gegenwärtig ist. Der Tempel ist ein Zeichen, dass Gott da ist, dass er ansprechbar ist, dass er der Gott des Volkes Israel ist. Und ohne Tempel waren die Juden ein Stück weit gottlos, verloren, wussten nicht, wer sie sind und was sie mit diesem Gott verbindet. Jetzt ist dieses Zeichen wieder da und damit auch die Gewissheit, dass Gott da ist. [MAS]

WEITERDENKEN Hast du auch Zeichen, die dir helfen, dich daran zu erinnern, dass Gott bei dir ist? Wenn nicht, such dir etwas oder schreib mir und wir überlegen zusammen (m.schott@cvjm-westbund.de).

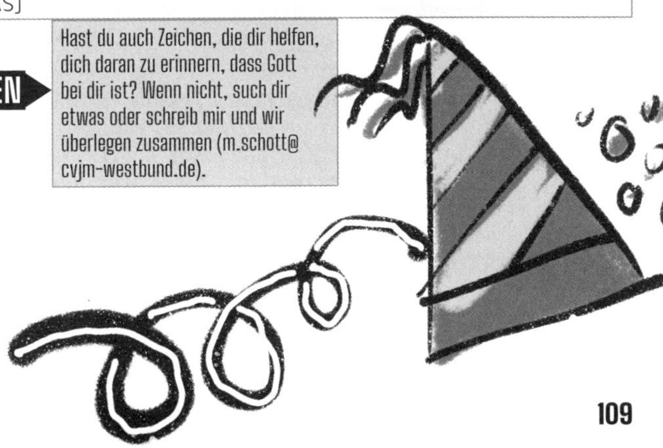

09 FR Feiern bis zum Umfallen

ESRA 6,19–22 Feierst du gerne? Klar, es gibt auch langweilige Feste, z.B. Omas 76. Geburtstag, bei dem du mit Abstand die jüngste Person bist. Aber es gibt auch richtig gute, an die man sich lange erinnert. Feste werden aber nicht gefeiert, damit man sich daran erinnert, sondern um sich an etwas zu erinnern.

Die Juden feiern jedes Jahr das Passafest. Sie erinnern sich daran, dass Gott sie aus Ägypten geführt hat (das war die Geschichte mit Mose...). Und jetzt kommen sie wieder aus der Gefangenschaft zurück. Ein ganz ähnliches Erlebnis und was liegt da näher als groß zu feiern. [MAS]

YOUTUBE-TIPP Du willst mehr über das Passafest wissen und wie es dazu kam? Schau dir folgendes Video an: youtu.be/bOhDKsdxwdk

10 SA Da ist er ja endlich

ESRA 7,1–10 Na, hast du ihn auch vermisst? Ich meine nicht den Samstag und das Wochenende, das heute beginnt. Ich meine ihn, diesen ganz besonderen Mann, nach dem dieses Buch benannt ist, in dem du jetzt schon einige Tage liest: Esra. Jetzt, in Kapitel 7 taucht er das erste Mal auf. Hat ganz schön lange gedauert, oder? Dabei ist es wohl ein ganz besonderer Mann, so wie er beschrieben wird. Der König hat ihm alles gegeben, worum er bat. Er orientierte sich an Gott und seinen Worten und er wollte diese an die Juden weitergeben. Das ist eine große Sache und vielleicht brauchte Esra einfach noch einiges an Vorbereitungszeit und den Tempel als Zeichen, dass Gott seinem Volk wieder etwas zu sagen hat. [MAS]

11 SO Die haben (es) doch ...

... nicht mehr alle(s)

ESRA 7,11-20 Das geht alles so einfach, oder? Erst die Könige, die den Juden erlauben, wieder nach Hause zu gehen. Dann die Bestätigung, dass sie wirklich den Tempel wieder aufbauen dürfen. Und jetzt dieses Schreiben des König Artaxerxes. Was Esra alles mitbekommt an Gold und Silber vom König, aber auch von anderen Leuten aus seinem Reich. Spinnen die? Anscheinend nicht. Schon im Abschnitt vorher wurde deutlich, dass Gott mit Esra war. Und dieser Gott hatte dafür gesorgt, dass die persischen Könige erkannt haben, dass sie zwar Könige über Persien waren, aber nicht über die ganze Welt (wie es andere vor ihnen geglaubt haben). [MAS]

YOUTUBE-TIPP Unser Gott ist groß, größer als alles auf dieser Welt. Das wird z.B. in diesem Lied deutlich: God of wonders youtu.be/jsj8Qzs_JQU

12 MO Ein „Danke" ist zu wenig

ESRA 7,21-28 Noch mehr! Immer weiter! Mehr Geschenke und Geld! Esra wird geradezu überhäuft mit Geschenken durch den König. Da haben Leute echt verstanden, wer der Gott von Esra ist. Und was macht Esra bzw. was passiert mit ihm? Er lobt Gott. Loben ist mehr als Danken. Loben ist umfassender, ist nicht nur bezogen auf eine Sache, sondern auf das ganze Wesen Gottes. Esra erkennt, dass er einen wunderbaren Gott hat und lobt ihn. Und gleichzeitig wird er ruhig und mutig, weitere Leute zu sammeln, die mit ihm kommen. Gottes Größe und Güte zu erleben, lässt einen optimistisch in die Zukunft blicken und gibt Sicherheit, dass Gott mitgeht. [MAS]

GEBET Gott, danke für alles, was du mir schenkst. Ich vertraue auf dich und bin mir sicher, dass du heute und morgen und an jedem Tag bei mir bist. Amen.

13 DI Jede Aufgabe braucht Spezialisten

ESRA 8,15-20 Ready for take-off?! Nicht ganz. Gewisse Leute fehlen, die Leviten. Das waren Menschen aus dem Stamm Levi. Diese wurden von Gott bestimmt, im Tempel zu arbeiten und dort verschiedene Aufgaben zu erledigen. Esra schickte nochmal Leute los, um ein paar Leviten zu suchen und mitzunehmen. Für die Juden war klar, dass die Leviten wichtig waren für den reibungslosen Ablauf im Tempel, weil sie das schon seit vielen Generationen machten und das Wissen darüber immer an ihre Nachkommen weitergaben. Und es finden sich tatsächlich einige, die bereit sind, mit nach Jerusalem zu gehen. [MAS]

JETZT DU Was kannst du gut? Was macht dir Spaß? Wenn es eine Sache gibt, die beides vereint, dann hast du wahrscheinlich die Sache gefunden, die du für Gott und die Menschen z.B. in deiner Gemeinde einsetzen kannst.

14 MI Eine lange Reise beginnt mit ...

ESRA 8,21-30 ...ja, mit was beginnt eine lange Reise? Klar, mit dem Packen und dem Planen der Route. Man geht nochmal auf Toilette und dann geht's los. Nicht so mit Esra. Seine Reisegruppe wird erstmal drei Tage fasten und beten. Fasten bedeutet (ganz verkürzt und vereinfacht) Verzicht auf Essen und Konzentration auf Gott. Esra will die Reise nach Jerusalem bewusst unter Gottes Segen stellen. Vieles kann passieren und die Reise dauert lang (mehrere Wochen). Ich will lernen von Esra. Dass mein sicheres Ankommen am Ziel nicht selbstverständlich ist, dass Gott mit mir geht und fährt und dass er mich begleitet. [MAS]

GEBET Danke Gott, dass ich unterwegs sein darf. Bewahre mich auf meinen Wegen und mach mir bewusst, dass du dabei bist. Amen.

15 DO Endlich am Ziel

ESRA 8,31-36 Esra und seine Reisegruppe beenden erfolgreich ihre Reise nach Jerusalem. Gott hat sie beschützt und sie dürfen endlich wieder zu Hause sein, in ihrem Land, das sie noch nie gesehen haben. Wie groß muss die Freude gewesen sein?! Nicht mehr in einem fremden Land, sondern dort zu sein, wo ihre Vorfahren herkamen. Das Land, das Gott ihnen geschenkt hatte. Wir können uns das heute nur schwer vorstellen, was das für Esra bedeutete. Aber wenn ich mich wohlfühle, weil ich zu Hause bin und mich liebe Menschen umgeben, dann kann ich das auch ein Stück nachempfinden. Gott will mir dieses Gefühl schenken, zu Hause zu sein, willkommen und angenommen zu sein. Nicht mehr umherirren und suchen, sondern bei ihm ankommen. [MAS]

16 FR So nicht!

ESRA 9,1-6.15 Es gab das Gebot von Gott, dass die Juden nicht Menschen aus den anderen Völkern, die auch im Land oder in den Nachbarländern lebten, heiraten sollten. Denn Gott war sich sicher, dass dann die Juden anfangen würden, nicht nur an ihn zu glauben, sondern auch die Götter der anderen Völker anbeten würden. Und so kam es auch, bevor Israel nach Babylon (Persien) verschleppt wurde. Die Juden glaubten nicht mehr ihrem Gott, sondern anderen Göttern. Und jetzt das gleiche „Spiel" wieder von vorne. Deswegen ist Esra so bestürzt und bittet Gott um Vergebung. Natürlich dürfen wir heute Beziehungen zu Menschen aus anderen Ländern und Kulturen haben, aber die Frage, die damals schon Esra beschäftigte, bleibt: Wer ist mein Gott? Wem glaube ich und wem vertraue ich mein Leben an? [MAS]

HOFFNUNG MIT GOTT

NEHEMIA

DAMARIS MÄRTE [DM] | DAMARIS.MAERTE@CVJMBADEN.DE
HANNAH KLINKERT [HK] | H.KLINKERT@CVJM-WESTBUND.DE

Basics NEHEMIA

STECKBRIEF

NATIONALITÄT: jüdisch

BERUFE: Mundschenk des persischen Königs (eine sehr wichtige Position, musste aufpassen, dass der Wein des Königs nicht vergiftet war), anschließend Statthalter von Juda

CHARAKTER: glaubensstark, bedacht und organisiert, Mann der Tat, Leitertyp, ausdauernd, Motivator

LEBENSMOTTO: erst beten, dann handeln, „und steht uns Gott zur Seite, was kann uns jemals hindern ... wer kann uns widerstehn!?"

LEBENSWERK: Aufbau der Jerusalemer Stadtmauer in 52 Tagen, religiöse, soziale und politische Reformen in Jerusalem und damit eine „Wieder-neu-Ausrichtung" auf Gott

GESCHICHTLICHER HINTERGRUND: Nachdem Jerusalem durch die Babylonier um 587 v.Chr. komplett zerstört wurde, gab es keine Lebensgrundlage mehr für die Juden. Sie wurden verschleppt und im babylonischen Reich neu angesiedelt (=Exil). Wo war Gott in der Zeit? Hatte er sein Volk vergessen? Nachdem die Babylonier durch die Perser um 539 v. Chr besiegt wurden, brach für die Juden eine neue Zeit an. Sie durften endlich wieder nach Hause – dank eines milden Perserkönigs namens Kyrus (=Kyrusedikt). Die ersten Heimkehrer fingen trotz einigen äußeren Widerständen an, den Tempel wiederaufzubauen, also den zentralen Ort der Gottesanbetung. Versuche, die Stadtmauer um Jerusalem wiederaufzubauen, scheiterten. Jerusalem lag weiterhin schutzlos da. Völker in der Nachbarschaft setzten den Juden hart zu, sodass diese den Mut verloren. Der erhoffte Neuanfang gestaltete sich sehr herausfordernd. In dieser Zeit reist Nehemia nach Jerusalem. Er macht es sich zur Aufgabe, die Stadtmauer wiederaufzubauen – entgegen aller Anfeindungen von außen und innen. Innerhalb kürzester Zeit ist der Bau vollendet. Ebenso führt er religiöse, soziale und politische Reformen ein, um das gemeinsame Leben auf faire Weise zu regeln. Das feste Vertrauen auf Gott treibt ihn an und trägt ihn durch alle Schwierigkeiten.

Schlüsselverse

1. Nehemia 2,18: Gott steht Nehemia bei und das ermutigt die Juden, gemeinsam mit Nehemia die Stadtmauer aufzubauen – trotz aller Hindernisse und Widerstände.

2. Nehemia 6,15-16: Fertigstellung des Baus wird als Zeichen der Hilfe Gottes gesehen. Äußere Widerstände hören auf.

[DM]

17 SA Aus dem Gleichgewicht gebracht

NEHEMIA 1,1-11 Als eine Art Bodyguard hat Nehemia eine sehr verantwortungsvolle und wichtige Aufgabe am persischen Königshof. Im Exil hat er es geschafft, Karriere zu machen, seine Rente ist gesichert. Eigentlich läuft alles gut. Doch dann bekommt er Besuch aus der Heimat, der alles für Nehemia verändert und ihn emotional brutal aus seinem sicheren Leben reißt. Er ist schockiert, weint und trauert um seine Heimat und die Menschen, die ihm nahestehen. Er versinkt jedoch nicht in Selbstmitleid oder wird sinnlos wütend. Nehemia wendet sich sofort an Gott und klagt ihm sein Leid – etwa vier Monate lang. [DM]

JETZT DU Schau dir einmal an, wie und was Nehemia betet und versuch, deine eigenen Worte zu finden für das, was dir zu schaffen macht.

18 SO Auf Messers Schneide

NEHEMIA 2,1-10 Nehemia befindet sich in einer sehr brenzligen Situation: im Angesicht des Königs negative Emotionen zu zeigen, kann schlimmstenfalls mit dem Tod enden. Entsprechend erschrickt Nehemia zutiefst, als der König ihm seine Trauer vom Gesicht abliest. Scheiße... und jetzt? Nehemia schickt ein Stoßgebet los. Statt irgendwelche Ausreden zu finden, sagt er ehrlich, was ihn bedrückt. Das kann nach hinten losgehen, immerhin gibt es Gerüchte um Jerusalem als aufmüpfige Stadt. Die Spannung ist zum Greifen nah. Doch der König reagiert freundlich, einfühlsam und lässt einen seiner wichtigsten Vertrauten ziehen. Er gibt ihm sogar noch Verstärkung mit auf den Weg. [DM]

WEITERDENKEN Wo hast du das schon erlebt, dass Gott dir in brenzligen/schwierigen Situationen geholfen hat?

19 MO Vertrauen gibt Mut

NEHEMIA 2,11-20 Nur ein paar Eingeweihte nimmt Nehemia mit auf seinen nächtlichen Rundgang. Er geht sehr bedacht vor, macht sich erst selbst ein Bild von der Lage vor Ort. Erst im Anschluss daran erzählt er von seinem eigentlichen Anliegen: die Stadtmauer wiederaufzubauen. Dass das nicht leicht wird, macht Vers 19 deutlich. Doch Nehemia vertraut fest auf Gott und ermutigt mit seinem Gottvertrauen auch die Einwohner Jerusalems (V.18). [DM]

WEITERDENKEN Wieso kann sich Nehemia so sicher sein, dass Gott ihn beauftragt hat? Hast du schon erlebt, dass Gott dir Dinge aufs Herz gelegt hat? Wenn ja, woher wusstest du, dass es Gottes Reden war? Wenn nein: Wo wünschst du dir Gottes Reden in deinem Leben? Such dir Vertraute und betet gemeinsam, dass Gott zu dir spricht.

20 DI Gemeinsam sind wir stark

NEHEMIA 3,1-5.33-38 Allein hätte Nehemia sein Bauvorhaben niemals umsetzen können. Aber „das Volk war mit ganzem Herzen dabei“ (NL-Übersetzung). Alle bringen sich mit ihren Fähigkeiten ein und arbeiten gemeinsam an einer Sache. Die Basis der Gemeinschaft ist das feste Vertrauen auf Gott. Genau das ist es, was wachsende Anfeindungen und sarkastische Kommentare aushalten lässt. Gemeinschaft stärkt und hilft, voranzukommen. Jeder Einzelne wird gebraucht. [DM]

WEITERDENKEN Lies einmal 1. Korinther 12,12-20. Jesus wird hier als Grundlage/Motor für Gemeinschaft beschrieben. Unterschiedlichkeit ist ein Segen und wichtig, damit Gemeinschaft funktioniert. Welche Fähigkeiten und Gaben hast du, die du in Gemeinschaft einbringen kannst?

21 MI Alles vergeblich?

NEHEMIA 4,1-8 Körperlich anstrengende Arbeit, Ermüdungserscheinungen, hartes Mobbing und Drohungen von außen bis hin zu ernsthaften Plänen für Überfälle setzen dem Volk zu. Sie verlieren den Mut, wollen aufgeben. Ist das nicht verständlich? Doch Nehemia vertraut immer noch auf Gott. Gebet und Ermutigung helfen, weiterzumachen. Ermutigende Worte, die den Blick auf Gottes Größe und seinen Schutz lenken. Nicht der große Berg an Arbeit oder die Feinde geben den Ton an, sondern Gottes Zusage, seinem Volk zu helfen. [DM]

WEITERDENKEN Worte haben großen Einfluss – sie können uns niedermachen oder aufrichten. Gibt es in deinem Umfeld Menschen, die Ermutigung brauchen? Wie kannst du sie ermutigen und stärken?

YOUTUBE-TIPP TobyMac – Speak Life: youtu.be/ZeBv9r92VQ0

22 DO Zum Wohle aller

NEHEMIA 4,9-17 Wie geht's jetzt weiter, nachdem Nehemia das Volk zum Durchhalten ermutigt hat? Aufgaben werden neu aufgeteilt: eine Hälfte hält Wache, die andere Hälfte arbeitet an der Stadtmauer. Außerdem wird ein Kommunikationssystem entwickelt, da die Bauarbeiten an mehreren Orten gleichzeitig stattfinden. Sollte es zu einem Angriff kommen, gibt das Signalhorn allen Bescheid. Durch diese Maßnahmen ermutigt Nehemia nicht nur mit Worten, sondern auch mit Taten. Er hält seinen Leuten den Rücken frei, damit die Bauarbeiten fortgesetzt werden können. [DM]

WEITERDENKEN Wenn jemand hinter uns steht, uns unterstützt, hilft das, um weiter nach vorne gehen und durchhalten zu können. Hast du schon mal jemandem den „Rücken freigehalten“ oder wurde dir schon einmal der „Rücken freigehalten“?

23 FR Zusammenhalten

NEHEMIA 5,1-13 Ganz schön krass, was da abgeht: Menschen haben nicht genug Geld für Essen, sie müssen zum Teil ihr Haus und ihr Grundstück abgeben, damit sie genug zu essen haben oder sogar ihre eigenen Kinder als Sklaven weggeben. Und noch schlimmer ist, dass es Leute aus ihren eigenen Reihen sind, denen sie diese Abgaben leisten müssen. Kein Wunder, dass Nehemia da sauer wird! Er sieht das Leid und die Ungerechtigkeit unter den Juden, seinem Volk. Sie sollten sich nicht gegenseitig ausbeuten und als Sklaven verkaufen, sondern zusammenhalten. Damit das klar wird, veranlasst Nehemia, dass alle Schulden gestrichen werden. [HK]

WEITERDENKEN Hast du auch schon mal dieses befreiende Gefühl erlebt, wenn dir jemand deine Schulden erlassen hat oder du jemanden von dessen Schulden befreit hast?

24 SA Eingebildet oder Ehrenmann?

NEHEMIA 5,14-19 Nehemia haut hier eine gute Tat nach der anderen raus. Er verzichtet während seiner gesamten Zeit (12 Jahre!) als Statthalter auf sein Gehalt, setzt sich sehr für die Erneuerung der Stadtmauer ein, ohne dabei irgendwie Profit zu machen, und er lädt regelmäßig hochstehende Leute zu einem riesigen Essen ein. Die Bitte in Vers 19 klingt irgendwie erstmal ziemlich eingebildet: „Hey Gott, guck bitte, was ich alles Tolles gemacht habe und merk es dir!" Ich glaube aber, so hat Nehemia das nicht gemeint. Wahrscheinlich befürchtet er, dass die Menschen ihn als eingebildeten Typen sehen und er hofft, dass Gott sieht, dass er es von Herzen gut mit ihnen meint. [HK]

25 SO Jetzt erst recht!

NEHEMIA 6,1-9 Schon wieder versuchen Samballat, Tobija und Geschem Nehemia davon abzuhalten, die Stadtmauer Jerusalems fertigzubauen. Da Verspottung und Gewaltandrohungen bisher nichts gebracht haben, wollen sie diesmal versuchen, ihn in einen Hinterhalt zu locken. Dafür schreiben sie ihm fünfmal die gleiche Einladung für ein Treffen mit ihnen. Doch Nehemia checkt, dass da was nicht stimmen kann und lehnt die Einladung jedes Mal ab. Auch mit Erpressung jagen sie ihm keine Angst ein. Im Gegenteil: Nehemia glaubt ihnen kein Wort und macht sich jetzt erst recht an die Arbeit, die Mauer fertigzustellen. [HK]

JETZT DU Wenn dich das nächste Mal jemand oder etwas davon abhalten will etwas Gutes zu tun: Sei mutig, mach einen auf Nehemia und tu's erst recht! ☺

26 MO Sie geben nicht auf

NEHEMIA 6,10-16 Nichtsahnend besucht Nehemia den Propheten Schemaja. Der hat angeblich eine Prophezeiung für Nehemia und warnt ihn, dass seine Gegner ihn umbringen wollen. Scheint erstmal ganz nett, dass Schemaja ihn davor warnt und ihm sogar helfen will, sich zu verstecken. Aber Nehemia lässt sich nichts vormachen. Er würde sich vor seinen Feinden und seinen eigenen Leuten lächerlich machen und seinen Job als Statthalter verlieren, wenn er einfach wegliefe. Nein, das ist nur ein weiterer Versuch, Nehemia Angst zu machen und den Bau der Mauer zu stoppen. Aber er hat keine Angst. Er spricht mit Gott und macht weiter. Mit Erfolg: Die Mauer ist fertig und alle Gegner des Mauerbaus machen große Augen. [HK]

GEBET Gott, bitte gib mir in schwierigen Situationen ein so starkes Vertrauen in dich, wie Nehemia es hatte. Amen.

27 DI Grund zum Feiern?

NEHEMIA 8,1-12 Wie nice ist das bitte? Die Israeliten treffen sich alle zusammen an einem großen Platz und bitten Esra, dass er ihnen aus dem Gesetzbuch des Mose (1.-5. Mose) vorliest. Von morgens bis mittags sind sie zusammen und hören Esra und den anderen Männern zu. Dieser Vormittag ist so ergreifend für das Volk, dass sie anfangen zu weinen. Die Message trifft sie mitten ins Herz. Sie haben erkannt, dass sie sich von Gott entfernt haben und das macht sie fertig. Aber Esra und Nehemia sorgen für Partystimmung. Statt zu trauern, sollen die Leute feiern und sich darüber freuen, dass sie die Message verstanden haben und mit Gott neu starten können. Sie feiern ein riesen Fest mit leckerem Essen für alle. [HK]

WEITERDENKEN Wann hast du das letzte Mal Gott so richtig gefeiert?

28 MI ... und die Party geht weiter!

NEHEMIA 6,13-18 Du hast richtig gelesen: Eine Woche lang feiern die Israeliten noch weiter. Während des ganzen Festes wohnen sie alle in selbstgebauten Laubhütten. Genauso haben es auch schon ihre Vorfahren gemacht. Jetzt haben sie diese Tradition wiederentdeckt und feiern es richtig! Außerdem gibt es jeden Tag geistlichen Input von Esra #camplifeatitsbest. [HK]

JETZT DU Du hast in diesem Sommer noch nichts geplant, aber richtig Lust auf eine Woche Spaß, Action, Gemeinschaft und Feiern? Meld dich doch noch schnell für eine Freizeit oder ein Camp an. Schreib mir gern, wenn du Tipps brauchst: h.klinkert@cvjm-westbund.de

29 DO Gott ist treu

NEHEMIA 9,1-3.32-33 Die Israeliten bekennen an diesem Tag ihre Schuld vor Gott. Ich finde es sehr krass, wie intensiv sie das tun: Sie ziehen Trauerkleidung an, streuen als zusätzliches Zeichen Erde auf ihre Köpfe und fallen vor Gott auf die Knie. Sie bringen Gott alles, was sie bedrückt und sorgt. Und dabei sind sie sich bewusst: Gott ist treu und er wird ihnen auch weiterhin seine Treue halten, egal, was passiert (V. 32-33). [HK]

GEBET Danke Gott, dass du mir treu bleibst. Danke, dass ich dir meine Ängste und meine Schuld bringen darf und du mich trotzdem liebst. Amen.

30 FR Die Israeliten meinen es ernst

NEHEMIA 10,1.29-30 Im gestrigen Text ging es darum, dass das Volk Israel vor Gott seine Schuld bekennt und erkennt, dass Gott ihnen immer treu sein wird. Aus diesem Grund wollen sie nun mit einem Eid Gott versprechen, dass sie sich ab jetzt an seine Gebote und Anweisungen halten wollen. Dieses Versprechen wird sogar schriftlich festgehalten und ganz offiziell unterschrieben und versiegelt. [HK]

JETZT DU Die Israeliten haben durch diese Vereinbarung allen anderen Völkern gezeigt: Wir sind Gottes Volk und gehören zu ihm. Wie kannst du zeigen, dass du zu Gott gehörst?

BRAUCHST DU EINEN NEUSTART IM BIBELLESEN?

Meld dich bei uns – und wir erinnern dich an dein Date mit Gott

gentlich willst du regelmäßig in der Bibel lesen, ver-
sst es dann aber doch? Die Gespräche mit Gott reißen
, obwohl du doch eigentlich an ihm dranbleiben
llst? Dann haben wir das ultimative Angebot für dich:
hick uns deine Adresse und wir erinnern dich drei-
s viermal im Jahr daran, dir Zeit mit Gott zu nehmen.

eine Daten werden nur genau zu diesem einen Zweck
speichert und keinesfalls an Dritte weitergegeben.
enn du uns nicht vorher Bescheid sagst, schicken wir
die Neustart-Briefe sechs Jahre lang und danach
cht mehr. Deine Daten werden dann gelöscht.

Möchtest du deine
Neustart-Post als E-Mail bekommen?
Dann maile an: **cord-heinemann@web.de**
Du kannst keine E-Mails bekommen? Dann fülle den Abschnitt
unten aus, schicke ihn uns in einem Umschlag und erhalte deine
Briefe per Post: **Cord Heinemann, Ziegeleiweg 1b, 03103 Neupetershain**

Herzliche Grüße auch vom ganzen Team!

Cord Heinemann

n möchte den Neustart-Brief gern per Post bekommen!

Name:

Straße:

PLZ, Ort:

Geburtsjahr:

Datum/Unterschrift:

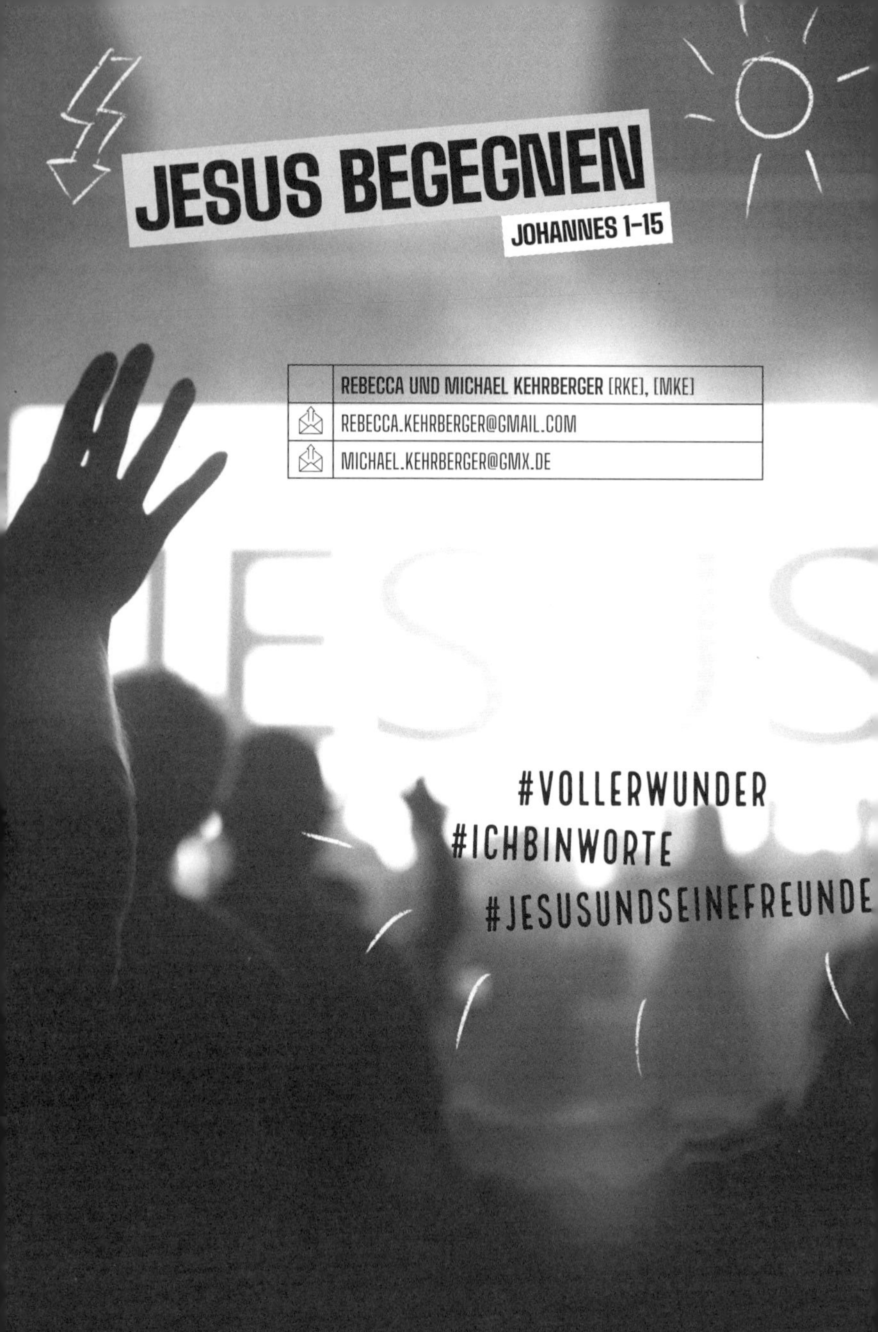

JESUS BEGEGNEN

JOHANNES 1–15

	REBECCA UND MICHAEL KEHRBERGER [RKE], [MKE]
✉	REBECCA.KEHRBERGER@GMAIL.COM
✉	MICHAEL.KEHRBERGER@GMX.DE

#VOLLERWUNDER
#ICHBINWORTE
#JESUSUNDSEINEFREUNDE

Basics JOHANNESEVANGELIUM

Das Johannesevangelium ist das vierte Evangelium und ganz anders geschrieben, als die anderen drei Evangelien. Johannes berichtet andere Geschichten, zeigt Jesus, die Jünger und das, was geschah, aus einer anderen Perspektive. Das Ziel des Buches ist, dass Menschen zum Glauben kommen (Joh. 20,31). Wer dieser Johannes ist, können wir nicht 100% nachvollziehen. Es könnte der Jünger Johannes, der Sohn des Zebedäus sein. Das Johannesevangelium lässt sich in vier Teile gliedern: Kapitel 1: Vorstellung und Jüngerberufung, Kapitel 2-12: Jesus zeigt sich der Welt, Kapitel 13-17: Jesus wendet sich seinen Freunden zu, Kapitel 18-21: Passion und Auferstehung

In den ersten 12 Kapiteln vollbringt Jesus Wunder oder macht Aussagen über sich selbst, die dazu führen, dass er von den Leuten nicht verstanden wird oder diese wütend werden. Typisch Johannes ist, dass wir viele Gespräche darin finden, in denen Jesus den Menschen begegnet, sie wahrnimmt und ihr Leben verändert. Es geht um Zeichen (Wunder) und Worte. Nur bei Johannes kommen die „Ich bin"-Worte vor. Den sieben „Ich bin"-Worten (Brot des Lebens Kap 6, Licht der Welt Kap 8, die Tür Kap 10, der Hirte Kap 10, die Auferstehung Kap 11, der Weg, Wahrheit, Leben Kap 14, der Weinstock Kap 15), stehen 7 Wunder (Wasser zu Wein Kap 2, Heilung eines Kranken Kap 4, Heilung eines Gelähmten Kap 5, Essen für 5000 Kap 6, Heilung des Blinden Kap 9, Auferweckung des Lazarus Kap 11) gegenüber. Die Wunder steigern sich ständig. Doch Johannes' Blick richtet sich nicht auf die Wunder, sondern auf die Rede, die dem Wunder folgt. Anders als die anderen Evangelien verwendet Johannes keine Gleichnisse. Er baut das Evangelium reflektiert auf und liefert mit seiner Deutung der Geschichte von Jesus den Schlüssel, um die anderen Evangelien zu verstehen.

Das Johannesevangelium deutet den Tod von Jesus auf eine ganz besondere Weise. Für Johannes ist das Kreuz nicht der Tief-, sondern der Höhepunkt des Weges von Jesus. Dieser Weg ist von Anfang an vorgezeichnet: Jesus muss „erhöht werden" (3,14). Und Jesus geht seinen Weg als das Lamm Gottes, das die Sünde wegnimmt, die trennend zwischen den Menschen und Gott steht (1,29). Deshalb kann Jesus am Kreuz rufen „Es ist vollbracht." (19,30)

Eine ausführliche Zusammenfassung findest du auch unter

https://dasbibelprojekt.visiomedia.org/videos/johannes-teil-1/

https://dasbibelprojekt.visiomedia.org/videos/johannes-teil-2/

[RKe] [MKe]

YouTube

Heute gibt's ein neues Video!
YouTube.de/startindensamstag

01 SA Blitzgedanken

JOHANNES 1,43-51 Es ist etwas Eigenartiges, eine Berufung auszusprechen. Sehr persönlich. Philippus fühlt sich von Jesus persönlich angesprochen. Er reagiert und folgt ihm ins Unbekannte. Er ist so „on fire“, dass er auch seinen Freund Nathanel dabeihaben will. Der ist kritischer und fragt nach. Aber auch ihn überzeugt die persönliche Begegnung mit Jesus. Für beide verändert sich von jetzt auf gleich das Leben. Es gibt solche Momente, wo ich blitzartig weiß: So wie bisher soll es nicht weitergehen. Ob es dann immer die richtige Entscheidung ist, ist noch nicht garantiert, Die Jünger hatten auch immer wieder Zweifel an ihrer Berufung, Jesus zu folgen. Trotzdem möchte ich sensibel für diese inneren Stimmen sein, sie zu hören und ihnen zu folgen. Sie kommen nicht ohne Grund. Ich will sie nicht aus Bequemlichkeit und mangelndem Mut beiseiteschieben. [RKe] [MKe]

JETZT DU Wo hörst du das nächste Mal so einen Blitzgedanken und was machst du damit?

02 SO Partymaker

JOHANNES 2,1-12 Johannes wählt diese Geschichte ganz bewusst. Im ersten Kapitel beschreibt Johannes sehr stark die göttliche Seite Jesu und mit dem Wunder in Kana mehr die menschliche Seite. Jesus ist Mensch und das in vollen Zügen. Er ist auf einer Hochzeit eingeladen. Er war irgendwie mit dem Brautpaar in einer freundschaftlichen Verbindung. Das ist das eine, was Jesus sympathisch macht. Er steht in sozialen Kontakten. Das andere ist die Tatsache, dass er überhaupt auf einer Hochzeit ist. Noch Johannes der Täufer, der Jesus ankündigt, lebte ganz anderes. Er lebte in der Wüste und aß Heuschrecken und Honig. Jesus macht mit diesem Auftreten deutlich: Jetzt ist eine neue Zeit angebrochen. Nicht eine Zeit, in der wir fasten und sparen müssen. Sondern Jesus zeigt uns, wie das Leben mit ihm aussehen kann. Er selbst sagt in Johannes 10,10: Ich aber bin gekommen, um ihnen Leben zu bringen – Leben in ganzer Fülle. [RKe] [MKe]

GEBET Da ist einer, der wandelt Wasser in Wein, Trübsinn in Freude, Kälte in Liebe.

03 MO Glaubwürdig?!

JOHANNES 3,1-16 Ist dir der V.16 auch schon häufiger begegnet? Der Satz verlockt dazu, ein “wenn-dann-Prinzip” herzustellen. Man könnte meinen, Glaube lohnt sich, weil man so das ewige Leben habe. Das ist falsch. Glauben ist kein Tauschgeschäft. Glaubwürdiger wird der Glaube, der hier beschrieben wird, wenn man den Vers „von hinten“ liest. Christen haben ewiges Leben, also glauben sie, dass Gott sie liebt. Gott gibt sich in seinem Sohn uns ganz hin, das ist sein Ausdruck von Liebe. Gott selbst ist Leben in Fülle. Dass er uns daran teilhaben lässt mit Jesus, macht ihn glaubwürdig. Ob es für Nikodemus glaubwürdig war, lesen wir nicht. [RKe] [MKe]

WEITERDENKEN Wie glaubwürdig ist Jesus für dich?

04 DI No-Go

JOHANNES 4,4-15 Die Frau hatte nicht damit gerechnet, dass ihr Tag und auch weiteres Leben durch dieses Gespräch geprägt werden wird. Der Fremde ist nur für sie fremd. Sie ist ihm nicht fremd. Die Begegnung ist geprägt von No-Go’s. Dass Jesus durch Samarien reist: ein No-Go, denn zwischen Juden und Samaritern herrschte ein Konflikt, weil die Samariter den Tempel nicht so wichtig nahmen. Man ging sich aus dem Weg. Das Gespräch zwischen den beiden ist ein No-Go. Männer sprechen Frauen nicht an und unterhalten sich nicht auf diese Weise mit ihnen. Aber weder die No-Go’s noch, dass sie aneinander vorbei reden (Jesus redet vom Himmel und der Ewigkeit und die Frau vom Wasser), halten die Frau davon ab, Jesus genau darum mutig zu bitten. [RKe] [MKe]

WEITERDENKEN Worin wird die Frau dir zum Vorbild?

05 MI Alles easy!

JOHANNES 5,1-15 So easy: „Steh auf, nimm dein Bett und geh hin!" Jesus organisiert dem Kranken keine neuen Freunde. Er macht kein großes Aufsehen. Ich verstehe diese Worte als eine Bestärkung: Ich glaube an dich! Doch da steckt noch mehr drin: Du musst nicht zum Teich! Wie hammer ist das bitte?! Der Kranke hat seinen Fokus ganz auf die Hilfe von Anderen gerichtet, dass er gar nicht mehr wahrgenommen hat, dass es noch mehr Möglichkeiten gibt. Das kenne ich aus meinem Alltag. Ich stecke fest im Meckern und Beschweren. Keiner fragt nach mir! Keine fragt, wie es mir geht, was ich gerade brauche! Jesus spricht es dir heute zu: Steh auf, nimm deine Angelegenheit in die Hand und denke weiter. Geh einfach mal einen neuen Weg. Ich glaube an dich! [RKe] [MKe]

06 DO Konfliktlösung

JOHANNES 8,1-11 Eine krasse Situation. Ich wäre angespannt. Entweder, Jesus bleibt dem jüdischen Gesetz treu, dann wird die Frau auf der Stelle gesteinigt, oder er hält sich nicht an die Gesetze – dann wäre das ein Grund, ihn selbst zu verklagen. Jesus lässt sich auf dieses entweder-oder-Spiel nicht ein. Er schreibt etwas in den Sand, denkt nach und sagt: „Wer unter euch ohne Sünde ist, der werfe den ersten Stein auf sie." Das ist mal ein geniales Beispiel für eine Konfliktlösung, bei dem niemand verliert: Die Frau verliert ihr Leben nicht, die Schriftgelehrten nicht ihre Ehre und Jesus nicht seine Liebe für die Menschen. [RKe] [MKe]

WEITERDENKEN Wie kannst du das nächste Mal einen Konflikt anders lösen, so dass niemand verliert?

07 FR Ich war's aber nicht

JOHANNES 9,1-11 Wer ist schuld? Wie schnell kommt mir diese Frage in den Kopf, wenn etwas passiert, während ich in einem Konflikt stecke. Warum ist uns diese Frage der Schuld so absolut wichtig? Sie ändert ja nichts an der Situation. Der Blinde bleibt blind, der Teller zerbrochen, die Beziehung gestört. Vielleicht stellen wir uns die Frage, weil wir zutiefst gute Menschen sein wollen und es uns häufig nicht gelingt. Unsere Reaktion auf die Frage, wer schuld ist, ist: „Ich war's aber nicht", denn ich will keinen Ärger bekommen. Jesus macht hier eine andere Sicht deutlich. Es sollen die Taten Gottes sichtbar werden. Schreiben wir uns das auf den Spiegel, hinter die Ohren und ins Herz: All die Schuld ist damit nicht weg, aber vielleicht finden wir Lösungen. [RKe] [MKe]

GEBET Jesus, hilf mir, mich nicht rauszureden, sondern dir zu vertrauen. Amen.

08 SA Ekelfüße

JOHANNES 13,1-17 Der Gedanke an Füße löst bei vielen unangenehme Gefühle aus. Die Jünger lassen Jesus an ihre Füße und Jesus berührt sie. Er hat keinen Ekel, er hat keine Berührungsängste. Mit der Fußwaschung, was eigentlich Aufgabe eines Sklaven wäre, zeigt er seinen Freunden: „Ihr seid wichtig für mich. Ihr dürft mir eure nackten Füße entgegenstrecken mit den Stellen, die nicht schön sind: richtig viel Dreck, Warzen, Hornhaut, vielleicht ein Pilz. Ich kann damit umgehen, wenn bei dir nicht alles perfekt ist." Es gibt Punkte, die soll keiner sehen. Mein Versagen, wenn ich etwas nicht erreicht habe. Schlechte Gedanken über andere oder über mich selbst. Jesus macht deutlich: „Ich will mich genau darum kümmern." [RKe] [MKe]

WEITERDENKEN Traust du dich, das alles an Jesus abzugeben?

09 SO Grundnahrung

JOHANNES 6,22-35 Jesus gibt sich genauso zu erkennen, wie sich auch Gott den Menschen zu erkennen gegeben hat. Das erste Mal, dass sich Gott einem Menschen vorgestellt hat, war in einem Busch. Dieser Busch brannte, aber verbrannte dabei nicht. Der Mensch, der das sah, war Mose. Mose fragte Gott: „Wie ist dein Name?“ Und Gott antwortete ihm: „Ich bin, der ich bin.“ Jesus greift das auf: „Ich bin“. In dem „Ich bin“ wird deutlich, dass er, Jesus, und Gott, eins sind. Jesus ist Gott. „Ich bin das Brot des Lebens“ ist eines der sieben ‚Ich-bin-Worte‘ Jesu. Brot ist Grundnahrung, Jesus ist Grundnahrung, wir sollen ihn „essen“. Was heißt das für mich persönlich und was bedeutet das auf der Gefühlsebene? [RKe] [MKe]

YOUTUBE-TIPP Willow Creative – Breadmaking
youtu.be/kNMNYeYE718

10 MO Er leuchtet heller

JOHANNES 8,12-15 Was bedeutet dieses Licht in meinem Leben? Er kennt unsere Dunkelheit und unsere Ängste ziemlich gut, doch dabei belässt er es nicht. Es reicht ihm nicht, auch einfach nur Mitgefühl für uns zu haben, die wir in dieser Welt mit Dunkelheit leben. Nein, Jesus ist auf diese Welt als Mensch gekommen und sagt von sich selbst: Ich bin das Licht der Welt. Ja, Dunkelheit schmerzt und zerreißt uns. Aber es gibt Licht in dieser dunklen Welt, die wir alle kennen. Jesus ist der, der mit Dunkelheit wirklich umgehen kann. Denn in diesem Bild ist das Licht stärker als Dunkelheit. Dort, wo Licht ist, hat die Dunkelheit keine Chance mehr. Jesus macht die Verhältnisse auf dieser Welt mit dieser Aussage ganz klar. Er hat das letzte Wort, er leuchtet heller und stärker als jede Dunkelheit, als jede Angst und als jeder Kontrollverlust. [RKe] [MKe]

11 DI Türen

JOHANNES 10,1-10 Türen öffnen und schließen wir mehrfach am Tag völlig unbewusst. Ich stehe auf, gehe durch die Schlafzimmertür, die Küchentür, Bürotür, Badtür, Haustür, Autotür,... Wenn Jesus sich als die Tür vorstellt, dann möchte er, dass wir begreifen, dass jeder andere Versuch, irgendwo raus und rein zu kommen, unlogisch ist, auch wenn das möglich wäre. Es gibt die durchs Fenster-Kletterer und die Schornsteinbenutzer. Doch das sind nicht die sinnvollen Ein- und Ausgänge. Jesus sagt: „Hallo Freunde, ihr könnt aufhören, Alternativen zu suchen. Es gibt die Tür – das ist die sinnvolle Weise, Räume zu betreten und zu schließen!“ [RKe] [MKe]

JETZT DU Nimm heute die Türen, durch die du gehst, bewusst wahr als Erinnerung daran, dass Jesus zu dir sagt: “Ich bin die Tür.” Was bedeutet dir das?

12 MI Jesus wirft dich nicht raus

JOHANNES 10,11-16 Wow, dass ich heute einfach in dieses Vertrauen fallen kann, stärkt mich für den Tag. Jesus sagt es direkt zu mir: „Ich bin der gute Hirte.“ Etwas Vertrautes und Schönes wird uns vor Augen geführt, eine totale Ermutigung: Gott wird dich nicht verlassen. Auch dann nicht, wenn du ihn verlässt. Selbst wenn dir Gott, Kirche, dein Glaube gerade nichts mehr bedeuten: Gott bleibt bei dir! Gott steht zu dir. Gott wirft dich nicht aus der Whats-App-Gruppe raus. Er bricht die Kommunikation nicht ab. Es ist gut zu wissen, dass wir einen guten Hirten haben: Weil wir selbst nicht alles im Griff haben. Ich wünsche mir jemanden, der uns hilft, die Orientierung im Leben zu behalten. Jemand, der uns an die Hand nimmt, wenn mal die Kommunikation abbricht. Jemand, der für uns da ist. Jemand, der uns so annimmt, wie wir sind. [RKe] [MKe]

WEITERDENKEN Lies doch mal Psalm 23 als Ergänzung zum Text von heute.

13 DO Er kommt zu spät?!

JOHANNES 11, 1-7. 17-26 Jesus kommt zu spät! Der Bruder von Maria und Martha ist gestorben. Maria und Martha trauern, weinen und auch Jesus ist traurig. Jesus weint ebenfalls bei dieser Begegnung (V. 35). Auch sein Zorn wird hier beschrieben (V. 33). Was treibt Jesus so um? Ist es die Wut darüber, dass die Menschen, mit denen er unterwegs war, nicht glauben? Oder dass die Menschen immer einen Beweis brauchen, bevor sie glauben? Vielleicht weint Jesus aber auch, weil er wirklich traurig ist. Es ist jemand nach einer Krankheit mit Aufs und Abs doch noch gestorben. Jesus teilt diese Gefühle, er teilt die Trauer und weint mit ihnen. Er weint über den Tod, der plötzlich im Leben auftaucht. Jesus weint und zugleich hat er die Macht, alles zu ändern. Beides hat bei ihm Platz: das Sterben und das neue Leben. Das ist unsere Hoffnung. [RKe] [MKe]

14 FR Entweder oder

JOHANNES 14, 1-7 Bei diesen Versen klingt so ein krasser Absolutheitsanspruch mit. Nur Jesus kann der richtige Weg sein. Aus einem anderen Blickwinkel geht es um eine ganz konkrete Situation. Die Jünger und Jüngerinnen spüren, dass ihre Gemeinschaft zerbrechen wird. In dieser Situation fragen sie, welchen Weg sie in Zukunft gehen sollen und was sie zusammenhalten wird. Jesu spricht seine Worte in eine Situation hinein, in der die Jünger merken: Alles verändert sich. „Ich bin der Weg – für jeden von euch, ich bin Leben und Wahrheit – für dich. Bleibt bei mir. Geht doch bitte mit mir weiter.“ Jesus wirbt mit seiner ganzen Liebe und Leidenschaft darum, dass seine Freunde nahe an ihm dranbleiben. Damals und heute! [RKe] [MKe]

15 SA Verbunden

JOHANNES 15,1-5 Wenn dein Handyakku leer geht, kannst du versuchen, irgendwo Batterien reinzupacken. Du kannst versuchen, ihn an dein Laptopkabel anzuschließen oder dir sonst was Kreatives einfallen lassen, damit er sich lädt. Das wird nicht klappen. Er lädt sich auf, wenn er am Ladegerät ist. Das ist der Ort, wo dein Handy seine Energie herbekommt. So wie die Rebe am Weinstock, wie dein Handy am Ladegerät, so sollen wir an Jesus sein. Darum geht es Jesus: Bei ihm sein. Wir sollen bleiben, verbunden sein, mit ihm Zeit verbringen. Dort bekommen wir Energie und Kraft. Wie du dieses „bei Jesus sein" gestaltest, ist dir überlassen. Jesus möchte, dass sein Wort Raum in deinem Leben hat. Es kann genau dieser Moment sein. [RKe] [MKe]

JETZT DU Schreibe drei Ideen auf, wie du Jesu Wort Raum in deinem Alltag gibst.

JESUS IN ACTION

MATTHÄUS 8–13

DANIEL HERR [DH] | DANIEL_HERR1@WEB.DE

STEPHANIE SCHWARZ [STS] | STEPHANIE.SCHWARZ@EJWUE.DE

16 SO Relax!

MATTHÄUS 8,1-4 Wir verlangen oft so viel von Jesus. Wir machen uns Stress, wenn gerade kein Wunder vom Himmel fällt. Es kann aber mit Jesus manchmal so entspannt sein. Dem Kranken geht es gewiss nicht gut. Im Gegenteil, Menschen mit Aussatz waren nicht nur körperlich am Ende. Sie waren auch gesellschaftlich ausgegrenzt. Für seine Situation wirkt seine Bitte auf mich daher tiefenentspannt. Obwohl er jeden Grund zu flehen und zu betteln hätte. Manchmal können wir nicht ruhig bleiben, manchmal müssen wir unsere Klagen herausschreien. Manchmal tut es uns aber auch gut, unsere Erwartungen zu bremsen und dabei sicher zu sein, dass Jesus trotzdem immer bei mir ist. [DH]

WEITERDENKEN „Jesus, wenn du willst, hilf mir." In welchen Situationen kann ich mich auch mal mit Jesus zusammen relaxed zurücklehnen?

17 MO Möge die Macht mit dir sein

MATTHÄUS 8,5-10,13 Was bedeutet es eigentlich, „Macht" zu haben? Im Fernsehen können wir beobachten, wie Politikerinnen und Politiker Macht ausüben, manchmal zum Guten, aber auch zum Schlechten. Der Hauptmann und Jesus kennen sich beide damit aus, was es bedeutet, Macht zu besitzen. Der Hauptmann besitzt eine politische Macht, er kann Menschen befehligen. Er war ein römischer Feldherr. Die Macht, die Jesus hat, ist aber eine völlig andere, eine göttliche. Er braucht nur ein Wort zu sagen, um einen todkranken Menschen, der meilenweit entfernt ist, zu heilen. Das geschieht, weil der Hauptmann daran glaubt. [DH]

JETZT DU Mach dir bewusst, dass du Teil von dieser göttlichen Macht sein kannst. Durch den Glauben ist Gottes unerschöpfliche Kraft mit dir.

18 DI Ehrensache

MATTHÄUS 8,14-17 Ich weiß ja nicht, ob du auch schon mal bei den Eltern oder deinen Freunden so getan hast, als würdest du etwas nicht können, nur um es nicht machen zu müssen. Ich habe mich zum Beispiel beim Spülen früher extra doof angestellt, damit meine Mutter mir irgendwann den Schwamm aus der Hand nimmt und es doch lieber selber macht. Ich hatte einfach keine Lust auf "so viel Arbeit". Zum Glück ist das bei Jesus nicht so. Zu den Dingen, die Jesus gut kann, gehört, wie er auf Menschen zugeht. Dort, wo wir uns manchmal schwach fühlen, ist er da und macht uns stark. Für ihn war es keine Last, Kranke zu heilen, auch wenn das bestimmt viel Arbeit war. Er sieht in seiner Aufgabe einen großen und wichtigen Auftrag. [DH]

JETZT DU Wann hast du dir das letzte Mal Zeit für ein Herzensprojekt genommen?

19 MI Was ich hab, hab ich von dir

MATTHÄUS 8,18-22 Jesus nachzufolgen, scheint wirklich schwer zu sein, oder? Es scheint, als müsste ich wirklich alles zurücklassen, um ihm nahe zu sein. Soll ich jetzt Zuhause ausziehen, mein Smartphone und meinen PC wegschmeißen? Nein, aber Jesus nachzufolgen bedeutet etwas. Es bedeutet, dass ich mich auf etwas einlasse, was unter Umständen mein Leben beeinflusst und das zum Positiven. Damit lasse ich auf gewisse Art und Weise auch etwas zurück. Jesus weiß, dass uns das heute keinesfalls so leicht fällt, wie er es damals beschrieben hat. Ich darf mein altes Leben behalten, meine Freunde, meine Familie, ich muss heute nichts mehr zurücklassen. Ich sollte aber für Jesus in meinem Leben offen bleiben. [DH]

WEITERDENKEN Was würdest du zurücklassen (auch, wenn du es nicht musst), um mit ganzem Herzen zu Jesus zu gehören?

20 DO Immer da.

MATTHÄUS 8,23-27 Wie kann Jesus eigentlich in diesem Moment noch schlafen? Das frage ich mich bei dieser Geschichte immer. Ich würde sagen, Jesus war mal wieder relaxt. In Situationen, in denen andere total am Rad drehen würden, behält er die Nerven. Jesus beherrscht hier ohne Weiteres die Naturgewalten. Ich finde es schön, von einem Jesus zu lesen, der mir Gewissheit und Hoffnung gibt, dass alles gut wird. Selbst, wenn mein Leben noch so stürmisch verläuft, darf ich darauf hoffen, dass Jesus da ist, auch wenn es manchmal den Anschein hat, dass er schläft. Er ist da und setzt sich gegen das ein, was uns bedroht. [DH]

JETZT DU Wann hattest du das Gefühl, dass Jesus gerade irgendwie nicht da ist? Sei dir bewusst, dass er immer mit an Bord ist!

21 FR Keine Zeit für das Böse

MATTHÄUS 8,28-34 Mit Dämonen können wir heute nicht mehr so viel anfangen. Manchmal wurden Menschen als "besessen" bezeichnet, wenn sie Krankheiten wie Epilepsie hatten, die man zur Zeit Jesu einfach noch nicht kannte. Manche Christinnen und Christen nehmen das mit den Dämonen auch heute noch sehr ernst. Die Geschichte will uns aber das Gegenteil sagen: Dass wir die Dämonen mit Jesus an unserer Seite nicht fürchten müssen. Es ist wirklich besonders, dass die Dämonen bereits wussten, dass Jesus Gottes Sohn ist, obwohl es sonst noch niemand wusste. Diese Geschichte soll uns deutlich machen: Jesus ist Gottes Sohn und er hat gewaltige Kraft. Ein Befehl, und er vertreibt das Böse. [DH]

JETZT DU Lass dich von Jesu Macht begeistern! Mit Jesus im Leben kann uns das Böse nichts anhaben.

22 SA Wie man es macht, ...

... macht man es falsch

MATTHÄUS 9,1-8 In dieser Erzählung versucht jeder, das Richtige zu tun, aber es haut irgendwie nicht so hin. Die Freunde tun alles für ihren Freund und tragen ihn extra zu Jesus. Die Schriftgelehrten versuchen, ihren Glauben zu verteidigen, indem sie Jesus widersprechen. Jesus vergibt die Sünden der Menschen. Und mittendrin ein Gelähmter. Wie muss er sich gefühlt haben? Vielleicht hat er erwartet, geheilt zu werden, vielleicht hat auch die Vergebung der Sünden die Hoffnung in ihm bestärkt. Doch diese Hoffnung wird von den Pharisäern zunichte gemacht. Zum Glück zeigt Jesus noch einmal deutlich, dass er Sünden vergeben kann, indem er ihn tatsächlich heilt. [DH]

WEITERDENKEN Mach dir ruhig bewusst, dass dir deine Sünden vergeben sind. Dabei kannst du nichts falsch machen.

23 SO Bilder im Kopf

MATTHÄUS 9,9-13 Oft haben wir bestimmte Bilder im Kopf darüber, wie Leute sein sollten. Wir wissen, was „in" und „out" ist, und wer nicht dazugehört. Jesus dagegen hat keine solchen Bilder im Kopf. Stattdessen haben an seinem Tisch alle möglichen und unmöglichen Menschen Platz. Denn er schaut hinter die Bilder, die andere oder wir selbst haben. Jesus macht Platz. Platz für diejenigen, bei denen es nicht rund läuft und auch für die, denen etwas fehlt. Jesus macht Platz für Menschen, die als „out" erscheinen und auch für die Leute, die sich ihrer Gottesbeziehung nicht sicher sind. [StS]

GEBET Jesus, ich danke dir, dass ich keinem Bild entsprechen muss, um bei dir willkommen zu sein. Du weißt, dass nicht alles in meinem Leben rund läuft. Ich brauche deine Hilfe und deine Liebe. Amen.

24 MO Ungehörig oder mutig?

MATTHÄUS 9,18-26 In den beiden Geschichten gibt es gleich mehrere Personen, die in den Augen der Menschen seltsam sind. Da ist der Vater, der denkt, sein totes Mädchen könnte wieder lebendig werden. Da ist die Frau, die, obwohl sie aufgrund einer Krankheit eigentlich zuhause bleiben muss, das Gewand eines anderen Menschen anfasst. Und da ist Jesus, der anscheinend denkt, dass das tote Mädchen nur schläft. Was denkst du, was könnte diesen drei Personen den Mut gegeben haben, sich so „außer der Reihe" zu verhalten? Vielleicht war es ihre Hoffnung, dass ihre Situation doch noch zum Guten gewendet werden kann, weil Gott eingreift und Leben und Freiheit schenkt. [StS]

YOUTUBE-TIPP Ein Lied über die Hoffnung, das Mut machen kann: Outbreakband – Neu geborn HYfOX-IWUEU

25 DI Ausdauer lohnt sich

MATTHÄUS 9,27-31 Da geht Jesus durch den Ort und zwei blinde Menschen kommen schreiend hinter ihm her. Er reagiert nicht. Doch die beiden lassen sich nicht abwimmeln und gehen Jesus in das Haus hinterher. Und wieder reagiert Jesus eher zurückhaltend. Denn anstatt ihre Ausdauer zu belohnen, hinterfragt er die zwei Blinden: „Glaubt ihr, dass ich euch helfen kann?" Für die beiden ist die Antwort klar. Doch nicht immer fällt uns die Antwort auf so eine Vertrauensfrage leicht. Wie geht es dir heute: Vertraust du darauf, dass Jesus auf dein Gebet reagiert? Vertraust du ihm, dass er dein Anliegen zum Guten wenden kann? [StS]

JETZT DU Ein Angebot: Erzähl mir, was aktuell deine Bitte an Jesus ist (an stephanie.schwarz@ejwue.de). Und dann lege ich mein Vertrauen zu deinem dazu und bete gerne für dein Anliegen.

26 MI Beweise?!

MATTHÄUS 9,32-34 Manchmal denke ich, Glaube an Jesus wäre viel leichter, wenn ich einmal ein richtig großes Wunder erleben würde. Der Text heute zeigt, dass dem wohl doch nicht so ist. Anstatt sich zu freuen, dass ein Mensch wieder frei leben und mit seinen Mitmenschen reden kann, ziehen die Pharisäer das Ganze in den Schmutz. Trotz des Wunders glauben sie nicht an Jesus. Stattdessen werfen sie ihm vor, dass er sich mit einer bösen, zerstörerischen Macht verbündet hat. Glaube wächst also nicht durch Beweise. Glaube wächst vielmehr durch kleine und größere Vertrauensschritte, und durch das Staunen über das, was man mit Jesus erlebt oder erfahren hat. [StS]

JETZT DU Überleg dir zwei oder drei Situationen, in denen du über Gottes Handeln oder über Zeichen seiner Liebe gestaunt und dich gefreut hast.

27 DO Innereien

MATTHÄUS 9,35-38 Jesus dreht es den Magen um. Es schmerzt ihn bis in sein Innerstes, als er die Menschen um sich herum sieht. Jesus blickt in unser Herz und dort sieht er mehr als möglichst perfekte Insta-Bilder oder eine coole Abgeklärtheit. Vielleicht sieht er da Angst, Einsamkeit oder das Gefühl „Um mich kümmert sich keiner. Ich bin ungewollt." Das dreht Jesus den Magen um. Er leidet mit uns mit. Deshalb fleht er um Menschen, die das Evangelium verkünden. Er bittet um Menschen, die davon erzählen, dass jede und jeder von Gott geliebt ist. Es braucht Leute, die anderen durch ihr Leben zeigen: „Du bist gesehen! Du bist wertvoll." [StS]

JETZT DU Möchtest du so eine Mit-Arbeiterin, so ein Mit-Arbeiter von Jesus sein? Dann sag das Jesus und bitte ihn, dir zu zeigen, wo und wie du von ihm, dem guten Hirten, erzählen kannst.

28 FR Sinn und Zweck?

MATTHÄUS 10,1-10 Das ist ein bunter, ungewöhnlicher Haufen, den Jesus zusammengestellt hat. Und für den Fall, dass du denkst, du bist als Jünger/in unterqualifiziert, dann schau dir diese Typen mal genauer an. Solchen Leuten und dir und mir, mit allen Tief- und Hochpunkten, vertraut Jesus die beste Nachricht der Welt an. Und dazu gibt's ein paar Anweisungen. Lies erneut Verse 9+10 und überlege, was der Sinn dieser Anweisung ist. Ich denke, es geht darum, auch bei Alltagssachen auf Gott zu vertrauen. Denn diese erinnern uns daran: Es kommt im Leben und beim Reden über Gott nicht darauf an, welche Fähigkeiten und Qualitäten wir besitzen. Entscheidend ist, wieviel Raum wir Gott geben, damit er unser Leben gestalten kann. [StS]

JETZT DU Überleg dir eine konkrete Alltagssituation. Bitte Gott, auch in der Situation dein Leben mitzugestalten.

29 SA Puh ...

MATTHÄUS 10,16-20 Das ist keine coole Vorstellung der Zukunft. Wo bleiben denn da das Glück und das schöne Leben? Es ist erschreckend, wie ehrlich Jesus über das ist, was das Leben als Christ/in mit sich bringen kann. Dabei geht es ihm sicher nicht darum, uns Angst zu machen, sondern darum, dass wir über mögliche Konsequenzen Bescheid wissen. Außerdem gibt Jesus zwei Tipps:

1. Du brauchst dir nicht alles gefallen lassen. Du darfst dich wehren, jedoch ohne gemein oder betrügerisch zu sein. Also setz deinen Verstand ein. Denk nach. Sei gewitzt und schlau. Nutze die Möglichkeiten, die du hast.
2. Jesus verspricht: „Ich selbst bin mit meinem Geist bei dir, wenn du über deinen Glauben Auskunft geben musst. Ich helfe dir, passende Worte zu finden." Wann immer du nicht weiter weißt, bete in deinem Herz „Jesus, hilf mir zu reden."
[StS]

30 SO Deal or no deal?

MATTHÄUS 10,29-33 Die Grundlage für den Deal ist für Jesus klar: Du bist für Gott wertvoll. Gott kümmert sich nicht nur um seine Schöpfung, sondern er könnte dir zu jeder Zeit genau sagen, wieviel Haare du hast. So wichtig bist du für ihn. Egal, was du selber denkst oder andere sagen: Du bist unendlich wertvoll in Gottes Augen! Die dazugehörige deal-Frage von Jesus lautet: „Wollen wir zusammenhalten? Stehst du auf meiner Seite?" Es geht dabei nicht nur um etwas Glaube, so als nettes Add-on für's Leben. Sondern es geht um eine Entscheidung, die Auswirkungen auf dein Leben, auf deine Beziehungen und auf deine Zukunft haben wird. [StS]

EINE IDEE Such dir eine Person aus deinem Umfeld, von der du weißt, dass er/sie schon lange mit Jesus unterwegs ist. Dann frag ihn/sie, warum sich dieser Deal lohnt

WAS BIN ICH?

MATTHÄUS 11+12

CORD HEINEMANN [CH] | CORD-HEINEMANN@WEB.DE
ANDREA KÜHN [AK] | ANDREAWURDEKUEHN@GMX.NET

31 MO Was bin ich? – ein Ärgernis?

MATTHÄUS 11,1-6 Also Jesus! Den letzten Satz von heute hättest du dir doch sparen können, oder? Wenn du Blinde sehend machst und anderen Kranken und Verletzten hilfst, wen soll das denn ärgern? Da habe ich mich ja ganz schön geirrt. Es gibt viele, die das nicht gewollt haben und auch heute nicht wollen. Warum eigentlich? Aber Jesus, ich verspreche dir: Ich werde mich nicht ärgern, wem auch immer du hilfst. (Außer es ist dieser blöde Typ in der Klasse, der mich immer nervt.) [CH]

01 DI Was bin ich? – etwa dumm?

MATTHÄUS 11,25-27 Man könnte ja meinen: Die Intelligenten glauben nicht an Gott und die nicht so Intelligenten können das ruhig machen. Das ist aber nicht gemeint. Es bedeutet nur: die Schlauen dieser Welt bleiben an einem Punkt stehen. Sie sehen ihre Wissenschaft und ihr Expertenwissen und sind nicht bereit, die Tür zu öffnen, die Jesus hier aufzeigt. Eine Welt, die mehr aufzeigt, als Daten und Fakten. Eine Welt, die in unsere Seele dringen will. Und um diese Tür zu öffnen, muss man nicht unbedingt schlau sein – nur bereit. Allerdings ist es natürlich nicht verboten, schlau zu sein. Dumm ist nur der, der da stehen bleibt und nicht das Angebot Gottes annimmt, seine Welt zu entdecken. [CH]

02 MI Was bin ich? – sehr erschöpft!

MATTHÄUS 11,28-30 Quicklebendig – das wird man nicht durch den Genuss einer bestimmten Kakaomarke, sondern nur, wenn Jesus einen erfrischt. Allerdings komme ich mir immer mehr vor wie ein Esel, der eine Last nach der anderen tragen muss. Am schlimmsten ist, dass ich mir manche Lasten selbst auferlege. Aber Esel sind schlauer als ich, die bleiben irgendwann einfach stehen, wenn es ihnen zu viel wird. Vielleicht sollte ich das Angebot von Jesus annehmen, dass er mich erfrischt und nur so viel Last auferlegen will, wie ich mit einem Fingerschnipps tragen kann. Warum schaffe ich das bloß nicht? [CH]

JETZT DU Hast du eine Idee, warum uns das so schwer fällt? Dann schreib eine E-Mail an cord-heinemann@web.de

03 DO Was bin ich? – Scheinheilig!

MATTHÄUS 12,1-8 Das ist einfach. Mit dem Finger auf die Pharisäer zu zeigen und ihnen zu sagen: "Ihr seid aber scheinheilig und arrogant. Schaut mich an! Ich mache sogar Hausaufgaben am Sonntag. Basta!" Es ist eben wahr: Wer mit einem Zeigefinger auf andere zeigt, übersieht, dass 3 Finger auf einen selbst zeigen. Deswegen lautet die Frage zum heutigen Text nicht: Wie kann ich die Fehler beim anderen finden? Sondern: Wie kann ich von der Liebe Jesu lernen und mit mir und anderen barmherzig sein? [CH]

04 FR Was bin ich? – Staatsfeind Nr. 1

MATTHÄUS 12,9-14 Es macht mir Angst. Nicht, dass andere (hier die Pharisäer) anderer Meinung sind, sondern, dass es gleich Mord und Totschlag sein müssen. Letztens habe ich bei einer Umweltdemo mitgemacht, die von Jugendlichen aus unserem Jugendkreis organisiert wurde. Sehr friedlich. Dann kam der Schock. Eine wild gewordene Bande Motorradfahrer und halbstarke PS-Rowdies haben die Demo bewusst gestört. Die andere Meinung hat mich nicht geschockt, aber mit welcher Aggression und geballten Fäusten das abging und wir von der Polizei von denen getrennt und geschützt werden mussten. Heutzutage. Hier in Deutschland. Das macht mir Angst. [CH]

GEBET Herr, schenke deinen Frieden in die Wut der Welt. Versöhne da, wo Feinde verbittert gegenüber stehen. In der Familie. In der Schule. In Ländern. Herr hilf! Amen.

YouTube

Heute gibt's ein neues Video!
YouTube.de/startindensamstag

05 SA

Was bin ich? – ... das, was erwartet wird?

MATTHÄUS 12,15-21 Jesus muss verschwinden. Vor allem wegen der falschen Erwartungen. Für die Pharisäer hätte er wahrscheinlich zunächst die Römer aus dem Land vertreiben müssen, die das Land beherrschten. Welche Erwartungen habe ich eigentlich an Jesus und an Gott? Kann es sein, dass Gott anders ist, als ich mir das wünsche? Eigentlich hätten es die Pharisäer besser wissen müssen. Sie kannten doch die alten Schriften genau. Die Schriften, die Jesus heute zitiert. Sie wollten gar nicht auf die Schriften hören, die ihnen so scheinbar wichtig sind. Sie wollten ihren Willen durchbringen. Ein anderer Gott, der richtige Gott, hat da keinen Platz. [CH]

06 SO

Was bin ich? – mit Jesus verwandt

MATTHÄUS 12,46-50 Was macht mich aus? Wo liegt meine Identität? Etwa da, wo ich geboren bin, welche Eltern oder Geschwister ich habe? Oder in welchem Land, Gegend oder sozialen Umfeld ich aufgewachsen bin? Jesus gibt hier eine Wegweisung: "Du bist mit mir verwandt, wenn du an mich glaubst". Dann wird aus der Frage: „Was bin ich?" eine Antwort auf die Frage „Wer bin ich?" „Wer ich auch bin. Du kennst mich, Dein bin ich, o Gott." Der letzte Satz stammt aus einem Gedicht von Dietrich Bonhoeffer, der sich auch diese Frage gestellt hat. [CH]

YOUTUBE-TIPP Dietrich Bonhoeffer: Wer bin ich? Filmausschnitt mit Ulrich Tukur als D. Bonhoeffer

07 MO Sein Wort in unserem Leben

MATTHÄUS 13,1-9.18-23 Das Gleichnis vom Sämann ist längst kein großes Geheimnis mehr. Klar, Jesus erklärt es ja selbst: Hier geht's nicht um Landwirtschaft, sondern um dein Leben. Der Sämann ist niemand anderes als Gott, der Samen ist SEIN Wort und der Boden unsere menschlichen Herzen, die dem Wort Gottes begegnen. Missverständnisse, Herzenshärte, schräge Ideologien, Scham, Coolness oder Traditionen verhindern jedoch viel zu oft, dass Gottes Liebe und Wahrheit in Herzen Raum gewinnen und tragfähige Wurzeln schlagen. Punkt. Nein: Doppelpunkt! Denn in Kapitel 13 lüftet Matthäus durch 7 Gleichnisse Jesu noch ein viel größeres Geheimnis! Hier geht's um die Kraft, Tiefe und das Wesen des Königreichs Gottes – des Reichs der Himmel. [AK]

YOUTUBE-TIPP Rend Collective – Build your kingdom here
youtu.be/sT40bypnoKU

08 DI Fragen an Jesus

MATTHÄUS 13,10-14 Es ist immer eine gute Idee, Jesus unsere Fragen zu stellen (V. 10), auch wenn seine Antworten manchmal bittersüß sind. Hier ist bitter, was wir hier über das Volk Israel erfahren. Obwohl sie tief im Glauben verwurzelt waren und darauf beharrten, die Wahrheit zu kennen, haben sie den so sehnlichst erwarteten Messias eben nicht erkannt. Ihr Glaubensfundament wird nicht tragen, sondern brechen (V. 12). Jesus war sich dessen bewusst und wendet sich deshalb all denen zu, die (ihn) hören und verstehen wollen. Er öffnet allen die Tore seines Königreichs! [AK]

WEITERDENKEN Wo entdeckst du dich in diesen Versen? Hast du Fragen an Gott?

09 MI Sein Königreich

MATTHÄUS 13,24-30 Das im Orient weitverbreitete „giftige Taumellolch" sieht dem Weizen teilweise zum Verwechseln ähnlich. In der Landwirtschaft ist also klar: Es braucht den richtigen Zeitpunkt und Fachpersonal, um Weizen und Unkraut zu trennen. Doch Jesus will hier keinen Grundkurs in Feldarbeit geben, sondern uns das Geheimnis seines Königsreiches offenbaren! Ein Königreich, in dem nicht wir die Richter, sondern die Wachstumshelfer sind. Und ein Königreich, in dem wir wachsam sein sollen, weil der Feind aktiv ist (V. 19+25). Wir sind gefordert, geistlich fit zu bleiben, damit Gottes Gegenspieler unseren „Schlaf" nicht nutzen kann, um Zank, Lüge oder verwirrende Unwahrheiten in uns(ere Gemeinden) zu säen. [AK]

YOUTUBE-TIPP Casting Crowns – If we are the body (Achte auf die Bridge! Minute 2.24) kAWeHo8E70E

10 DO Aufmischen

MATTHÄUS 13,31-33 Weder Gartenarbeit noch Backen zählen zu meinen Stärken. Doch das, was ich kann und wozu ich dich einlade, ist das Staunen über Gott und sein Königreich! Ohne viel „Schnickschnack" bringt Jesus es auf den Punkt: Gottes Königreich ist größer, als wir es uns vorstellen können! Es begann mit wenigen Männern (den Jüngern), hat sich längst über die Erde verbreitet und ist in unzähligen Kirchen, Gemeinden und Menschen sichtbar. Doch das bedeutet nicht, dass wir nun die Laubharke oder den Teigschaber weglegen sollen. Vielmehr ist es unsere Aufgabe, Sauerteig zu sein! Wir mischen uns unter das Volk und mischen es jesusmäßig auf! [AK]

JETZT DU Kleines wird groß! Kaufe einen Pack Einkaufswagen-Chips mit christlicher Botschaft, um sie dann im Einkaufswagen steckend an andere weiterzugeben.

11 FR So wichtig

MATTHÄUS 13,44 Nun spricht Jesus über den Wert seines Königreichs. Es ist so wertvoll, dass die Person, die es findet, bereit ist, jeglichen Besitz dafür herzugeben. Wie besonders muss dieses Königreich sein, dass alles andere daneben vollkommen verblasst?! Dieser Vergleich erinnert mich an einen verliebten Jungen. Er freut sich so sehr an ihr, dass es ihm nichts ausmacht Geld, Zeit, Freundschaften oder schulische/berufliche Ziele für sie aufzugeben. All das ist ihm egal, weil SIE für ihn so wertvoll ist. So ist es mit dem, der Gottes Königreich entdeckt! Nichts ist größer als diese Freude. Hast du Gottes Königreich so schon für dich entdeckt? [AK]

GEBET Jesus, ich will mich über dein Reich so freuen können, dass mir alles andere egal ist. Bitte gib mir so eine tiefe Freude. Amen.

12 SA Die eine Perle

MATTHÄUS 13,45-46 In dem Gleichnis heute (und gestern) lässt uns Jesus Deutungsspielraum. Wir erfahren nicht nur etwas über das Königreich selbst, sondern auch über dessen König. So kommt nichts und niemand dem gleich, was Gott uns mit seinem Königreich schenkt. Deshalb sollte es uns alles wert sein. Gleichzeitig gibt es aber auch keinen anderen König, der so mächtig, wahrhaftig, liebevoll, gnädig, weise und ... ist, wie Jesus! Schau auf den Perlenexperten (V.45) und stell dir vor, dass er auf wertvolle Einzelstücke spezialisiert war. Als er dann diese eine Perle findet, ist er bereit, ALLES für sie aufzugeben. So ist unser König Jesus! ER gab ALLES für dich (z.B. seinen himmlischen Thron, sein Leben). [AK]

YOUTUBE-TIPP Hillsong United – Führ' mich an dein Kreuz
youtu.be/hTIK2izSD4s

13 SO Gott sagt JA zu dir

MATTHÄUS 13,54-58 „Wie kommt der Sohn eines Zimmermanns nur auf sowas!?" (V. 55+56) Eine von vielen vorurteilenden Fragen, die es bis heute gibt. Vielleicht kennst du solche Sätze wie „Dein großer Bruder hat ja auch schon immer …!" oder „Glaub nicht, du wärst was Besseres, weil du an deinen Gott glaubst!". Aussagen bzw. „Seelenstempel", mit denen wir einander den Wert nehmen, uns in Schubladen stecken und den Mund verbieten wollen. Eigentlich oberflächlich zielen sie tatsächlich bis in die Tiefe deines Herzens und deiner Seele. Deshalb: Lebe schon jetzt „das Königreich Gottes" und mache den Unterschied in deinem Umfeld. Lass andere erleben, was dir längst gilt: Kein Gefühl, Stammbaum, Vorurteil und keine Erfahrung können Gottes JA zu dir beeindrucken! [AK]

YOUTUBE-TIPP MercyMe – Greater
youtu.be/GXlOB4iMLuU

WUNDER-VOLL

MATTHÄUS 14–20

PETRA KRÖNER [PK] | PETRA.KROENER@KONTAKTMISSION.ORG

JONAS BÄR [JB] | JONAS.BAER@KONTAKTMISSION.ORG

SONJA FRÖHLICH [SF] | SONJA.FROEHLICH@KBZ.EKIBA.DE

HANNA PFAU [HP] | PFAU.HANN@GMAIL.COM

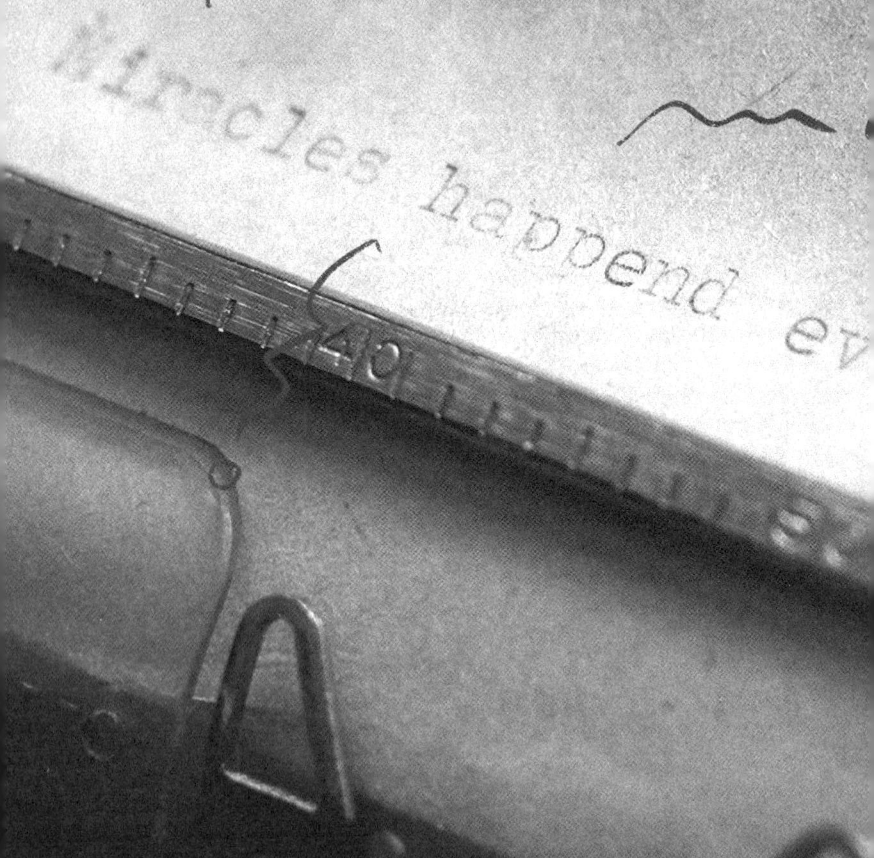

14 MO Bleib Gott und deinem Herzen treu

MATTHÄUS 14,1-12 Du befindest dich plötzlich in einer Situation, dass du eine falsche Entscheidung getroffen hast? Die Zeit drängte, der Gruppendruck war mal wieder zu groß? So erging es Herodes. Sein Entscheid konnte nach der Enthauptung nicht wieder rückgängig gemacht werden. Die gute Nachricht ist: Sehr oft gibt es einen „Rückweg". Er heißt: Reue und Umkehr. [JB]

JETZT DU Wenn dir heute was passiert, was du danach bereust, kannst du zum Beispiel um Verzeihung bitten. Bleib Gott und deinem Herzen treu! Erzählst du mir, was du heute erlebt hast? Jonas.Baer@spur-wechsel.net

15 DI Voll satt!

MATTHÄUS 14,13-21 Die Menschen waren hungrig nach mehr Jesus in ihrem Leben. Wir Menschen brauchen Nahrung, um zu leben, und zwar täglich. Geistliche und körperliche Nahrung. Für Jesus ist hier beides wichtig. Du kannst ihm all deine Bedürfnisse nennen. Seien es seelische oder körperliche Bedürfnisse. Lächerlich: fünf Brote und zwei Fische für 5.000 Mann hatten sie. Jesus nahm diese und machte vielfach mehr daraus, so dass alle voll satt wurden. Denkst du vielleicht auch manchmal: Das, was ich geben und Jesus zur Verfügung stellen kann, ist viel zu klein, das bisschen Gitarre spielen, Computerkenntnisse, Kochfreude, Kreativität, etc.? Was soll Jesus daraus machen können? Mach es einfach und warte ab, was Jesus tut und wie er dich und deine „kleinen" Gaben groß nutzen kann, um andere voll satt zu machen. [PK]

YOUTUBE-TIPP Berge – Mein Lied
youtu.be/0Gm3j3Qbipc

16 MI Ganz schön mysteriös?!

MATTHÄUS 14,22-33 Jetzt stell dir mal dieses Ereignis bildlich vor. Ganz schön mysteriös?! Es gibt tatsächlich Naturkatastrophen, Stürme, Kriege. Und es gibt tatsächlich Menschen, die genau in solch krassen Zeiten Jesus hautnah erlebten und Rettung erfuhren. In meinem Leben waren es bisher „nur" die kleinen Stürme, wie Streit mit Freundinnen, dem Ehemann, Stress mit den Eltern, der Arbeitsstelle, etc. Bei dir ist es vielleicht in der Schule oder tief in deinem Herzen viele Fragen, Unsicherheiten, Ungewissheiten, Ängste, u.v.m. All dies kann auch wie solch ein Sturm sein, der alles aufwühlt. Ich habe in solchen Situationen immer wieder erlebt, wie der Sturm sich (Gott sei Dank!) doch wieder gelegt hat. Jesus war da mittendrin. Dann steht man staunend vor ihm und muss bekennen: „Du bist Gottes Sohn! Das hast du wieder gut hingekriegt! Danke! Und sorry, dass ich zwischendurch an dir gezweifelt hab und dich sogar angeschrien habe". [PK]

WEITERDENKEN Warum zweifelst Du? Wie kannst du dies ändern?

17 DO Dir geschehe nach deinem Glauben

MATTHÄUS 15,21-28 Hey, hast du ihren Mut gesehen? Und obwohl sie weiß, dass Jesus als Prophet und Lehrer zum Haus Israel geschickt ist, wagt sie sich dennoch als „Ausländerin" an Jesus heran! Und Jesus? Erst lässt er ihre Bitte unbeantwortet, und dann plötzlich rühmt er ihren großen Glauben: „... dein Glaube ist groß. Dir geschehe, wie du willst!" Einfach der Hammer! [JB]

GEBET Lieber Vater im Himmel. Bitte schenk mir heute großen Glauben, der mich noch mutiger macht – so, wie diese Frau! Danke. Amen.

18 FR Jesus heilt heute!

MATTHÄUS 15,29-39 Menschen haben Glauben. Sie bringen kranke Freunde zu Jesus! Viele von ihnen hätten es nie alleine geschafft. Weil Menschen wie du und ich Glauben für sie hatten, machten sie sich auf den Weg mit ihnen, damit sie eine persönliche Begegnung mit Jesus haben und geheilt werden konnten. Und ganz nebenbei stillt Jesus noch durch ein weiteres Wunder mal schnell den Hunger von mehr als viertausend Menschen! [JB]

YOUTUBE-TIPP

Glaubst du, dass Jesus auch heute noch, mitten unter uns, Wunder tut? Lass dich mitnehmen an Orte, wo dies heute geschieht: Die Bewegung „TLR" (The Last Reformation) will dich ermutigen, selber im Namen Jesus für Menschen zu beten. Da passieren weltweit Zeichen und Wunder ... und plötzlich bist du mittendrin!! youtu.be/zka4DUYeJ5g

19 SA Wenn Liebe warnt – vor Religiosität

MATTHÄUS 16,5-12 „Religiosität" meint, einen „an-Gott-glauben-Lifestyle" zu leben, wobei mein Herz noch nicht wirklich bekehrt ist (wie das der Pharisäer). Es fehlt noch ein persönliches „von Gott berührt sein". Dann nämlich wächst in uns eine tiefer werdende, persönliche Liebesbeziehung zu Jesus, die uns befähigt, seine Stimme auch mitten im Alltag zu hören. So wird und bleibt unser Leben mit IHM bunt, lebhaft und abenteuerlich! [JB]

WEITERDENKEN

Hast du oft ein leeres Herz, trotz Bibellese, Kleingruppe, Gemeinde, und Worshipzeiten? Könnte Religiosität eine Ursache dafür sein? Vielleicht hilft dir das Büchlein: Den religiösen Geist überwinden von Rich Joyner ISBN/EAN: 9783907827635

20 SO Was sagst DU von mir, wer ich bin?

MATTHÄUS 16,13-18 Spannende Frage. Jesus macht sich Gedanken und fragt seine Jünger: „Wer sagen die Leute, wer ich bin?" Gleich darauf fragt Jesus seine Jünger frei raus: „Wer sagt denn ihr, dass ich sei?" Er will es wissen von ihnen. Petrus ergreift für alle das Wort: „Du bist Christus, des lebendigen Gottes Sohn!". Das muss eingeschlagen haben. Das muss so ein Moment gewesen sein, im Leben Jesu und der Jünger, welchen man nicht so schnell vergisst. Es ist eine Klarheit – eine Offenbarung vom Himmel und ein Bekenntnis vor den Menschen. [PK]

JETZT DU Jesus fragt dich heute: „Was sagst DU von mir, wer ich bin?" Was antwortest DU ganz persönlich darauf? Und frag doch mal einen Freund/Freundin: „Was denkst du, wer Jesus Christus ist?" oder „Wer ist Jesus Christus für dich?". Das bringt zum Nachdenken. Sende uns doch deine Antworten an Petra.Kroener@spur-wechsel.net

21 MO Vom Fels zum Satan

MATTHÄUS 16,21-23 Gerade eben noch war alles Friede, Freude, Zuckerwatte: Petrus hatte eine Ahnung vom Geheimnis Gottes bekommen und Jesus als den Christus erkannt (Mt 16,13-18). Doch auf Petrus, den Felsen, auf den Gemeinde gebaut wird (V. 18) folgt jetzt Petrus, der wie Satan am Anfang des Matthäusevangeliums versucht, Jesus von seinem Weg abzubringen (Kap. 4). Dabei reagiert Petrus doch total normal, als Jesus von dem grauenvollen Leiden spricht, das vor ihm liegt! Petrus will nicht, dass Jesus so leiden muss. Es will nicht in seinen Kopf, dass der lebendige Gott so etwas seinem eigenen Sohn zumutet. Seine eigenen Erwartungen und Wünsche mischen sich in sein Gottesbild hinein. [SF]

GEBET Jesus, dein Leidensweg ist so schwer zu begreifen. Hilf mir, ihn immer mehr zu verstehen. Amen.

22 DI Mein Kreuz tragen

MATTHÄUS 16,24-26 Puh, schwere Worte! Ich will mich nicht „selbst verleugnen" (V. 24 LUT), sondern meine Begabungen leben, Neues entdecken, das Leben genießen! Ich glaube, Jesus meint damit: Wenn wir ihm folgen, dann kann sich unser Leben nicht immer nur um Glück und Sicherheit drehen. Dann haben wir kein Heile-Welt-Ticket gebucht. Es wird aber auch nicht nur hart und schwer. Wer sein Kreuz auf sich nimmt, der akzeptiert, dass das Leben und wir selber voller Gegensätze sind: Liebe und Hass, Erfolg und Pleiten, Gesundheit und Krankheit. Aber nicht das, was du hast und kannst, macht dein Leben reich, sondern dass du zu Jesus gehörst. [SF]

WEITERDENKEN „Wer sein Kreuz auf sich nimmt, [...] verfolgt in all den Irrwegen und Umwegen die Spur Jesu und die führt ihn zum wahren Leben" (Anselm Grün).

23 MI Himmlisches Gipfeltreffen

MATTHÄUS 17,1-9 Petrus, Jakobus und Johannes sehen Jesus in einem ganz neuen Licht. Sie hören, wie er mit zwei wichtigen Führungspersönlichkeiten aus der Geschichte Israels spricht, sie hören Gott selbst. Kein Wunder, dass Petrus diesen Moment festhalten will. Er will nicht nur die Erinnerung, sondern gleich vor Ort die Zelte aufschlagen. Wohnen im ewigen Glück. Aber der Alltag wartet, der Weg zurück in die Realität. Kein Glücksmoment dauert ewig; auch nicht die Sommerfreizeit, die du vielleicht gerade erlebt hast. Aber solche „himmlischen Zeiten" geben dir Kraft für Durststrecken und fiese Alltagsmomente. Denn auch dort ist Jesus bei dir. Du brauchst keine Angst zu haben. [SF]

JETZT DU Schreibe besondere Glücksmomente (mit Gott) auf, die du in diesem Sommer erlebt hast.

24 DO Reste im Gurkenglas

MATTHÄUS 17,14-20 Senfkörner sind diese gelben Kugeln, die im leergefutterten Essiggurken-Glas übrigbleiben. 1-2 mm sind sie nur groß. Jesus sagt mit diesem Vergleich: „Es reicht ein kleiner Glaube an den allmächtigen Gott, um Großes zu erleben." Ein kleines bisschen Vertrauen in den Gott, der Himmel und Erde und dich geschaffen hat und dein größter Fan ist. Das reicht, um Berge zu bewegen. Die „echten" Berge in der Landschaft sind dir vermutlich egal. Aber vielleicht gibt es Dinge in deinem Leben, die wie Berge vor dir stehen: Angst, Trauer, Streit, Fehler, Sorgen. Dinge, die sich nicht wegschieben lassen. Lege Gott dein kleines, zaghaftes Vertrauen hin. Bitte ihn, diese Berge zu versetzen. [SF]

GEBET Gott, mein Vertrauen ist klein, deine Macht ist groß. Bring Bewegung in die Sache. Amen.

25 FR Spar-Fisch statt Spar-Schwein

MATTHÄUS 17,24-27 Damals musste jeder Mann ab 20 Jahre 1x im Jahr Tempelsteuer zahlen. Die Höhe betrug etwa den Lohn von 2 Arbeitstagen. Von diesem Geld wurde der Betrieb des Tempels gedeckt. Jesus macht Petrus deutlich: Dazu sind die Kinder Gottes nicht verpflichtet. Aber er zahlt trotzdem freiwillig mit Hilfe eines Wunders. Und heute? Viele Leute treten aus der Kirche aus, um Kirchensteuer zu sparen. Aber von diesem Geld werden z.B. auch Mitarbeiter:innen in der Gemeinde, in der Jugendarbeit und beim Diakonischen Werk bezahlt, einer Anlaufstelle für Hilfsbedürftige! [SF]

JETZT DU Fast alle von uns haben das Gefühl, nicht genug Geld zu haben, dabei sind wir eine der reichsten Nationen der Welt! Wie gehst du mit dem Geld um, das dir zur Verfügung steht? Was gibst du freiwillig ab?

26 SA Die Kleinsten sind die Größten

MATTHÄUS 18,1-5 Wer ist am besten, am beliebtesten? Eine menschliche Frage, auch unter Christen: Wer liest am meisten in der Bibel, wer betet am intensivsten, wer powert mit dem größten Zeiteinsatz für Jesus? „Ihr müsst euch ändern und wie die Kinder werden" (V. 3 BB), sagt Jesus. Das bedeutet, bei Gott nicht um Ansehen zu kämpfen, sondern sich seiner Liebe voll Vertrauen zuzuwenden. Gott alles zuzutrauen, sich bezaubern zu lassen, sich für keine Frage zu schämen und es für selbstverständlich zu halten, dass zwischen Himmel und Erde mehr los ist, als wir sehen und erforschen können. Wahrnehmen, dass die Welt voller Wunder steckt. Das sind Fähigkeiten, die Erwachsene oft verloren haben. [SF]

WEITERDENKEN „Nur wer erwachsen wird und ein Kind bleibt, ist ein Mensch" (Erich Kästner).

27 SO Auf der Suche

MATTHÄUS 18,10-14 „100 Schafe sind eine große Herde! Kommt es da wirklich auf eines mehr oder weniger an? Merkt man da überhaupt, dass da eines fehlt?", denke ich. Aber Gott sieht das offensichtlich völlig anders. Das eine Schaf, das sich verläuft, wird nicht einfach abgeschrieben. Es kommt nicht auf die Liste mit den einkalkulierten Verlusten, mit dem natürlichen Schwund. Der Hirte sucht es mit Ausdauer und so lange, bis er es findet. Und dann ist die Freude riesengroß! Jedes einzelne Schaf, jeder einzelne Mensch liegt Gott so sehr am Herzen. DU liegst Gott so sehr am Herzen! Auch wenn du dich vielleicht gerade verloren fühlst, weit weg von Gott – er ist längst auf der Suche nach dir. [SF]

WEITERDENKEN Lies Psalm 23 mal in der Volxbibel.

28 MO Gott ist mittendrin

MATTHÄUS 18,19-20 In der Bergpredigt hat Jesus vom Beten im „stillen Kämmerlein“ gesprochen (Mt 6,6). Du und Gott, sonst niemand. Da hört dich Gott und ist anwesend. Aber auch gemeinsam mit anderen zu beten hat einen großen Wert: Wir erinnern uns dabei gegenseitig daran, dass wir Gott um alles bitten können. Dass wir uns bei ihm ausheulen und vor Freude ausflippen dürfen. Wir bestärken uns darin, uns auf Gott zu verlassen. Wir sprechen nicht einfach in den leeren Raum, sondern mit Gott, der mittendrin sitzt. [SF]

JETZT DU Stell' bei der nächsten Gebetsrunde im Jugendkreis einen leeren Stuhl für Gott dazu. Decke beim nächsten Tischgebet mit der Familie einen weiteren Teller für Gott. Welche Auswirkungen hat das auf euer gemeinsames Gebet, mit Gottes Anwesenheit so „echt“ zu rechnen?

29 DI Vergeben und Vergessen

MATTHÄUS 18,21-35 Wenn ich die Geschichte lese, spüre ich, wie empört ich dem Verwalter gegenüber bin. Er hatte fette Schulden beim König, seinem Arbeitgeber. Dieser wollte sein Geld zurückhaben – zu Recht. Aber er erlässt ihm alles! Dann kommt jemand, der beim Verwalter ein winziges Bruchstück an Schulden hat, im Vergleich zu seinen Schulden beim König. Aber er würgt ihn und will sofort sein Geld zurück. Jesus vergibt uns unsere Schuld, alles, was wir falsch gemacht haben, nimmt er auf sich und stirbt deshalb am Kreuz als Strafe. Eine Strafe, die eigentlich uns gegolten hätte. Wir sind befreit. Deshalb dürfen wir auch anderen verzeihen, die uns etwas schulden, oder die uns etwas Schlimmes angetan haben. Das ist sicher nicht immer leicht. In Vers 35 gibt uns Jesus eine Warnung mit: Gott wird uns auch so behandeln, wie der König den Verwalter bestraft hat. Wir können von ganzem Herzen vergeben, weil uns vergeben ist! [HP]

JETZT DU Vergib du dem Menschen, der dich schlecht behandelt hat oder dir Geld schuldet!

30 MI Miteinander verbunden

MATTHÄUS 19,1-6 Eines schönen Tages, als Jesus Kranke heilte und Menschen von Gott erzählte, kamen einmal wieder Pharisäer. Sie wollten Jesus aufs Glatteis führen, damit er etwas Falsches sagte und sie endlich etwas gegen ihn in der Hand hätten. Sie stellten ihm in Vers 3 eine Fangfrage. Dabei legten sie den Fokus darauf, was passieren würde, wenn ein verheirateter Mann oder eine verheiratete Frau irgendetwas tun würden, was dem/der Ehepartner/in nicht gefallen würde. Jesus antwortet mit der Schöpfungsgeschichte, die die beiden sehr gut kennen. Er erzählt, was Gottes Idee der Ehe ist: Ein Mann und eine Frau entscheiden sich füreinander. Sie werden eins in Geist, Seele und Körper. Wenn sich zwei füreinander entschieden haben, soll das kein Mensch mehr trennen. [HP]

GEBET Hey Jesus, danke dafür, dass es viele Ehepaare gibt, die gut miteinander umgehen und eine schöne Ehe führen. Bitte segne meine Eltern! Hilf mir, den/die richtige/n Partner/in im Leben zu finden! Bitte sei auch bei denen, die unter einer zerbrochenen Beziehung leiden. Amen.

31 DO Kindersegen

MATTHÄUS 19,13-15 Jesus mag Kinder gern. Er will ihnen die Hände auflegen, das heißt, er will sie segnen. Aber die Jünger wollten das nicht. Jesus hatte schon den ganzen Tag gearbeitet. Doch Jesus wies die Jünger schroff zurück. Kinder dürfen immer zu ihm kommen! Kinder glauben ganz einfach an Gott, deshalb „gehört“ ihnen das Himmelreich. An einer anderen Stelle sagt Jesus, dass Menschen mehr wie die Kinder werden sollen, weil sie Jesus einfach so vertrauen. Oft ist das gar nicht so einfach, sein ganzes Leben in Gottes Hand zu legen und ihm zu vertrauen. Aber was soll uns Schlimmes passieren? Gott ist doch gut zu uns! [HP]

JETZT DU Mach du doch mal wieder einen Anfang mit Jesus und vertrau ihm dein ganzes Leben an! Sprich zu ihm und erzähle ihm, was dich gerade bewegt und wo du Hilfe brauchst.

01 FR Folge mir nach!

MATTHÄUS 19,16-22 Ein Mann will in den Himmel kommen, aber er weiß nicht so richtig, was er noch alles tun soll. Er fragt Jesus. Der antwortet, dass der Mann die Gebote halten soll und zählt fünf davon auf. Dann fügt er gleich noch hinzu, dass er seinen Nächsten lieben soll, wie sich selbst. Der Mann sagt, dass er das alles schon tut. Er stellt Jesus eine verzweifelte Frage: Was muss ich noch tun? Was fehlt mir noch? Jesus sagt ihm, dass er seinen Reichtum verkaufen und das Geld den Armen geben und Jesus nachfolgen soll. Oft tun wir das Richtige. Wir kennen die Gebote, gehen in den Gottesdienst, zur Jugendstunde und helfen in der Gemeinde. Aber irgendwie merken wir, irgendetwas fehlt noch. Jesus möchte, dass wir uns nicht an materiellen Dingen festhalten. Jesus möchte unsere Sicherheit im Leben sein. [HP]

WEITERDENKEN Folgst du Jesus nach? Hast du ihm dein Leben anvertraut?

YouTube

Heute gibt's ein neues Video!
YouTube.de/startindensamstag

02 SA Kein Geld

MATTHÄUS 19,23-26 Als der Mann hörte, was Jesus zu ihm sagte, ging er traurig weg. Das konnte er nicht machen! Er konnte nicht einfach alles verkaufen und das Geld den Armen geben. Dann hatte er ja gar nichts mehr. Wie sollte das Leben werden, ohne Besitz und ohne Geld? Jesus sagte zu seinen Jüngern, dass es reiche Menschen schwer haben, in den Himmel zu kommen, weil sie oft an ihrem Besitz hängen und ihn nicht so leicht weggeben können. Die Jünger erschrecken sich und stellen die Frage, ob dann überhaupt noch jemand in den Himmel kommen kann. Mich macht diese Bibelstelle sehr nachdenklich. Wie würde ich wohl reagieren wenn Jesus etwas ähnliches mir sagen würde? Wäre ich bereit, mein Zuhause zu verlassen und das zu tun, was Jesus von mir fordert? [HP]

YOUTUBE-TIPP Chris Tomlin – I will follow
youtu.be/lohvhmGSfxl

03 SO Was bringt der Glaube?

MATTHÄUS 19,27-30 Feige war Petrus nicht. Er sprach aus, was viele Jünger dachten: Was bringt es, dass wir unser bisheriges Leben aufgeben und Jesus folgen? Eine gute Frage: Was bringt es, an Jesus zu glauben? Die Antwort von Jesus ist auf den ersten Blick ein wenig kompliziert. Er spricht davon, dass die Jünger mit ihm, dem Menschensohn, andere Menschen richten werden. Das ist ein Bild dafür, dass sie zum allmächtigen Gott gehören, der am Ende der Welt über jeden Menschen ein Urteil spricht. Wer zu Jesus gehört, braucht davor keine Angst zu haben. Denn wenn wir ihm vertrauen, gehören wir für immer ganz eng zu Gott. Jesus nennt das „ewiges Leben“. Nicht einmal der Tod kann daran etwas ändern. [CK]

WEITERDENKEN Wenn dich jemand fragt, was Glaube bringt, was würdest du sagen?

04 MO Das ist doch ungerecht!

MATTHÄUS 20,1-16 Kennst du es, ungerecht behandelt zu werden? Vielleicht hast du das Gefühl, deine Eltern bevorzugen deine Geschwister oder deine Lehrerin benotet dich schlechter als andere. Wenn du dich so fühlst, bist du in guter Gesellschaft! Jesus spricht in seinem Gleichnis genau von diesem Gefühl. Aber seine Botschaft ist: Gott ist nicht ungerecht, wenn er alle Menschen gleich liebt. Er gibt uns nicht das, was wir verdienen, sondern er schenkt uns das, was wir brauchen: Nämlich seine Liebe. Bei Gott sind alle willkommen. Da gibt es nicht Lieblinge und Verlierer, sondern alle sind ihm gleich wichtig. [CK]

WEITERDENKEN Dieses Gleichnis hat eine sehr persönliche Botschaft für dich: Du bist Gott extrem wichtig. Auch, wenn andere dich ungerecht behandeln – Gott mag dich!

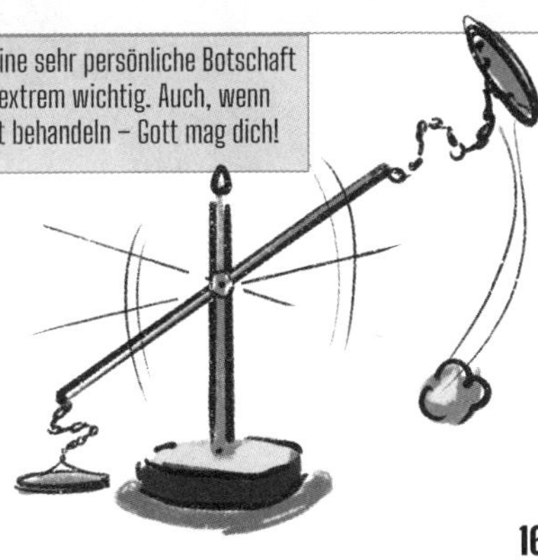

05 DI Helikoptermutter

MATTHÄUS 20,20-23 Ob es den Jüngern peinlich war, dass ihre Mutter ihre Karriere planen wollte? Oder haben sie sich selbst nicht getraut, zu fragen? Die Vorstellung damals war: Gott wird am Ende der Welt ein Festessen machen und die besten Plätze sind neben dem Messias Jesus. Vielleicht hatten die Mutter und ihre Jungs Angst, zu kurz zu kommen. Kennst du diese Angst auch: Dass es dir schlechter geht als anderen, weil sie mehr Geld, mehr Freunde usw. haben? Vielleicht meinen wir auch, dass Gott andere mehr mag als uns. Aber eines ist klar: Gott hat nur beste Plätze. Es gibt nicht Christen erster und zweiter Klasse, sondern nur geliebte Kinder Gottes. [CK]

GEBET Gott, danke, dass ich wichtig bin für dich. Hilf mir nicht zu vergessen, dass alle anderen genauso wichtig sind für dich. Amen.

06 MI Ein besonderer Lebensstil

MATTHÄUS 20,24-28 Ganz schön sauer waren die anderen auf ihre beiden Jüngerkollegen. Aber Jesus ruft alle zusammen und zeigt ihnen, was ihm wichtig ist: Es geht nicht darum, für sich selbst das Beste herauszuholen, sondern: Wer Jesus vertraut, der soll einen besonderen Lebensstil haben: nicht Chef sein, sondern dienen. Dies hört sich seltsam an, denn dienen will niemand. Aber dienen heißt nicht: Sich kleinmachen und immer klein beigeben. Dienen heißt: Lebe wie Jesus! Durch unser Leben soll bei anderen etwas Gutes entstehen. Das ist der Lebensstil von Menschen, die Jesus folgen. Jesus hat es vorgemacht, als er für uns am Kreuz gestorben ist. [CK]

JETZT DU Wie kannst du heute diesen besonderen Jesus-Lebensstil umsetzen? Wem kannst du heute etwas Gutes tun?

07 DO Alles rauslassen

MATTHÄUS 20,29-34 Wie viel Kummer liegt im Schrei der blinden Männer: „Jesus, du Sohn Davids, erbarme dich über uns!“ Das ist der tiefe Schmerz ihres Lebens: dass sie nicht sehen können. Sie sind der Fußabtreter, auf den alle runterschauen. So wie die Leute zu ihnen sagen: Sie sollen den Mund halten. Wenn Jesus dich wie die Männer damals fragen würde: „Was willst du, dass ich für dich tun soll?“ – welche Antwort würdest du ihm geben? Was sind die Kummersätze deines Lebens: Das, was dich fertig macht? Du musst nicht allein damit fertig werden. Sondern Jesus ist da, er hört dich. Der Schmerz in deinem Herzen ist sein Schmerz. Könnte dies etwas für dich verändern, wenn du weißt: In dem, was dich fertig macht, bist du nicht allein? [CK]

JETZT DU Schreib doch auf, was du Jesus sagen möchtest!

AMOS: GOTTES BOTE

KATHARINA SCHÄFER [KS] | AKSCH87@GOOGLEMAIL.COM

#ANBETUNG #GERECHTIGKEIT #NÄCHSTENLIEBE

Basics ZUM BUCH AMOS

WER? Amos war ein Vieh- und Maulbeerbaumzüchter aus Tekoa. Die Stadt lag in Juda. Amos hatte keine „Erfahrung" als Prophet, sondern ging einfach los, weil Gott ihm etwas Wichtiges ins Herz gelegt und ihm in Visionen gezeigt hatte, was passieren wird. Damit ging er nach Samaria und Bet-El ins Nordreich, um den Israeliten das zu verkünden.

WANN? Das Ganze passierte ungefähr 760 vor Christus. Im Nordreich Israel regierte der König Jerobeam II., in Juda (Südreich), saß König Usija auf dem Thron und ganz am Anfang lesen wir, dass Amos die Visionen zwei Jahre vor einem Erdbeben hatte. Das muss also ein so großes einschneidendes Ereignis gewesen sein, dass es die damalige Zeitrechnung beeinflusste.

WAS IST PASSIERT? Zu Amos Zeit gab es um Juda und Israel herum viele Völker, die sich gegenseitig bekriegten. Dabei gingen sie oft mit harten Mitteln vor, heute würden wir sagen, das waren Kriegsverbrechen. Amos sprach an, dass Gott überhaupt nicht begeistert davon war und solche Verbrechen bestrafen würde. Gleichzeitig war aber auch in Israel nicht alles in Ordnung. Dort herrschte zwar gerade kein Krieg, aber die reichen Menschen sicherten ihren Reichtum durch das Ausbeuten der ärmeren Menschen. Zum Beispiel wurden sie in Schuldsklaverei verkauft, damit die Reichen an ihr Geld kamen.

WARUM? Gott wollte, dass dieses Verhalten der Israeliten ein Ende hatte. Sie sollten aufhören, sich durch die Armen zu bereichern. Diese soziale Ungerechtigkeit sollte ein Ende haben. Gott erinnerte die Israeliten durch Amos daran, dass sie von ihm (Gott) aus Ägypten befreit worden waren und damit von Gott erwählt wurden. Erwählung heißt immer, auch eine besondere Verantwortung hier auf der Erde zu haben und die nahmen die Israeliten gerade nicht wahr.

HAPPY END? Während man die Kapitel 1-9 im Amos-Buch liest, wird die Hoffnung darauf, dass die Menschen noch umkehren, immer kleiner. Gott machte durch Amos ganz deutlich, dass Israel oft die Chance hatte, umzukehren, es aber nicht tat und somit jetzt das Gericht Gottes unabwendbar bevorstand. Aber Gott lässt die Menschen nicht einfach mit dieser Hoffnungslosigkeit stehen. In Kapitel 9,11-15 wird ganz klar beschrieben, wie Gott alles wiederaufbauen und den Menschen neuen Reichtum schenken wird.

[KS]

YOUTUBE-TIPP

BibleProject: Buchvideo: Amos
youtu.be/rn3PpM2pnog

08 FR Vom Viehzüchter zum Propheten

AMOS 1,1–5 Das Maß ist voll. Gott ist es leid, sich die ganze Zeit anschauen zu müssen, wie die Menschen leiden unter den Verbrechen, die andere ihnen antun. Er haut richtig auf den Tisch. Er brüllt wie ein Löwe (V. 2), er erhebt seine Stimme, so dass sie klingt wie ein Donnergrollen. Amos ist dazu berufen, die Botschaft an die Menschen weiterzugeben. Gott wird die Verbrecher bestrafen und es kann richtig hart werden. Mutiger Amos: Ein Viehzüchter aus dem Südreich Juda geht in das Nordreich Israel, um dort anzuprangern, was schiefläuft. Ob die Leute das hören wollen? [KS]

WEITERDENKEN Wenn du dich umschaust in deiner Umgebung, deinem Freundeskreis oder in der Schule: Wo ist das Maß voll? Wo passiert gerade so viel Ungerechtigkeit, dass es Zeit wird, aufzustehen und etwas zu sagen?

09 SA Die Schlinge zieht sich immer enger

AMOS 2,4–7 Amos zieht die Schlinge immer enger um Israel herum. Er berichtet im ersten Kapitel von den Verbrechen der Nachbarländer und das waren wirklich schlimme Verbrechen. Heute würden wir solche Taten Kriegsverbrechen nennen. Aber das, was die Israeliten tun, wird von Amos auf eine Stufe mit diesen Taten gestellt. In Israel wurden die Armen von den Reichen ausgebeutet. Wer seine Schulden nicht zahlen konnte, wurde direkt in die Sklaverei verkauft. Den reichen Menschen schien jedes Mittel recht zu sein, um noch mehr Reichtum anhäufen zu können. Aber damit soll jetzt Schluss sein, so kann es nicht weitergehen. [KS]

WEITERDENKEN Was denkst du, warum wird die Schuld Israels auf eine Stufe mit den Kriegsverbrechen der Nachbarländer gestellt?

10 SO Erwählung = Verantwortung

AMOS 3,1-8 „Unter allen Völkern der Erde habe ich allein euch erwählt. Deshalb muss ich euch für alle eure Sünden bestrafen." (V.2, NLB) Darum stellt Gott die Schuld der Israeliten auf die gleiche Stufe wie die der Nachbarländer. Gott hat Israel erwählt. Das bedeutet gleichzeitig, dass sie eine große Verantwortung tragen. Es bedeutet, dass sie einen Unterschied in der Gesellschaft machen sollten, durch ihr Handeln soll Gottes Handeln an ihnen weitergegeben werden, weil sie selbst auch so oft erfahren durften, wie Gott ihnen geholfen hat. Doch das scheint gerade vergessen gegangen zu sein. Gott will das ändern und ihnen die Möglichkeit geben, umzukehren. Deshalb schickt er Amos als seinen Propheten, damit den Israeliten die Augen geöffnet werden. [KS]

JETZT DU Lies doch mal 1. Timotheus 2,4.

11 MO So viele ungenutzte Chancen

AMOS 4,6-8.12-13 Gott hat so oft versucht, den Israeliten deutlich zu machen, dass sie auf dem falschen Weg sind. Dass es nicht richtig ist, die armen und schwachen Menschen so auszubeuten. Auf solch einem Reichtum liegt kein Segen. Sie haben Naturkatastrophen erlebt und es doch immer noch nicht verstanden. Manchmal hat man eben ein richtiges Brett vor dem Kopf und sieht den Wald vor lauter Bäumen nicht. [KS]

WEITERDENKEN Auch wir sehen, dass unser Verhalten beim Einkaufen (Klamotten, Handys, Essen usw.) Konsequenzen für viele andere, meist ärmere Menschen auf der Welt hat. Wärst du bereit, es anders zu machen? Bewusster einzukaufen und so deine Chance zu nutzen, etwas gegen die Ungerechtigkeit, die auch bei uns herrscht, zu tun?

12 DI Das Leben finden

AMOS 5,4-7 Gott gibt nicht auf, obwohl mittlerweile ganz klar ist, dass die Menschen bestraft werden. Gott versucht trotzdem weiter, sie zur Umkehr zu bewegen: „Sucht nach mir und ihr werdet leben!“ (V.4, NLB) Mich hat dieser Vers an Matthäus 7,7-11 erinnert. Dort erklärt Jesus den Menschen, dass sie immer Gott suchen sollen und zu ihm kommen können und Gott auch um Dinge bitten können. Denn er meint es gut mit uns. Bei Gott ist das Leben und das dürfen wir für uns annehmen. [KS]

GEBET Vater im Himmel, ich danke dir, dass du uns Menschen nie aufgibst. Dass du uns immer wieder Möglichkeiten gibst, dich zu suchen und damit ein neues Leben zu finden. Bitte lass uns das nie vergessen und hilf uns, auch anderen davon zu erzählen. Amen.

13 MI Es gibt viel zu tun

AMOS 5,11-15 „Lass dich nicht vom Bösen überwinden, sondern überwinde das Böse durch das Gute!“ (Römer 12,21, NLB) Dieser Satz gilt bei Paulus genauso wie auch schon bei Amos (V.14). Aber das ist oft gar nicht so einfach. Manchmal ist “das Böse“ gar nicht so offensichtlich für uns zu erkennen. Oft haben wir leider nicht so einen Propheten wie Amos, der uns das noch mal ganz deutlich vor Augen führt. [KS]

WEITERDENKEN Lies dir die Verse 11+12 noch mal ganz genau durch. Wo werden heute die Armen unterdrückt und kommen nicht zu ihrem Recht? Schau doch mal bei: https://micha-initiative.de/nachhaltigkeitszielesdgs und überlege dir, wo du vielleicht einen Unterschied machen und das Gute suchen kannst.

14 DO Nicht bei der Sache

AMOS 5,21-24 Gott macht den Israeliten hier in ganz krassen Worten deutlich, dass sie nicht bei der Sache sind, wenn sie Gottesdienst feiern. Sie bringen Brand- und Speiseopfer zum Altar, so wie das damals üblich war. Doch das ist mehr eine Routine geworden und auch ihr restliches Leben passt nicht zu dem, was sie im Gottesdienst feiern. Und Gott sagt nun ganz ehrlich zu den Israeliten: „Lasst das doch einfach sein. Ich kann es nicht ertragen. Sorgt lieber dafür, dass jeder zu seinem Recht kommt. Und zwar so, dass Recht und Gerechtigkeit überfließen.“ Wann warst du vielleicht das letzte Mal nicht richtig bei der Sache im Gottesdienst? [KS]

WEITERDENKEN Wenn du mehr darüber erfahren willst, was unter Recht und Gerechtigkeit zu verstehen ist, so wie es in V.24 steht, dann schau doch mal hier vorbei: https://dasbibelprojekt.visiomedia.org/videos/gerechtigkeit/

15 FR Amos setzt sich ein

AMOS 7,1-9 Es wird immer klarer: Israel kehrt nicht um, sie wollen nicht auf das hören, was Amos ihnen zu sagen hat und Gott hat langsam auch keine Lust mehr. Deshalb zeigte Gott nun Amos, was mit den Israeliten passieren wird, welche Strafe sie zu erwarten haben und Amos bekommt solch ein Mitleid, dass er sich bei Gott für die Menschen einsetzt und ihn bittet, diese Strafen doch noch mal abzuwenden. Bei der dritten Vision lesen wir, dass Gott sich nicht mehr reinreden lässt. Aber die ersten beiden Strafen konnte Amos durch seinen Einsatz abwenden. Seine Bitte wurde von Gott gehört. [KS]

JETZT DU Manchmal müssen wir vielleicht für Menschen beten, die selbst dazu gerade nicht in der Lage sind. Wer fällt dir als erstes ein? Sonst hör doch mal hier rein („Für jede Hand und Stimme"): youtu.be/ThVUDTU4UK8

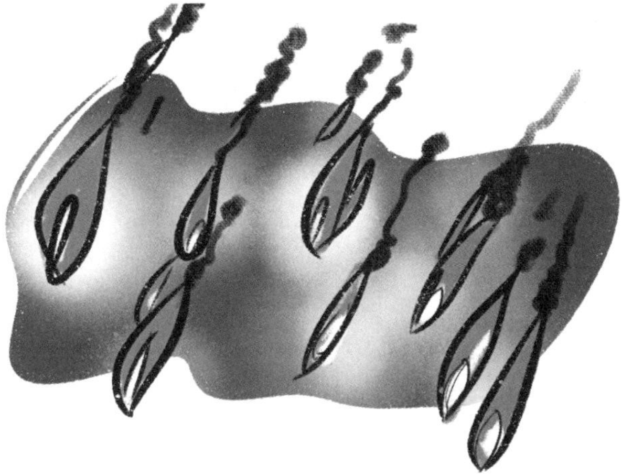

16 SA Das Blatt wendet sich

AMOS 9,11-15 Wir haben in den vergangenen Tagen gelesen, dass Gott es wirklich leid war, wie sich sein Volk verhalten hat. Er konnte es nicht mehr sehen und hören, wie sie sich benommen haben und Gott macht durch Amos klar, dass ihr Verhalten Konsequenzen mit sich tragen wird. Aber dabei bleibt es nicht. Gott wird vergeben und alles wieder neu aufbauen. Gott schenkt uns seine Gnade und ich finde, das ist doch ein Grund zu feiern. Das ist kein Freifahrtschein, dass wir nun immer so weitermachen können wie vorher. Wir müssen an Jesus dranbleiben und mit seiner Hilfe den Weg zu Gott finden und dort ein ganz neues Leben finden. Ein Leben im Überfluss, so wie es in V. 13 beschrieben wird. [KS]

GEBET Gott, ich danke dir, dass du unsere Schuld vergibst und wir neu anfangen dürfen mit dir. Amen.

EIN BLOCKBUSTER JONA UND GOTT

MARKUS KOHRING [MKO] | MARKUS.KOHRING@EJO.DE

#NINIVE

#AUFTRAG

#ÜBERLEBEN

Basics ZUM BUCH JONA

Das Jona-Buch ist eines der kleinsten in der gesamten Bibel. In den vier Kapiteln geht es aber trotzdem ganz schön ab: Wir lernen hier den liebenden Gott kennen, der uns sonst häufig erst mit Jesus verständlich wird. Und auf der anderen Seite ist Jona, der auch eine klare Vorstellung davon hat, wie seine Welt aussehen muss. Dazwischen die Stadt Ninive, Hauptstadt des assyrischen Reichs und größter Feind des israelischen Volks. Stoff, aus dem echte Blockbuster gemacht sind!

EIN KLEINES GEDANKEN-EXPERIMENT ZUM START: Stell dir mal kurz eine Person vor, die für ihre Sache extrem brennt. Einen glühenden Fan vielleicht. Oder eine Jugendleiterin in deiner Gemeinde, die erst dann so richtig abgeht, wenn um sie herum ordentlich Trubel ist. Oder den super Technik-Freak in deiner Schule, der stundenlang das eine Spiel zocken kann und sich dabei komplett in eine andere Welt fallen lässt.

JONA: EIN BEGEISTERTER UND LEIDENSCHAFTLICHER PROPHET
Genau so ist auch Jona: Er ist Prophet durch und durch. Er liebt sein Volk Israel. Darum hat er auch sein ganzes Leben diesem Volk verschrieben. Er möchte nur eins: Dem Volk Israel soll es gut gehen. Darum drehen sich alle seine Gedanken und sein ganzes Handeln: Israel first!

GOTT: DER GNÄDIGE UND BARMHERZIGE PLANER Und auch Gott zeigt sich uns im Jona-Buch voller Liebe und mit massig Emotionen. Er hat einen Plan mit Jona und diesen setzt er um. Wir bekommen dabei das Gefühl, dass ihm jedes Mittel recht ist. Und Gott lässt sich nicht in enge gedankliche Grenzen pressen: Er bleibt sich selbst treu und somit für uns – und vor allem für Jona – unbegreiflich.

DIE STORY VON JONA UND GOTT: EIN BLOCKBUSTER Als Jona Gottes Auftrag empfängt („Geh nach Ninive und verkünde deren Untergang!"), bricht für Jona eine Welt zusammen. Er, der sich ausschließlich zum Volk Israel gesandt fühlt, kann sich keinen schlimmeren Auftragsort vorstellen. Ninive ist der Inbegriff des Bösen für ihn und sein gesamtes Volk. Dort geht man nicht einfach so hin. Jona nicht und auch sonst kein Israelit. Punkt! Und hier startet unsere Reise mit Jona und mit Gott. Und es geht immer wieder um die Frage: „Darf Gott das? Darf er Jona nach Ninive senden? Darf er dafür Himmel und Erde in Bewegung setzen? Darf er allen Menschen Liebe schenken?" Das Jona-Buch ist eine faszinierende Reise zu uns und zu dem, wie Gott wirklich ist. Also: anschnallen und abfahren. Es lohnt sich!

[MKo]

17 SO Mein Plan

JONA 1,1-16 Jona ist irgendwie so richtig „real". Ich mag das. Er hat keinen Bock auf Gottes Auftrag: als Prophet des Volkes Israel zu den schlimmsten Feinden nach Ninive gehen: no way! Also wählt er die einfachste Lösung, die übrigens auch einem kleinen Kind eingefallen wäre: „Ich verstecke mich so lange, bis Gott vergessen hat, dass ich nach Ninive reisen soll. Coole Idee von mir." Doch leider ist der Plan nicht zu Ende gedacht. Denn wo wir nur in eine Richtung schauen können, sieht Gott weiter. Er schaut tief in unser Herz, auch wenn wir ihm den Rücken zukehren. Er hat einen perfekten Plan für Jona und für Ninive. Und auch für dein Leben. [MKo]

WEITERDENKEN Gibt es Dinge, vor denen du in deinem Leben flüchtest? Sprich mit Gott darüber: Er kennt den Ausweg!

18 MO Kein Plan?!

JONA 2,1-11 Gestern hat Jona sein Leben noch in die eigene Hand genommen. Heute erkennt er, dass Gottes Plan für ihn viel größer, ja, unglaublich ist. Und in der größten Verzweiflung fängt er an zu beten. Doch es fehlen ihm die Worte. Darum nutzt er Worte, die er aus Liedern und Gedichten kennt, aus den Psalmen. Er reiht Wort um Wort aneinander. Nur so kann er Gottes Fürsorge fassen. [MKo]

JETZT DU Welche Liedzeilen oder Bibelverse haben für dich eine besondere Bedeutung? Heute ist ein guter Tag, um dir ein paar Zeilen aufzuschreiben und sie für schlechte Zeiten wegzulegen. Bei mir landen solche Worte im Portemonnaie.

19 DI Gottes Plan

JONA 3,1-10 Im Fernsehen gibt es Sendungen, bei denen Auktionskäufer:innen verlassene Lagerräume nur nach ihrem ersten Eindruck kaufen. Auch auf Flohmärkten sind immer wieder Sammler unterwegs. Sie sind auf der Suche nach einer Kostbarkeit, die andere nicht erkennen. Gott geht es hier genauso. Er weiß, dass hinter all dem Gerümpel in Ninive Menschen sind, die sich nach seiner Gnade sehnen. Und manchmal merke ich: Auch ich häufe in meinem Leben massig Zeug an, das mir den Weg zu Jesus versperrt. Dann muss ich mich von Gottes Liebe finden lassen. [MKo]

GEBET Herr Jesus, du kommst als Mensch in mein Leben. Und so räumst du all den Schrott aus dem Weg, der mich von dir trennt. Heute will ich mich neu von dir finden lassen. Ich will mir von dir zeigen lassen, was mir im Weg steht, was mir die Sicht zu dir versperrt. Amen.

20 MI Liebevoller Plan

JONA 4,1-11 „Lass mich in Ruhe! Ich brauche dich nicht!" – manchmal rutscht mir vor lauter Wut eine dumme Aussage raus. Schon während ich rede, wird mir klar: „Mist, warum habe ich das gesagt?" Bei Jona geht es da leider nicht ganz so schnell. Er ist wie ein bockiges Kind nur auf sich fokussiert. Am krassesten ist eigentlich, dass er selbst die Liebe Gottes gegen ihn auslegt. Doch auch hier bleibt Gott ganz bei Jona. Genau so, wie er auch in deinen bockigen Phasen bei dir bleibt. Gottes Liebe ist einfach viel größer als unsere Wutausbrüche: „Ich lasse dich niemals in Ruhe, denn ich brauche und liebe dich!" [MKo]

YOUTUBE-TIPP Hör dir mal „Relentless" (Acoustic) von Hillsong UNITED an. Dieses Lied beschreibt die Zusage des heutigen Textes noch einmal besonders schön.
youtu.be/4N9mCUsTapY

WUNDERBAR GEMACHT

PSALM 139

21 DO Post für dich – Teil 1

PSALM 139,1-6

Weißt du eigentlich, was du bist für mich?
Alles andre als normal und wirklich einfach nur genial.
Stehst du morgens auf, geh ich mit dir raus.
Denkst du dir was Neues aus,
hab keine Angst, zusamm'n voraus.
Und fehlen dir die Worte mal,
bist mutlos, fühlst dich wie im Tal.
Ich weiß genau, wie es dir grad geht – Tag um Tag
Auch, wenn das unglaublich scheint,
dass Wissen Verstand übersteigt.
Es ist trotzdem wahr, ja ich bin immer, immer für dich da.
– Gott
[MKo]

JETZT DU

Was für ein Liebesbrief, den Gott hier an dich schreibt! Wem könntest du heute mal sagen, wie toll er oder sie ist? Dafür braucht es nicht unbedingt einen Brief, vielleicht tut es ja auch eine Nachricht mit dem Handy oder ein Anruf.

22 FR Post für dich – Teil 2

PSALM 139,7-12

Weißt du eigentlich, was ich tu für dich?
Wenn ich deine Lasten trag
und mich mit deinen Ängsten plag.
Manchmal sehe ich bei dir, Sorgen, Tränen, denk bei mir:
Ganz egal, wo du bist, in der Sonne, im Mist,
Liebe kennt keine Frist –
nur uns beide.
Wenn du dich von mir abwendest, neue Orte für dich fändest,
lass ich meinen Blick nicht ab von – ab von dir.
Ich hab dich in meiner Sicht, im Dunkeln und im hellen Licht.
Meine Liebe hört nie auf, nein – Jahr für Jahr.
– Gott
[MKo]

WEITERDENKEN Was macht dir im Moment besonders Angst oder belastet dich? Vielleicht wäre es schön, deine Sorgen mit jemandem zu teilen: Schreib an Nina (01575 1311651).

23 SA Post für dich – Teil 3

PSALM 139,13-18

Immer werd ich bei dir bleiben,
Bücher über dich leicht schreiben.
Kenne dich dein Leben lang schon – Jahr um Jahr.
Immer bleibst du doch ein Wunder,
ist der Bauch vielleicht auch runder,
die Nase groß, die Ohr'n zu klein im Spiegelbild.
Immer werde ich dich lieben,
deine Zweifel gleich besiegen,
ich hab dich perfekt erdacht ja, schon vor Jahr'n.
Immer werd ich an dich denken,
meine Güte täglich schenken.
Lass uns zusamm' Geschichte schreiben, jedes Jahr.
– Gott
[MKo]

YOUTUBE-TIPP Die Auslegungen der letzten drei Tage lassen sich auf das Lied „Wir beide" von Juli singen. Probier es doch mal aus.

GLAUBE IM ALLTAG

JAKOBUSBRIEF

MORITZ MOSEBACH [MM] | MORITZ.MOSEBACH@GMAIL.COM

#GLAUBENUNDHANDELN
#HINTERFRAGEN
#GOTTESBEZIEHUNG

Basics zum Jakobusbrief

Der Jakobusbrief wird uns in den nächsten Tagen begleiten. Er war schon immer ein umstrittener Brief. Je nachdem, welche Bibelübersetzung du zuhause hast, ist er weiter vorne oder weiter hinten im Neuen Testament zu finden. Martin Luther, einer der ersten Übersetzer, der die Bibel ins Deutsche übersetzt hat, mochte den Jakobusbrief und seinen Inhalt nicht so sehr. Er hat ihn deshalb im Inhaltsverzeichnis nach hinten gerückt.

Seine Abneigung gegenüber dem Jakobusbrief begründete Luther damit, dass die Theologie im Jakobusbrief nicht mit den Aussagen in den Briefen des Paulus (Galater, Römer, Korinther…) unter einen Hut zu bringen seien. Luther bot sogar seinen Doktorhut derjenigen Person an, die ihm erklären kann, wie der Brief des Jakobus zu verstehen ist, ohne Paulus zu widersprechen.

Vielleicht kannst du dir am 30. September, am Ende der Reihe über den Jakobusbrief, ja diesen Doktorhut von Martin Luther abholen.

Der Jakobusbrief wirkt beim Lesen oft streng und mahnend. Es gibt Menschen, die von Strenge abgeschreckt werden und die an ihr kaputtgehen. Andere brauchen eine gewisse Strenge, um ihr Leben im Griff zu haben. Beim Lesen in den nächsten Tagen wollen wir diese Strenge wahrnehmen, aber auch über sie hinausgehen und uns mit den geforderten Inhalten beschäftigen.

Wir werden dabei den Kontext des Briefs beachten. Es wird um die Gegenüberstellung von lebendigem Glauben und totem Glauben gehen. Und um Kirchen und Einzelpersonen. Wie hängen Glaube und Taten miteinander zusammen? Kann ich auch ohne Handeln "richtig" glauben? Kann ich nach weltlichen Kategorien reich sein, wenn ich konsequent Jesus nachfolge?

Hast du Lust, diesen Fragen auf die Spur zu kommen? Dann ist der Jakobusbrief genau richtig und wir können loslegen!

[MM]

24 SO Harte Zeiten

JAKOBUS 1,1-5 Die ersten Sätze des Jakobusbriefs zeigen, in welcher Situation er geschrieben wurde. Er ist an Brüder und Schwestern im Glauben gerichtet. Die christliche Gemeinde wird also als Familie verstanden. Diese Familie scheint harte Zeiten zu durchleben. Es wird nicht gesagt, worin diese Schwierigkeiten bestehen. Doch der Autor des Briefes ermahnt die Lesenden, in ihrer Anfechtung standhaft zu bleiben. Für mich ist dieser Text zunächst einmal entlastend. Hier steht in der Bibel, dass auch, wenn ich mit Jesus unterwegs bin, nicht immer alles glatt läuft. Und ich merke oft in meinem Leben, dass es schwierige Zeiten gibt, in denen ich zweifle oder mich Gott fern fühle. Womit ich ein bisschen meine Schwierigkeiten habe, ist die Vollkommenheit im Glauben. [MM]

JETZT DU Wie siehst Du das? Kann man vollkommen werden im Glauben? Und wozu sind harte Zeiten im Glauben da?

25 MO Reden ist Silber, Schweigen ist Gold

JAKOBUS 1,19-21 Das Sprichwort kennen wir wahrscheinlich alle. Es stimmt ja auch, dass es viele Situationen gibt, in denen ich besser zuhöre, bevor ich etwas sage. Hier geht es speziell um das Reden im Zorn. Wenn ich wütend bin, mich nicht verstanden fühle und sauer werde, kann es passieren, dass ich mein Gegenüber mit Worten verletze. Worte können großen Schaden anrichten, wenn sie einmal ausgesprochen sind. Ich glaube, der Brief ist an Menschen gerichtet, die zerstritten sind. Im Streit hilft es, Pausen einzulegen, die Gemüter beruhigen zu lassen, bevor es in die nächste Runde geht. Denn in jeder Beziehung kann es Streit geben. Die Frage ist, wie wir gut streiten können. Gut streiten heißt für mich, dass wir in der Sache vorankommen und uns als Personen liebevoll begegnen. Keine leichte Aufgabe! [MM]

WEITERDENKEN Popkultur: Peter Fox beschreibt die zerstörerische Macht von Worten in seinem Song „Das zweite Gesicht“ so:
Die Stimme bebt und der Blick ist Eis,
Gleich geht jemand hier zu weit.
Die Zunge ist geladen und bereit
Die Wörter von der Leine zu lassen, sich Feinde zu machen.
Die Pfeilspitzen voller Gift:
Der Feind wackelt, wenn du triffst.
Du triumphierst, wenn er kippt,
Doch morgen um diese Zeit tut es dir leid.

26 DI Nicht nur reden, sondern auch tun

JAKOBUS 1,22-25 Hier geht es aber nicht einfach nur ums Hören und Sprechen. Hier geht es darum, wie die frohe Botschaft, das Evangelium, am besten verbreitet werden kann. Vers 22 betont, wie wichtig es ist, nicht nur Bibel zu lesen, in die Kirche zu gehen und christliche Lieder zu hören. Es kommt auch darauf an, was wir tun! Mir fällt hier ein Zitat von Franz von Assisi ein: "Predige das Evangelium jederzeit und überall. Wenn nötig, benutze Worte dazu." Das finde ich einen super Ansatz. Indem ich Gutes tue, Menschen liebevoll begegne und überlege, wie mein Glaube in die Tat umgesetzt werden kann, fällt das Menschen in meinem Umfeld auf. Im Johannesevangelium sagt Jesus dazu, dass "man euch an eurer Liebe erkennen wird" (Joh 13,35). [MM]

JETZT DU Wo könntest du diese Woche deinen Glauben in die Tat umsetzen?

27 MI Der Mensch sieht, was vor Augen ist

JAKOBUS 2,1-4 Puh. Heute legt der Text den Finger in die Wunde. Ich fühle mich ertappt. Du dich auch? In vielen Kirchengemeinden und Gottesdiensten, in denen ich bin, ist klar erkennbar, wer dazugehört und wer nicht. Wenn neue Leute kommen, werden sie oft erst einmal kritisch beäugt. Wenn ich ehrlich bin, geht es mir persönlich auch oft so. Ich treffe neue, mir unbekannte Menschen und habe schnell eine Meinung über sie. Ob ich sie sympathisch und cool finde, merke ich oft sofort. Bei Gott sieht das anders aus. "Der Mensch sieht, was vor Augen ist, Gott aber sieht das Herz an", steht in 1. Samuel 16,7. Bei Gott kommt es nicht darauf an, wie ich aussehe, wo ich herkomme, welche Stärken und Schwächen ich habe. Gott bewertet mich nicht nach menschlichen Kategorien. Ich glaube, unsere Welt wäre eine bessere, wenn wir diesen Blick Gottes auf die Herzen der Menschen um uns herum einüben würden. Wenn wir uns nicht so sehr an Äußerlichkeiten aufhalten, können wir unsere Mitmenschen ganz neu kennen und lieben lernen. [MM]

JETZT DU Gibt es Menschen in deinem Umfeld, die du abgestempelt hast? Versuche mal, ihnen eine neue Chance zu geben und schau ihr Herz an. Verändert das etwas an eurer Beziehung?

28 DO Glauben und Handeln

JAKOBUS 2,14-17 Weißt Du noch, dass in den Basics zum Jakobusbrief steht, dass Martin Luther den Brief für unvereinbar mit den Briefen von Paulus hielt? Heute lesen wir eine Stelle, an der das deutlich wird. Martin Luther hat sich jahrelang mit einem schlechten Gewissen geplagt. Er wusste nicht, wie er als sündiger Mensch vor Gott bestehen soll. Deshalb war ihm die Erkenntnis, dass sein Glaube ein Geschenk von Gott ist und allein aus Gnade geschieht, so wichtig. Hier im Text wird ein anderer Aspekt des Glaubens betont. Echter, lebendiger Glaube bleibt nicht folgenlos. Er hat Konsequenzen und wird in Taten sichtbar. Für mich sind diese beiden Positionen nur auf den ersten Blick widersprüchlich. Ich glaube, wie Luther, dass der Glaube geschenkt ist und ich mir ein gutes Verhältnis zu Gott nicht durch gute Taten verdienen kann oder muss. Für mich ist aber auch klar, dass dieser Glaube mich fordert, aktiv zu werden. Ich habe Lust, die Welt zu gestalten und sie in Gottes Sinne gerechter und lebensfreundlicher zu machen. Wo auch immer Kirchen, Gemeinden und Personen Ungerechtigkeit, Lebensfeindlichkeit und schlechte Zustände einfach so hinnehmen, ist ihr Glaube vielleicht gar nicht so lebendig. [MM]

JETZT DU Oder wie siehst du das? Schreibe mir gerne, wenn dich dieses Thema interessiert. moritz.mosebach@emk.de

29 FR Sprache schafft Wirklichkeit

JAKOBUS 3,2-5A Ein schlauer Philosoph, Ludwig Wittgenstein, hat einmal gesagt, dass Sprache Wirklichkeit schafft. Wir Menschen sind soziale Wesen, wir leben miteinander auf dieser Welt und verständigen uns jeden Tag darüber, wie wir unser Leben gestalten wollen. Unsere Sprache ist dabei oft das Mittel, durch das wir zu anderen Kontakt aufnehmen. Mit unseren Worten können wir einen Unterschied machen! Wenn wir eher negativ über uns, das Leben und andere sprechen, kommen wir auch eher dahin, die Welt schlecht wahrzunehmen. Wie gut tun uns liebe Worte von Menschen, die uns wichtig sind! Es freut uns, wenn wir Komplimente bekommen und wenn wir merken, dass wir für andere eine Bedeutung haben. [MM]

JETZT DU Heute ist ein guter Tag, um diese Erkenntnis aus dem Jakobusbrief zu nutzen. Überlege dir drei Menschen (oder auch nur einen), denen du heute ein Kompliment machen oder etwas Liebes sagen kannst. Ich bin gespannt, was die Reaktionen sind. Vielleicht merkst du, dass deine Worte einen Unterschied machen!

30 SA Lasst uns die frohe Botschaft sein!

JAKOBUS 3,5B-12 Heute ist der letzte Tag mit einem Text aus dem Jakobusbrief. Mir hat der Brief in den letzten Tagen einiges abverlangt. Es ist ein fordernder Text, der mich zur Auseinandersetzung mit mir, meinem Glauben und meinem Leben anregt. Der Bibeltext heute schickt mich wieder weg vom Text, hinein "in die Welt". Ich will motiviert in die Welt hinausgehen und anderen Menschen Gutes tun. Ich will ihnen Hoffnung geben und mit meinen Worten eine wunderbare Wirklichkeit schaffen. Denn ich glaube, dass Jesus so in die Welt gegangen ist. Dass er allen Menschen Gutes tut, uns Hoffnung gibt und mit seinen Worten neues Leben schafft. Ich weiß, dass Gott alles für mich getan hat. Das entlastet mich, wenn ich die Probleme in meinem Leben und Alltag sehe. Es gibt mir Kraft, das zu tun, was ich tun kann. Der Jakobusbrief hat an mancher Stelle vielleicht einen etwas strengen Tonfall. Ich fände es besser, wenn er ein bisschen motivierender und weniger fordernd wäre. Aber dem Kernanliegen kann ich zustimmen: Der Glaube an Jesus Christus verändert mich als ganzen Menschen und hat Konsequenzen für meine Lebensführung. [MM]

JETZT DU Wo willst du in Zukunft konsequenter sein in deinem Glauben? Welche Konsequenzen hat dein Glaube in deinem Leben?

01 SO Worship

Ein Psalm zum Sonntag

PSALM 67,2-8 Du hast wahrscheinlich gerade den Text eines Liedes gelesen, das vor über 2.000 Jahren in vielen jüdischen Gottesdiensten gesungen wurde. Schade, dass wir die Melodie nicht kennen. Aber der Text gibt auch schon einen schönen Einblick, was den Menschen damals so wichtig war: Gott Danke zu sagen und ihn um Behütung und Segen bitten. Das Lied dankt Gott für seine Gerechtigkeit: Alle Menschen werden gleich behandelt und sollen von Gott gerettet werden. Und bei allem, was kommt, soll Gott mit dabei sein. Dann kann es gut werden. Liedtexte helfen mir oft dabei, zu sehen, wofür wir Gott danken und worum wir ihn bitten können. Nicht immer passt alles zu mir und meinem Leben, aber manchmal schon. Und wenn es passt, kann so ein Lied noch viel, viel schöner werden. [SL]

WEITERDENKEN Welche (christlichen) Lieder hörst und singst du gerne? Hast du schon mal genauer auf den Liedtext geachtet? Verstehst du, was da gesungen wird und findest du das gut?

VOLLER HOFFNUNG

EZECHIEL

CORNELIUS KUTTLER [CK] | CORNELIUS.KUTTLER@EJWUE.DE
SAMUEL LACHER [SL] | SAMUEL-LACHER@WEB.DE

#VISIONEN

#GOTTESPLÄNE

#GERECHTIGKEIT

Basics EZECHIEL

WENN ALLES AUS IST, BEGINNT GOTT ZU HANDELN

DIE SITUATION Ezechiel (Hesekiel) war ein Priester, der von Gott den Auftrag erhielt, sein Prophet zu sein. Durch Propheten sprach Gott in besonderer Weise zu den Israeliten.

Der hebräische Name Ezechiel bedeutet: „Gott möge stark machen". Ezechiel lebte in einer Zeit, in der die Israeliten ganz und gar nicht stark waren. Ihr Land wurde von der Weltmacht Babylon erobert, und 597 v. Chr. wurde die Führungsschicht des Landes von Israel nach Babylon (heute: Irak) weggeführt, um allen Widerstand zu brechen. Auch Ezechiel gehörte zu denen, die nach Babylon gebracht wurden.

DIE BOTSCHAFT Ezechiel vergleicht die Beziehung zwischen Israel und Gott mit einer Ehe, in der das Vertrauen durch die Untreue eines Partners kaputt gegangen ist (Ez 16, Ez 23). Juda (so nannte man das Volk Israel) hat sich von Gott abgewendet, und darum beschützt Gott sie nicht mehr vor ihren Feinden. Sogar der Tempel in Jerusalem wird im Krieg zerstört. Der Tempel war der Ort, wo Gott den Menschen eigentlich besonders nahe war. Und jetzt ist klar: Gott ist weit weg. Aber dennoch wünscht sich Gott, dass die Menschen zu ihm umkehren und dadurch neues Leben bekommen (Ez 18,23).

DER SCHMERZ Ezechiel muss mit seinem Leben zeigen, welchen Schmerz Gott darüber empfindet, dass die Beziehung zwischen seinem Volk und ihm zerbrochen ist. In sogenannten „Zeichenhandlungen" soll er dies darstellen. Und dies ist alles andere als leicht für Ezechiel: Er ist z. B. mit Seilen gefesselt, damit deutlich wird: Die Menschen sind durch ihre Schuld gegenüber Gott wie gefesselt. Und ganz krass: Als seine Frau stirbt, darf er nicht öffentlich trauern, was für ihn unendlich schmerzlich ist und ein Skandal für alle anderen. Damit soll deutlich werden: So skandalös verhalten sich die Israeliten gegenüber Gott.

DIE HOFFNUNG Ezechiel verkündigt eine harte Botschaft: Alles ist aus, die Beziehung zu Gott ist zerbrochen, die Israeliten sind aus ihrer Heimat verschleppt. Aber Ezechiel hat zugleich eine starke Hoffnung: Gott wird sich seinem Volk wieder zuwenden. Er bleibt treu, auch wenn sie untreu geworden sind, er lässt die abgestorbene Beziehung wieder neu lebendig werden (Ez 37). Und Ezechiel hat eine große Vision: Gott wird einen neuen, ewigen Tempel aufbauen (Ez 40-48). Dies ist ein Bild dafür, dass Gott unsere zerbrochene Welt heil machen wird.

[CK]

02 MO Die Begegnung

EZECHIEL 1,1-3 Diese Geschichte von Ezechiel hat auf den ersten Blick mit unserem Leben heute nicht viel zu tun. Sie spielt vor langer Zeit: 5 Jahre nach 597 v. Chr. In diesem Jahr wurde Juda (so nannte man Israel damals) von der Weltmacht Babylon erobert und ein Teil der Bevölkerung ins fremde Land Babylon weggeführt. Darunter war auch Ezechiel. Dies ist schon lange her, und trotzdem kennst du das vielleicht auch: dass du dich fremd fühlst, fehl am Platz. Oder es ist richtig viel schief gelaufen bei dir, und du fühlst dich schuldig. Gott ist damals Ezechiel begegnet. Und er lässt auch dich nicht allein. Egal, wie einsam du dich fühlst. Er wird dir vielleicht nicht in einer Vision begegnen, aber er wird da sein. [CK]

JETZT DU Sprich mit Gott darüber, wie du dich gerade fühlst.

TAG DER DEUTSCHEN EINHEIT

03 DI Der Auftrag

EZECHIEL 1,28B–3,3 Was für eine seltsame Mahlzeit: Eine Schriftrolle zum Frühstück! Damals war eine Schriftrolle das übliche Kommunikationsmedium: so wie heute ein Brief oder eine WhatsApp-Nachricht. Gott macht deutlich: Ich habe eine harte Botschaft an das Volk Israel. Er will ihnen zeigen, was in ihrem Leben nicht in Ordnung ist. Ezechiel nimmt diese Botschaft in sich auf und soll sie weitergeben. Es ist typisch für Gott, dass er seine Botschaft durch Menschen weitersagen lässt. Damals bei Ezechiel und heute bei uns. Gott möchte Menschen begegnen durch das, was wir sagen und wie wir mit ihnen umgehen. Du bist eine Botin/ein Bote Gottes! Auch, wenn du noch nie die Stimme Gottes gehört hast. [CK]

WEITERDENKEN Welchem Menschen könntest du heute eine ermutigende Botschaft sagen?

04 MI Die Konfrontation

EZECHIEL 3,4–11 Streitest du gerne oder willst du lieber, dass alles harmonisch läuft? Ezechiel hat keine andere Chance, als in die Konfrontation zu gehen. Gott schickt ihn los mit einer Botschaft, die niemand gefällt. Und es ist klar: Er wird Ärger bekommen. Die Menschen haben ein hartes Herz und eine harte Stirn: An ihnen prallt alles ab, was Ezechiel sagt. Gott sagt nicht: Dann lass es, Ezechiel. Sondern: Jetzt erst recht. Gott gibt ihm die Kraft dafür. Vers 6 sagt: Gott macht ihm eine Stirn, die so hart ist wie ein Diamant. [CK]

JETZT DU Es gibt Momente im Leben, in denen es wichtig ist, sich hinzustellen und seine Meinung zu sagen. Traust du dich, zu deinem Glauben an Jesus zu stehen oder dich für jemand einzusetzen, die/der gemobbt wird – auch, wenn andere dagegen sind?

05 DO Alles, nur das nicht!

EZECHIEL 4,1–17 Ezechiel spielt seine Botschaft wie in einem Theaterstück vor. Gott gibt ihm einen krassen Auftrag: Er soll auf dem Boden liegen, wird mit Stricken gefesselt. Und er soll Brot auf einem ekligen Brennmaterial backen. Für Ezechiel geht das gar nicht: Als Priester muss er darauf achten, dass er sich nicht unrein macht. Er darf z. B. bestimmte Dinge nicht anfassen oder essen. Und jetzt soll er das tun, was er nicht darf. Gott will den Menschen mit diesen Aktionen vor Augen führen, wie schräg ihr Leben ist. Z. B. die Stricke: Sie zeigen, dass Menschen gefangen sind, wenn sie Gott nicht vertrauen. Vielleicht kennst du das auch: Dass du dich gefangen fühlst. Wenn du ein schlechtes Gewissen hast oder wenn Streit herrscht. Was hilft dir, frei zu werden? [CK]

06 FR Ein seltsamer Friseurbesuch

EZECHIEL 5,1-8 Wieder bekommt Ezechiel einen seltsamen Auftrag: Seine abgeschnittenen Haare soll er vom Wind verwehen lassen oder verbrennen. Dies ist ein Zeichen dafür, dass Gott Israel nicht mehr beschützt. Kurz zur Situation: 597 v. Chr. haben die Babylonier die Israeliten besiegt und viele Menschen verschleppt. Ein kleiner Staat ist noch übrig mit der Hauptstadt Jerusalem. Aber dann wird auch Jerusalem zerstört. Dies ist Gottes Strafe. Weil die Menschen sich von ihm abgewendet haben. [CK]

WEITERDENKEN Es wird auf jeden Fall deutlich, wie viel es Gott ausmacht, wenn wir ohne ihn leben wollen. Gott ist aber nicht böse auf uns, sondern er ist der Richter, vor dem wir unser Leben verantworten müssen. Findest du es ungerecht, dass Gott bestraft?

YouTube

Heute gibt's ein neues Video! YouTube.de/startindensamstag

07 SA Neuanfang

EZECHIEL 11,14-21 Gestern haben wir darüber nachgedacht, warum Gott bestraft. Nun wird klar: Gottes Ziel ist es nicht, zu bestrafen. Sondern die Strafe soll die Menschen zum Nachdenken bringen. Gott will denen, die gegen ihn sind, einen Neuanfang und ein geheiltes Leben schenken. Weil die Menschen selber nicht die Kraft haben, neu zu beginnen, verändert Gott ihr Leben. Das ist mit dem neuen Herz gemeint. Gott will selber dafür sorgen, dass sie ihm wieder vertrauen und heil wird, was in ihrem Leben kaputt gegangen ist. Wo sehnst du dich nach einem Neuanfang? Gibt es Situationen in deinem Leben, die sich wie eine Sackgasse anfühlen? Wo brauchst du Gottes Hilfe? Erzähl ihm doch, wie es dir geht! [CK]

YOUTUBE-TIPP Clueso – Neuanfang https://www.youtu.be/dp5p8gMpBTg

08 SO Worauf kommt es im Leben an?

EZECHIEL 13,1-3A.10-16 Was denkst du: Was bleibt im Leben? Viele Menschen leben so, als ob das bleibt, was sie sich erarbeitet haben: ihr Geld, das coole Auto, ihre Macht über andere. Es hat mal jemand gesagt: „Es bringt nichts, der reichste Mann auf dem Friedhof zu sein“. Denn am Ende bleibt nichts. Wenn wir sterben, müssen wir alles loslassen. Dann kommt es nur noch darauf an, wie wir zu Gott stehen. Die Menschen zur Zeit von Ezechiel haben sich darauf verlassen, dass sie ihr Leben im Griff haben und Gott nicht brauchen. Das Bild vom Lehm und der Mauer soll zeigen: Diese Menschen legen Wert darauf, dass ihr Leben nach außen hin perfekt aussieht. Aber sie haben nicht verstanden, dass es auf etwas ganz anderes ankommt. [CK]

JETZT DU Was denkst du, worauf kommt es im Leben an?

09 MO Jetzt wird aufgeräumt!

EZECHIEL 13,17-23 Räumst du gerne auf oder liebst du das Chaos? Das Problem am Chaos ist, dass wir vielleicht etwas verlieren und nie wiederfinden. Ezechiel hat von Gott den Auftrag, aufzuräumen. Er soll aufräumen mit Prophetinnen, die Menschen dummes Zeug erzählen. Wahrscheinlich waren das Frauen, die für Wahrsagerinnen gehalten wurden. Sie haben Menschen Angst gemacht und ermutigt, nicht auf Gottes Gebote zu achten. Nun soll Ezechiel mit diesem Unfug aufräumen. Aufräumen kostet Kraft. Es hat Ezechiel Kraft gekostet, diesen Wahrsagerinnen die Meinung zu sagen. Gott setzte sich ein für Menschen, denen Angst gemacht wurde. Er steht ihnen zur Seite. Damals bei Ezechiel und heute. [CK]

GEBET Vater im Himmel, danke, dass du bei mir bist, wenn ich Angst habe. Amen.

10 DI Leider zu spät

EZECHIEL 33,30-33 Es gibt Momente, in denen alles zu spät ist. Wenn du den Bus verpasst oder einen wichtigen Termin vergessen hast. Ezechiel scheint als Redner beliebt gewesen zu sein, aber niemand hat auf das geachtet, was er sagte. Und niemand änderte sein Leben. Darum hat Gott seine Strafe durchgezogen: Das Volk Israel wurde verschleppt, die Stadt Jerusalem und der Tempel wurden zerstört. Und dann endlich erkannten alle: Ezechiel lag doch richtig mit seiner Botschaft. Aber da war es zu spät. [CK]

WEITERDENKEN Es kommt darauf an, heute mit Gott zu leben und ihm zu vertrauen. Glauben kann man nicht verschieben nach dem Motto: Ich denke über Gott nach, wenn ich älter bin. Denn wenn wir nicht jetzt glauben, verpassen wir das Beste! Wo möchtest du heute Jesus konkret vertrauen?

11 MI Wut

EZECHIEL 34,1-10 Was bringt dich so richtig auf die Palme? Geheimnisse weitererzählen, zu einem Treffen nicht kommen oder hinter dem Rücken lästern? Unser Text heute erzählt davon, was Gott so richtig auf die Palme bringt: andere ausnutzen oder unfair für einen selbst schuften lassen, ihnen Lügen erzählen, um die eigene Macht zu stärken. Und am Ende diesen Menschen auch noch möglichst viel wegnehmen. Der Text beschreibt das mit Bildern von Hirten und Schafen. Die Hirten, deren einzige Aufgabe es ist, für die Schafe zu sorgen, machen genau das nicht. Und die Schafe sterben deshalb. Gott macht klar: Wer sowas macht, der ist gegen mich und ich bin gegen ihn. Und das sagt er auch so deutlich. [SL]

JETZT DU Was macht dich zornig und bringt dich auf die Palme? Könnte es dir auch helfen, das jemand anderem zu sagen? Wie kann das gelingen, ohne großen Streit zu riskieren?

12 DO Fairness

EZECHIEL 34,11-22 Gestern hat Gott seinen Zorn in Worte gepackt. Er hat gesagt, was ihn so richtig wütend macht. Dabei bleibt es aber nicht. Heute zeigt Gott, wie er diese Situation verbessern möchte. Fairness ist da das Wort, das mir als erstes einfällt. Es soll gerecht zugehen und Gott will genau dafür sorgen. Er will Menschen helfen, die sich als gute Hirten für andere einsetzen. Und Gott spricht auch davon, dass er das selbst so macht. Auch heute kann ich noch sehr viel Ungerechtigkeit sehen, ganz nah, etwa als Schiri auf dem Fußballfeld, und weiter weg, wenn Menschen vor Krieg und Zerstörung fliehen müssen. Aber die Zusage und die Hoffnung bleibt: Irgendwann wird Gott bei uns allen für Gerechtigkeit sorgen. Und bis dahin will ich versuchen, mich dafür einzusetzen, dass es möglichst vielen Menschen gut geht und nicht nur ein paar wenigen. Machst du mit? [SL]

13 FR Versprechen

EZECHIEL 34,23-31 Als unser Text geschrieben wurde, haben viele der Leser:innen verschleppt in einem fremden Land leben müssen. Mit vielen Bildern verspricht Gott, dass er diese Menschen wieder in ihre Heimat zurückführen wird. Sie sollen wieder ohne Angst und Hunger bei ihren Familien leben können. Heute wissen wir, dass es noch eine Zeit gedauert hat, aber genau das irgendwann passiert ist. Gott hat sein Versprechen gehalten. Vertrauen kommt genau daher: Wenn ich etwas verspreche oder zusage und das dann auch mache. Die biblischen Bücher beschreiben das immer wieder. Gott hält, was er verspricht. Aber auch in meinen Freundschaften ist mir das wichtig. Ich versuche nur zu versprechen und anzukündigen, was ich auch halten kann. Und klappt es einmal nicht, dann hau ich nicht ab, sondern entschuldige mich und wir schauen zusammen, wie es beim nächsten Mal besser laufen kann. [SL]

JETZT DU Wer hat dir schon einmal etwas versprochen und es gehalten?

14 SA Mein Name

EZECHIEL 36,22-25 Gestern haben wir gelesen, dass Gott nur verspricht, was er auch hält. Nun hat er aber ein Problem. Außer den Israeliten glaubt kaum einer, dass dieser Gott wirklich existiert oder es wert sein könnte, dass man an ihn glaubt. Dafür haben sich die Israeliten einfach zu sehr daneben benommen und sind nun ein kleiner, verschleppter und eingeschüchterter Haufen. Das macht bei den anderen Menschen nicht gerade Eindruck. Gott will aber genau das ändern. Er will den Israeliten auf die Beine helfen, sie wieder stark machen, damit die anderen Völker sehen, wie mächtig der Gott Israels ist. Heute ist das zum Glück ein bisschen anders. Wenn ich anderen erzähle, warum mir mein Glaube wichtig ist, dann geht es da um Gott und mich und nicht um irgendwelche Völker oder Macht. Gott liebt mich, genauso wie ich bin. Und weil ich das glaube, bin ich mit mir selbst alles in allem auch ganz zufrieden, obwohl ich nicht alles an mir toll finde. Das hilft mir und ich glaube, das kann auch anderen helfen. [SL]

15 | SO | Halloween – nur besser

EZECHIEL 37,1–14 Das klingt schon ein bisschen nach Halloween: Knochen, die anfangen zu wackeln, sich dann wieder aneinander legen, zu einem Skelett werden, mit Fleisch und Haut überzogen werden und dann, wie durch einen Windhauch angepustet, wieder lebendig werden. Eigentlich hat das aber wenig mit Halloween zu tun. Der Text beschreibt, dass Gott alles wieder neu machen kann, sogar tote Menschen. Nichts ist für Gott zu schwer oder zu krass. Ich finde, die Geschichte bleibt ein bisschen gruselig. Das liegt aber vor allem daran, dass dieser Gott viel mehr und ganz anders ist, als ich ihn mir meistens so vorstelle. Und das ist das zweite, was mir diese erzählte Vision mitgibt: Gott ist mehr und anders, als du dir denkst. Gott kann sogar vertrocknete Knochen wieder zu lebendigen Menschen verwandeln. Das ist auf eine coole Weise gruselig. Lies weiter: Kommt dir die Geschichte ein bisschen bekannt vor? Lies doch mal 1. Mose 2,4-8. Auch hier hat Gott schon einmal mit Dreck und Pusten einen Menschen zum Leben erweckt. [SL]

DER PHILIPPERBRIEF

SARA-CARINA HOFMANN [SCH] | GP.HOFMANN@PAULUSGEMEINDE-HALLE.DE
MICHAELA WINTER [MW] | MICHAELAKWINTER@GMAIL.COM

#GEMEINDE
#GLAUBENSBASICS
#GROßEFREUDE

Basics ZUM PHILIPPERBRIEF

Dieser Brief wurde wahrscheinlich in einem Gefängnis verfasst. Paulus sitzt zusammen mit Timotheus im Knast, weil er glaubt, dass Jesus Gottes Sohn ist. Epaphroditus unterstützt ihn in dieser schweren Zeit, wird aber dabei selbst schwer krank. Jetzt, nachdem er wieder gesund ist, schickt Paulus ihn mit dem Brief im Gepäck zurück nach Philippi (Griechenland). Epaphroditus gehört dort zu einer Gemeinde, die Paulus vor einigen Jahren gegründet hat. Es war die erste christliche Gemeinde in Europa und alles begann mit einer Frau namens Lydia. (Apg 16,14-15) Wahrscheinlich gehörte zur Gemeinde auch der Gefängniswärter, den Paulus und Silas damals gerettet hatten (Apg 16,16-34).

Paulus fühlt sich mit dieser Gemeinde in besonderer Weise verbunden. Beim Lesen des Briefes kann man erkennen, wie sehr sie sich gegenseitig vertraut haben und dass viel Herzlichkeit gelebt wurde. Die Gemeinde in Philippi ist die einzige des Neuen Testamentes, von der Paulus Geld angenommen hat. Sie durften seine Tätigkeit als Christusverkündiger durch Spenden unterstützen. Anderswo, z.B. in Korinth, arbeitete Paulus als Zeltmacher und war nach Feierabend für die Gemeinde da. Er nahm keine Spenden an, damit ihm niemand unterstellen konnte, er würde nur wegen des Geldes von Jesus erzählen. Dass Paulus in Philippi die Spenden annahm, zeigt uns, wie vertrauensvoll das Verhältnis zu den Philippern gewesen sein muss.

Mit diesem Brief bedankt sich Paulus für die finanzielle Unterstützung, aber auch für ihren Support im Gebet. Er fühlt sich unterstützt durch die Gemeinde. Er berichtet, wie es ihm in Ephesus geht. Außerdem verweist er in seinem Brief dick und fett auf Christus. Der sogenannte Christushymnus im 2. Kapitel des Briefes ist der inhaltliche Höhepunkt und darf auch als ein besonderes Highlight des Neuen Testaments bezeichnet werden. Der Philipperbrief ist auch deshalb unbedingt lesenswert, weil Paulus sehr kompakt die Basics des christlichen Glaubens erläutert.

Wer sich fragt, wieso Jesus-Glaube sich lohnt, sollte diesen Brief unbedingt lesen. Hier wird so viel von der Freude im Herrn geschrieben, wie sonst nirgendwo. Paulus sagt es immer wieder (sinngemäß): "Leute, man darf euch ruhig anmerken, dass es eine Freude ist, mit Jesus unterwegs zu sein!" Hätte man damals schon mit Emojis kommuniziert, wären sie in diesem Brief sicher zahlreich.

[SCH]

16 MO Womit beginnst du?

PHILIPPER 1,1-6 Was sind deine ersten Worte in einer Nachricht? Paulus beginnt seinen Brief so, wie es sich damals gehörte: Er nennt Absender, Adressaten und Gruß. Aber er füllt auch sein Herz in die Form und ergänzt: Er gehört zuallererst Jesus. Seine Adressaten gehören nicht nur zur Stadt Philippi, sondern vor allem zu Christus und er wünscht ihnen nur das Beste. Dann macht er steil weiter mit V.3. Der wirft in mir die Frage auf: Wie beginne ich eigentlich mein Gebet? Wenn ich für jemanden bete, was sage ich Gott zuerst? Paulus startet mit einem DANKE. [SCH]

JETZT DU Suche dir jemanden aus, für den du beten möchtest und fange an mit Danke. Was hat Gott dir in diesem Menschen geschenkt? Was hat Gott an Schätzen in sie/ihn hineingelegt? Danach können Bitten, Klagen und Hilferufe folgen.

17 DI Vom Liebesband

PHILIPPER 1,7-11 Lovesong gefällig? Diese Zeilen wären eine super Grundlage. Paulus schwelgt in Begeisterung über die Philipper. Man beachte seine eigene bescheidene Situation! Aber er fühlt sich wie durch ein unsichtbares Liebesband mit der Gemeinde verbunden. Ihre Verbundenheit gibt ihm Kraft. (V.7) Obwohl er sich geliebt weiß, betet er weiter für sie um Liebe. Er bittet, dass ihre Liebe angereichert wird mit Erkenntnis und Verständnis (BB). Heute würde man vielleicht eher sagen, eine Liebe, die sich im Kopf, mit dem Herzen und in der Tat vollzieht. Wenn diese Liebe uns ganz und gar ausfüllt, dann sind wir fair (V.11). Keine Panik, du musst jene Liebe nicht selbst produzieren. Gott ist Liebe und gibt dir gerne was ab. [SCH]

YOUTUBE-TIPP Schau dir „Es kommt auf dich an!“ von JESUSHOUSE an. youtu.be/MxkIzRReONM

18 MI Aus Mist wird Dünger

PHILIPPER 1,12-14 Sachlich betrachtet war Paulus' Situation alles andere als rosig. Er wird festgehalten, weil er Jesus vertraut. Er ist auf Freiheitsentzug, weil er nicht aufhört, anderen von Christus zu erzählen. Aber Paulus darf mitten im Mist erleben, wie Gott daraus Dünger macht. Gott hört nicht auf zu wirken, nur weil Menschen Fesseln und Ketten anlegen. Verstummte und verängstigte Glaubende hinter Gittern fangen wieder an, ihren Glauben zu bekennen. Paulus' Beispiel ermutigt sie, dranzubleiben. Gott ist auch mitten im Kampf und mitten in der Not am Wirken. Er kehrt Böses in Gutes um. [SCH]

WEITERDENKEN Was macht dir zu schaffen? Wo hast du ein großes Fragezeichen? Wo siehst du nur Mist? Schreibe es auf und bete immer wieder dafür, dass Gott etwas Gutes daraus entstehen lässt.

19 DO Fight Club

PHILIPPER 1,27-30 Schade, dass „Fight Club" der Name eines umstrittenen Filmes ist und daher vielleicht nicht die besten Verknüpfungen im Kopf entstehen. Denn eigentlich ist das ein passender Titel für die Christus-Gemeinschaft, die Gemeinde. Wir sind gemeinsam im Ring, haben Herausforderungen zu meistern. Jesus zu vertrauen, ist kein Wellnessabend. Wir sind im Fight Club! Das mit dem Glauben ist an manchen Stellen harter Kampf. Um da nicht einzuknicken, brauchen wir uns gegenseitig. Es gibt Anfeindungen (V.28) und auch Leiden sind keineswegs ausgeschlossen (V.29). Paulus sagt, dass es eine Ehre sei, wenn es soweit kommt. (V.29) HÄ? Er will anspornen und ermutigen, dranzubleiben. [SCH]

JETZT DU Begib dich in christliche Gemeinschaft. Suche dir Unterstützung oder gib sie anderen.

20 FR Eins sein ohne einzugehen

PHILIPPER 2,1-4 Wie bleiben wir zusammen? Es ist so viel schwerer zusammenzubleiben, als auseinanderzugehen. Das gilt nicht nur für Liebesbeziehungen. Auch für unsere Gesellschaft und für Gemeinden. Nicht einmal die vielen guten Dinge aus V.1 reichen aus, um beieinander zu bleiben. Es braucht ein „eins sein“ (V.2), d.h. ein Ausrichten auf das gleiche Ziel. Zugegeben, Verse 3+4 können dann erstmal abschreckend wirken: Eins sein bedeutet, einzugehen. Doch das ist mit Demut nicht gemeint! Mut, die eigene Menschlichkeit mit allen Höhen und Tiefen anzunehmen, das ist Demut. Wer sich selbst annimmt, muss nicht nur auf sich selbst schauen und eitel sein, sondern hat das Herz frei, um auch andere wahrzunehmen und anzunehmen. [SCH]

YOUTUBE-TIPP Hillsong United – Ich weiß, wer ich bin/ Who you say I am
youtu.be/fvPO7Szxk7Y

21 SA Runter(ge)kommen

PHILIPPER 2,5-11 Jesus kommt runter! Also er verzichtet auf seine göttlichen Vorteile, um uns Menschen nahe zu kommen. Er begegnet uns auf Augenhöhe. Und doch bleibt er Gott. Er stirbt, aber nach drei Tagen steht er vom Tod wieder auf. Jesus kommt erst runter und dann wieder hoch. Paulus legt mit diesem Lied ein Fundament für christliche Gemeinschaft. Zum einen: Wir versammeln uns um Jesus. Er als unsere Mitte vereint uns als bunte Kirche. Und zum anderen: Gott hat uns vorgemacht, dass Begegnung auf Augenhöhe möglich ist! Egal, woher wir kommen und wie klug wir sind. Es gibt kein „besser“ unter uns Menschen. [SCH]

GEBET Jesus, ich will jetzt auch runterkommen.
Erstmal deine Anwesenheit wahrnehmen.
Dann will ich dir sagen: Bitte hilf mir, dass ich Mitmenschen auf Augenhöhe begegne. Amen.

22 SO Helden in der 2.Reihe

PHILIPPER 2,19-30 Was Timotheus und Epaphroditus mit uns zu tun haben? Auf den ersten Blick wenig. Ich glaube, dass wir in diesem Abschnitt von Paulus inspiriert werden können. Die beiden Männer waren wohl meistens eher im Hintergrund, weil Paulus ganz vorne stand. Aber Paulus dreht den Scheinwerfer auf die Helden der 2. Reihe und schwingt eine Lobesrede. Damit sorgt er dafür, dass seine Mitarbeitenden in der Gemeinde gut ankommen können. Im doppelten Sinne! Indem er sie lobt, wertschätzt und feiert, wird ihr Ruf positiv verstärkt. Er macht hier das Gegenteil von Lästern. Er redet GUT über sie. Und das wird in Philippi einen Unterschied gemacht haben! [SCH]

JETZT DU Wie redest du über Menschen? Erzähle anderen doch mal ganz bewusst, was eine Person gut kann und was du an ihr schätzt.

23 MO Marathon mit Jesus

PHILIPPER 3,12-16 Ich mag diese Stelle sehr. Früher hatte ich Vers 14 auf einer Postkarte in meinem Zimmer hängen. Spürst du auch diese Kraft und das Feuer, das darin steckt? Paulus setzt alles auf eine Karte: Alles fürs Reich Gottes! Alles oder nichts (V.13). Viele Menschen, die Großes erreichen, legen genau diesen Ehrgeiz an den Tag. Nachfolge ist eben ein bisschen wie ein Marathon, oder? Irgendwie schon. Ohne Leidenschaft, oder ein klares Ziel (Jesus) vor Augen, halten wir nicht durch. Aber: Nachfolge ist kein Leistungssport. Die Kraft dazu dürfen wir uns nämlich schenken lassen und außerdem geht es nicht darum, irgendwelche tollen Ergebnisse zu erzielen. [MW]

GEBET Jesus, bitte schenke mir die Kraft und die Leidenschaft, dir ein Leben lang zu folgen. Hilf mir, meinen Blick immer wieder neu auf dich auszurichten, damit ich den Fokus nicht verliere. Amen.

24 DI Herzensgeschwister

PHILIPPER 4,1-3 Heute bleibe ich gleich an Vers 1 hängen. Aus dieser Anrede strömt so viel Liebe. Mit den Christen in Philippi verbindet Paulus so viel Gutes, dass sie für ihn wie Geschwister sind. Schließlich haben sie auch denselben himmlischen Vater. Hast du es bemerkt: Gestern hat Paulus das Reich Gottes als Siegespreis bezeichnet (V.14), heute nennt er die Geschwister „Siegeskranz". Sie sind offensichtlich Teil des Gewinns. Mir geht es auch oft so, dass ich gleich eine tiefe Verbindung spüre, wenn ich Christen begegne. Was für ein Schatz! Kennst du das? [MW]

JETZT DU Für welche/n himmlische/n Bruder/Schwester bist du besonders dankbar? Wie wäre es, wenn du es ihm/ihr heute einmal sagen würdest?

25 MI Freudequelle

PHILIPPER, 4,4-9 Freu dich, denn es gibt jede Menge Grund dazu! Als Nachfolger dürfen wir ein Leben leben, das von tiefem Frieden und von der Gemeinschaft mit Christus geprägt ist. Wir dürfen uns hoffnungsvoll an Gott wenden. Angst und Sorgen brauchen uns nicht zerfressen. Wir dürfen mit Gottes Gegenwart rechnen, die uns behütet. Noch dazu sind wir dazu befreit uns rein, würdig, gerecht, ... (V.8) zu verhalten. Denn wir Leben in Gottes strahlendem Licht. Halleluja! [MW]

JETZT DU Mein Herz braucht manchmal eine Erinnerung an diese Freude. Wie geht's dir dabei? Lass uns heute mit der Freude rechnen! Das schließt unser Herz auf, damit wir den Frieden empfangen können. Noch ne Idee: Mach ein Foto vom heutigen Text. Lies ihn dir heute immer wieder durch und lass ihn in dein Herz sickern.

26 DO Glaube als Regenmantel

PHILIPPER 4,10-13 An Paulus scheinen Überfluss und Mangel abzuperlen wie Regen an einem Regenmantel. Wow! Ich finde es stark, wie er einfach alles aus Gottes Hand nimmt. Geduldig, demütig und zufrieden. Dahinter steckt die große Gewissheit, dass Gott schon alles richtig macht und sich im richtigen Moment kümmern wird. Woher nimmt er nochmal diese Stärke (V.13)? Ganz ehrlich? Viel zu oft werde ich nörgelig, wenn die Umstände grad nicht so toll sind. An diesem Punkt darf ich noch weiter üben, zu vertrauen. [MW]

GEBET Jesus, ich will dir vertrauen, in welcher Lage ich auch stecke. Bitte mach mich stark, damit auch ich durch dich allem gewachsen bin. Amen.

27 FR Geben macht reich

PHILIPPER 4,14-23 Wie cool, dass die Philipper so großzügig sind und Paulus gerne unterstützen. Das Schöne ist, dass in Gottes Reich ein wunderbares Prinzip gilt: Lies nochmal Vers 19. Wer teilt, wird selbst nicht zu wenig haben. Wir leben hier in Deutschland – im Vergleich zu vielen anderen Teilen der Welt – in einem ziemlich krassen Überfluss. Kannst du dir vorstellen, diesen Überfluss mit anderen zu teilen? Du könntest ausprobieren, ob dieses Prinzip aus Vers 19 tatsächlich gilt. [MW]

WEITERDENKEN Es gibt unzählige Möglichkeiten, wie wir von unserem Überfluss abgeben können. Ein Weg ist z.B. etwas zu spenden. Welches Thema liegt dir am Herzen? Das Klima, Hunger, Christenverfolgung, gesundheitliche Versorgung, Seenotrettung,...? Informiere dich doch, welche Organisation sich für dein Herzensthema engagiert und spende einen Teil deines Taschengeldes.

4 TAGE MIT DEM **PHILEMONBRIEF**

MICHAELA WINTER [MW] | MICHAELAKWINTER@GMAIL.COM

Basics ZUM PHILEMONBRIEF

HINTERGRUND: Der Philemonbrief ist ein privater Brief, den Paulus aus dem Gefängnis an seinen Freund Philemon schreibt. Der ist ein wohlhabender römischer Bürger aus Kolossä. Die beiden haben sich wahrscheinlich in Ephesus kennen gelernt.

WAS DU WISSEN MUSST: Im Römischen Reich war Sklaverei sehr verbreitet. Offenbar besaßen auch einige Christen, wie z.B: Philemon, Sklaven. Sie galten als Eigentum ihrer Herren und mussten ihnen gehorchen. Taten sie das nicht, wurden sie hart bestraft.

UM WAS ES GEHT: Paulus hat eine Bitte an Philemon und es geht dabei um seinen Sklaven Onesimus, der ihm – vielleicht nach einem Konflikt – weggelaufen ist. Als Onesimus auf seiner Flucht nach Rom kommt, begegnet er dort Paulus. Der erzählt ihm von Jesus und so ist nun auch Onesimus Christ geworden und unterstützt Paulus tatkräftig. Soweit so cool, wäre da nicht noch der Konflikt zwischen Philemon und Onesimus. Paulus weiß, dass dieser Konflikt geklärt werden muss und schickt Onesimus mit diesem Brief zurück zu Philemon.

HEIKLE SACHE: Es gab sowohl in der römischen als auch in der griechischen und jüdischen Kultur klare Abgrenzungen zwischen Menschen. Diese Abgrenzungen, die in gewisser Weise eine gesellschaftliche Ordnung vorgaben, zu durchbrechen, war ein Tabu. Jesus hat sich aber nicht viel um solche Abgrenzungen gekümmert. Er hat viele Tabus gebrochen und Barrieren eingerissen. Paulus weiß ganz genau um diese Spannung. Er selbst hat sie schon öfter angesprochen und sie in seinem Brief an die Kolosser auf den Punkt gebracht: Kolosser 3,11.
Mit diesem Brief bittet Paulus Philemon, seinen Glauben im täglichen Leben umzusetzen und eben diese Abgrenzungen aufzuheben.

DIE GEWAGTE BITTE: Schließlich kommt Paulus zum Punkt: Er bittet Philemon, Onesimus wieder aufzunehmen und ihm zu vergeben. Aber das ist nicht alles. Er soll ihn nicht mehr als Sklaven, sondern als Bruder verstehen. Was auch beinhaltet, von einer Strafe abzusehen und ihn frei zu lassen.

Das stellt das Verhältnis von Onesimus und Philemon komplett auf den Kopf.

DIE BOTSCHAFT DES BRIEFES: Wenn wir an Jesus glauben, bewirkt das Veränderung in allen möglichen Lebensbereichen, auch in sozialen Beziehungen. Es passt nicht zusammen, dass Onesimus das Eigentum von Philemon bleibt. Vor Gott sind alle frei und alle gleich. Wir sollen einander auf Augenhöhe und mit Wertschätzung begegnen.

GANZ BESONDERS: Paulus verfasst hier keine Lehre, wie sonst oft in seinen Briefen. Stattdessen leitet er einen Christen dazu an, wie der Glaube sich in dessen Leben auswirken kann. Obwohl er ein sehr heikles Thema anspricht, trifft er einen total versöhnlichen und vermittelnden Ton. [MW]

28 SA Wertschätzung als Basis

PHILEMON 1-7 Paulus schreibt hier an einen Bruder, an jemanden, den er im Glauben begleiten durfte. Er hat seine Entwicklung miterlebt. Wie schön es ist, wenn das Samenkorn in einer Person aufgeht, wenn jemand Christ wird und diese Person sogar selbst wieder den Glauben weiterträgt (V.7). Aus diesem Briefanfang spricht eine große Vertrautheit, Freude und Dankbarkeit. Sie ist die Basis für das, was Paulus später im Brief noch zu sagen hat. Ich nehme mit: Damit wir ernste Dinge ansprechen können, muss die Beziehung stimmen. Mit ehrlichen, wertschätzenden Worten öffnet Paulus sanft Philemons Herz und bereitet sein Anliegen im Gebet vor (V.6). [MW]

JETZT DU Wenn du einen Konflikt zu klären hast, versuche zuerst eine wertschätzende Basis zu schaffen. Ganz wichtig: Bleibe dabei ehrlich, sonst bewirkst du das Gegenteil. Bitte Gott darum, dich in diesem Gespräch zu begleiten.

29 SO Bitte statt Befehl

PHILEMON 8-11 Offensichtlich genießt Paulus in der Gemeinde von Kolossä, sowie bei Philemon, großes Ansehen. Als Experte in Sachen Glauben hat er eine solche Autorität, dass es sogar akzeptiert werden würde, wenn er eine Vorschrift aussprechen würde (V.8). Aber Paulus ist klug. Er weiß, es bringt nichts, wenn die Gemeindemitglieder stumpf Regeln befolgen. Hier geht es vielmehr darum, eine Konsequenz aus der Nachfolge zu ziehen, aus freien Stücken zu handeln und dadurch wieder etwas im Glauben zu reifen. Ist es dir aufgefallen: Er betont hier außerdem das gute Verhältnis, das er zu Onesimus hat. Ähnlich wie gestern, in Bezug auf Philemon (V.10). [MW]

GEBET Gott, ich danke dir, dass du kein Interesse an Nachfolgern hast, die stumpfe Regeln befolgen. Es ist schön, dass wir in unserem Handeln freie Entscheidungen treffen dürfen. Dadurch können wir unsere Nachfolge viel tiefer ausdrücken. Amen.

30 MO Die Überraschung

PHILEMON 12-16 Wie hat Philemon wohl reagiert, als er erfahren hat, dass Onesimus nun Christ ist? Es stellt seine Beziehung zu ihm völlig auf den Kopf. Vom Sklaven zum Bruder – das ist eine 180-Grad-Wendung. Gar nicht so einfach, einen neuen Umgang miteinander zu finden. [MW]

WEITERDENKEN Wie ist das heute? Macht es für dich einen Unterschied, ob jemand Christ ist oder nicht? Inwieweit ist es gerechtfertigt, einen Unterschied zu machen, und wann auch nicht? Welche Rolle spielen unsere Glaubensgeschwister in unserem Leben? Und welche spielen wir in ihrem Leben? Hast du auf diese Fragen eine Antwort?

REFORMATIONSTAG

31 DI Die Bitte

PHILEMON 17-25 Cool, wie Paulus den beiden Brüdern hilft, einen möglichst guten Neustart miteinander zu haben. Er bietet sogar an, für den entstandenen Schaden aufzukommen, sodass wenigstens dieses Thema die ohnehin spannende Begegnung nicht belasten muss. Trotzdem: Beide Seiten müssen jetzt über ihren Schatten springen. Onesimus muss freiwillig zurück gehen, ohne zu wissen wie Philemon reagiert. Und Philemon muss seinen Ärger beiseite legen, auf die angemessene Strafe verzichten und Onesimus die Freiheit schenken, ihn wie einen Gast behandeln. Das erfordert viel Vergebungsbereitschaft. Gleichzeitig ist es für beide eine Chance, ihren Glauben im Handeln sichtbar werden zu lassen. [MW]

WEITERDENKEN Wann warst du das letzte Mal herausgefordert, deinen Glauben in eine Tat umzusetzen? Wie hat sich das angefühlt? Heute ist Reformationstag. Den feiern wir, weil aus Luthers Glaube auch immer wieder Taten gefolgt sind. Schau mal hier auf YouTube: Geschichte mit dem Playmobil-Luther: Reformation einfach erklärt youtu.be/rboONI7XOmA

DEN GLAUBEN BEWAHREN

DER 1. TIMOTHEUSBRIEF

SEBASTIAN MOOG [SMO] | SEBASTIAN.MOOG@KBZ.EKIBA.DE

#STRESSINDERGEMEINDE
#FALSCHELEHREN
#GOTTLOBEN

Basics TIMOTHEUS

Der 1. Timotheusbrief bildet mit dem 2. Timotheusbrief und dem Titusbrief eine gewisse Einheit. Unter dem Begriff der Pastoralbriefe werden sie deshalb zusammengefasst, weil es Paulus darin um Fragen von Gemeindeleitung geht. Timotheus, an den Paulus diesen Brief schreibt, ist einer der engsten Mitarbeiter von Paulus, besucht Gemeinden in seinem Auftrag und begleitet ihn auch auf seinen Missionsreisen. Paulus warnt Titus in diesem Brief vor Irrlehren und ermuntert ihn stattdessen zur Bewahrung des Evangeliums, auch durch gute Gemeindeleitung. Paulus zeigt darin Möglichkeiten, wie ein geistliches Leben gelingen kann, auch wenn die Welt versucht abzulenken oder einen davon zu überzeugen etwas anderes zu glauben. Und das ist ja vielleicht sogar aktueller denn je?!

[SMo]

ALLERHEILIGEN

01 MI Living hope

1. TIMOTHEUS 1,1–2.12–14 Timotheus bekommt diesen Brief von Paulus, der ihn zum Glauben an Jesus Christus geführt hat und wird von Paulus daran erinnert, dass Jesus der Grund für unsere Hoffnung ist. Paulus hat selbst erlebt, wie krass diese Hoffnung ist: Früher hat er über Jesus gelästert, seine Freunde verfolgt und verprügeln lassen. Aber jetzt dankt er Gott für seine Gnade und Liebe und das Wachstum seines Glaubens. [SMo]

JETZT DU Wer hat dich zum Glauben an Jesus Christus geführt? Wer war oder ist dir ein Vorbild im Glauben? Wer ermutigt dich, an Jesus dranzubleiben? Schreibe dieser Person doch heute mal und erzähle ihr, welche Auswirkungen Jesus in deinem Leben dank ihr oder ihm schon hatte!

02 DO From zero to hero

1. TIMOTHEUS 1,15–17 Paulus ist total geflasht, dass Jesus ihm begegnet ist und ihn krass verändert hat: vom schlimmsten Sünder, der sich über Jesus und seine Freunde nicht nur lustig gemacht, sondern sie auch noch verfolgt hat, zum Vorbild im Glauben. Aber das hat Paulus nicht allein geschafft. Denn in Jesus ist Gott höchstpersönlich auf die Welt gekommen, um jeden zu retten, der ohne Gott lebt. Paulus hat die unendliche Geduld von Jesus dabei live erlebt und ist davon überzeugt, dass er nur ein Beispiel dafür ist, dass Gott wirklich jeden Menschen liebt und mit ewigem Leben beschenkt. [SMo]

GEBET Danke Jesus, dass du nicht im Himmel geblieben, sondern zu uns auf die Erde gekommen bist, weil du mich unendlich liebst und möchtest, dass ich wieder in Beziehung mit unserem himmlischen Vater leben kannst. Amen.

03 FR Fight or flight?

1. TIMOTHEUS 1,18–19 Manchmal dreht sich im Leben nicht alles so einfach, wie bei Paulus. Da erscheint uns Jesus nicht persönlich, unser Leben stellt sich nicht komplett auf den Kopf, wir fühlen vielleicht sogar die Gegenwart Gottes in unserem Leben nicht mal mehr. Und der innere Kompass, der uns sagt, was richtig und falsch ist, scheint auch nicht mehr zu gehen. Paulus kennt das und ermutigt Timotheus, gerade in diesen Situationen am Vertrauen zu Gott festzuhalten und sich durch nichts davon abbringen zu lassen. [SMo]

JETZT DU Was sind deine Kämpfe, die du gerade zu kämpfen hast? Wo stehst du in der Gefahr, dass dein Glauben gerade Schiffbruch erleidet? Schreib mir doch eine Mail an sebastian.moog@kbz.ekiba.de oder bei Instagram @sebastian.moog und ich werde für dich und deine Situation beten!

YouTube

Heute gibt's ein neues Video!
YouTube.de/startindensamstag

04 SA Betet!

1. TIMOTHEUS 2,1–2 Paulus erinnert Timotheus daran, dass eine Sache ganz besonders wichtig ist: das Gebet! Denn Gebet ist Beziehung mit Gott. Wenn wir mit Gott reden, dann können wir für Dinge und für andere Menschen bitten und Gott danken. Paulus will, dass die Gemeinde nicht aufhört zu beten, zu bitten und zu danken. Jedes Mal, wenn sie sich trifft, sollen sie beten. Ganz besonders auch für Menschen an der Macht. Damals waren das die römischen Kaiser und Beamten, heute wären das vielleicht die Regierung und die Parteien. [SMo]

GEBET Gott, ich danke dir für alle Menschen in der Politik, die sich für eine gute Gesellschaft einsetzen, damit wir in Ruhe und im Frieden leben können. Bitte leite sie durch deinen Geist, damit dein Reich auf dieser Welt größer wird! Amen.

05 SO One way, Jesus!

1. TIMOTHEUS 2,3-7 Das Leben in Ruhe und Frieden, von dem Paulus in den beiden Versen vorher spricht, sind aber kein Selbstzweck, sondern die Voraussetzung für eine ungehinderte Ausbreitung der guten Nachricht, dass Jesus der ist, der uns mit Gott versöhnt. Weil er sein Leben für uns gegeben hat, damit wir mit Gott Gemeinschaft haben können. Denn Jesus ist der Weg zum echten Leben, der Weg zu einem Leben mit Gott. [SMo]

YOUTUBE-TIPP Kennst du das Lied „One way" von Hillsong? Ehrlich gesagt, ist das schon ein ganz schön alter Schinken – aber auch ein Klassiker. Höre mal rein, vielleicht ermutigt es dich ja, an Jesus dranzubleiben: https://www.youtube.com/watch?v=IPuUIUWE8h8

06 MO Achtung!

1. TIMOTHEUS 4,1-5 Hast du in der Fastenzeit auch schon mal auf etwas verzichtet? Schokolade oder Alkohol? Paulus erzählt von Menschen, die Verzicht predigen. Dabei geht es in der Fastenzeit gar nicht um den Verzicht an sich, sondern um den Fokus auf Gott. Und Paulus ist davon überzeugt, dass wir als Christen deshalb keinen Verzicht brauchen, sondern stattdessen dankbar genießen sollen. Denn Gott möchte uns reich beschenken und er möchte, dass wir das genießen. Am besten in Gemeinschaft mit ihm und anderen. [SMo]

JETZT DU Überlege doch mal, wie du in der Adventszeit (die übrigens auch eine Fastenzeit ist), diese neue Erkenntnis umsetzen kannst und nimm dir das ganz konkret vor!

07 DI Himmlischer Reichtum

1. TIMOTHEUS 6,6-10 Das Motto der Diakonissen ist: „Mein Lohn ist, dass ich dienen darf." Was im ersten Moment wie eine Einladung zur Ausbeutung klingt, ist für Paulus eine ganz tiefe Wahrheit. Denn im Leben geht es nicht darum, möglichst viel irdischen Reichtum anzuhäufen, der unser Herz von Gott wegführt. Paulus ermutigt stattdessen sein Herz an Gott zu verschenken. Denn Paulus ist davon überzeugt, dass ein Leben mit Gott nämlich schon der Hauptgewinn ist. [SMo]

WEITERDENKEN Marieluise Bierbaum erzählt, wie ein Leben mit weniger ein volleres Leben sein kann: https://lmy.de/28LID

08 MI Achtung, Kohle!

1. TIMOTHEUS 6,17-21 Paulus fordert Timotheus auf, den reichen Leuten eine Warnung zu verpassen: „Bildet euch nichts auf euren Reichtum ein, denn der kann auch schnell wieder verschwinden. Stattdessen verlasst euch auf Gott, der uns genug gibt!" Denn Geld ist vergänglich. Aber was bleibt und in Zukunft Bestand hat, sind gute Taten für Gott und andere Menschen. Das wirkliche Leben, das ewige Leben, ist ein Leben mit Gott. Davon soll sich Timotheus nicht abbringen lassen, er soll stattdessen diese Erkenntnisse bewahren. [SMo]

„Woran du dein Herz hängst und worauf du dich verlässt, das ist eigentlich dein Gott", hat Martin Luther mal gesagt. Woran hängt dein Herz? Worauf verlässt du dich? Bitte Gott doch darum, dass du in erster Linie an Jesus dranbleibst!

WEITERDENKEN

JESUS IN JERUSALEM

MATTHÄUS 21–25

ISABELLE SCHREIBER [ISc] | ISABELLE.SCHREIBER@EKHN.DE
SABRINA SCHAAL [SAS] | S.SCHAAL@EH-LUDWIGSBURG.DE
MANUELA HEES [MH] | M.HEES@EH-LUDWIGSBURG.DE
STUDIERENDE DES CVJM-KOLLEGS KASSEL

#AUFGOTTHINWEISEN
#MENSCHENSOHN
#GOTTLÄDTEIN

09 DO Wer ist dieser Mann?

MATTHÄUS 21,1-11 Jesus wird gefeiert wie ein Star auf dem roten Teppich. Das Einreiten in eine Stadt war damals nicht ungewöhnlich, aber es waren mächtige Männer auf Pferden und kein einfacher Prediger auf einem Esel. Bestimmt sind Menschen vor Begeisterung ohnmächtig geworden. Manche haben sich nach ihm ausgestreckt, um geheilt zu werden. Für Menschen, die Jesus nicht kannten, sicherlich ein seltsames Bild. Wer ist dieser Mann? [ISc]

WEITERDENKEN Manche Menschen standen ganz vorne, um Jesus zu feiern, andere weit hinten, um ihn skeptisch zu beäugen. Einige waren direkt in der Menge, um Jesus zu sehen, aber selbst nicht aufzufallen. Wo stündest du? Vor allem, wenn du wüsstest, dass Jesus bald stirbt?

10 FR Stinksauer

MATTHÄUS 21,12-17 Ich kann mich an kaum eine Situation erinnern, bei der Jesus so ausrastet. Gut vorstellbar, wie er im Tempel rumschreit und Tische umwirft. Ihm ist das Haus Gottes sehr wichtig und er kann nicht mit ansehen, wie Menschen es für ihre Geschäfte nutzen. Wut ist ein Ausdruck von Leidenschaft. Jesus räumt auf, im wahrsten Sinne des Wortes. Dieser Tempel, ein heiliges Gebäude, ist ein Ruheort für Menschen, die Gott suchen. Hier soll gebetet, gelobt und Zeit mit Gott verbracht werden. Jesus vertritt dabei nicht den Gedanken, dass Gott NUR im Tempel ist. Er möchte darauf aufmerksam machen, dass es Orte geben soll, an denen man Gott bewusst in den Blick nimmt. [ISc]

WEITERDENKEN Wo ist dein „heiliger Ort“? Wo kommst du zur Ruhe und verbringst Zeit mit Gott?

11 SA Wunder gibt es immer wieder

MATTHÄUS 21,18-22 Solche Geschichten machen mir Druck. Ich kann größere Wunder tun als Jesus? Ehrlich gesagt ist mir das noch nicht passiert. Glaube ich zu wenig? Die Jahre als Christin haben mir etwas gezeigt: Wenn ich für eine Situation bete, dann hört Gott es, handelt aber oft anders, als ich es erwarte. Meist wird es sogar besser, als ich es mir vorgestellt habe. Die meisten Wunder, die Gott in meinem Leben tut, sehe ich nicht einmal, weil sie mir in meinem Alltag nicht auffallen. Dabei beschenkt mich Gott jeden Tag mit kleinen Wundern. [ISc]

JETZT DU Ich schreibe schon seit einiger Zeit ein Dank-Tagebuch. Dort schreibe ich hinein, was Gutes an diesem Tag passiert ist, also die kleinen Wunder. Mein Dank-Tagebuch ist „Das 6-Minuten-Tagebuch“ (kannst du im Buchladen bestellen).

12 SO Mach‘ ich morgen

MATTHÄUS 21,28-32 „Ja, ja, ich kümmere mich darum!“ Wie schnell ist etwas zugesagt, auf das man eigentlich keine Lust hat. Und dann schiebt man es vor sich her: Zimmer aufräumen, eine Präsentation erstellen oder die Spülmaschine ausräumen. Scheinbar waren die Menschen damals auch gut im Aufschieben. Eigentlich interessierten sie sich nicht für Gott. Sie glaubten, dass sie Gottes Liebe nicht brauchen. Die „schlechten“ Menschen aber, die Gott erst ablehnten und schlimme Dinge taten, entschieden sich für Gott und seine Liebe. Denn sie haben bei Gott das gefunden, was sie gesucht haben: wahre Liebe trotz ihrer Fehler und schlechten Eigenschaften, die sie hatten. Und das wollen sie nicht aufschieben. [ISc]

YOUTUBE-TIPP NEEDTOBREATHE: Who am I
youtu.be/looys8xC3QA

13 MO Angst und Schrecken

MATTHÄUS 21,33-41 Heute vor acht Jahren fanden fünf Terroranschläge in Paris statt. Dieses schlimme Ereignis hat Paris und die ganze Welt erneut in Angst und Schrecken vor Terror und Gewalt versetzt. Auch die Weingärtner verbreiten Angst und Schrecken. Sie erschlagen die Knechte und sogar den Sohn des Grundbesitzers, auf den ersten Blick ganz ohne ein Motiv. Menschen haben verschiedene Beweggründe, die sie zur Gewalt hinziehen. Einer der stärksten Gründe ist es, seine Überzeugungen durchzusetzen. Gott mag keine Gewalt, schon gar nicht in seinem Namen. Er ist ein Gott des Friedens. [ISc]

GEBET Gott, schenk mir Liebe und Geduld für meine Mitmenschen. Lass Gewalt in meinem Leben keine Rolle spielen, sondern dein Friede und deine Ruhe. Amen.

14 DI Das Hochzeitsfest

MATTHÄUS 22,1-14 Was für eine verrückte Geschichte. Die Gäste schlagen die Einladung für ein großes und tolles Fest aus. Also lädt der König erneut ein: Die Menschen von der Straße, gute wie böse. Doch einer erscheint nicht passend gekleidet. Dazu muss man wissen, dass zu damaligen Zeiten die festlichen Kleider vom Gastgeber zur Verfügung gestellt wurden. Die Person hat das Kleid des Königs abgelehnt. Ein Grund, sie vor die Tür zu werfen. Gott, der König, gibt jedem die Möglichkeit, zu seinem Fest zu kommen. Möchtest du die Einladung annehmen? [ISc]

JETZT DU Die Geschichte ist ein harter Brocken. Ich kann verstehen, wenn du Fragen dazu hast oder dir unsicher bist. Schreib' mir gerne deine Fragen und Gedanken per Instagram an @bella_vom_dekanat.

15 MI Schlagfertig

MATTHÄUS 22,15-22 Eines bewundere ich an Jesus: Er hat auf alles eine schlagfertige Antwort. Mehrere Male versuchen die Schriftgelehrten und Feinde Jesu, ihn wegen Gotteslästerung anklagen und töten zu lassen. Sie wollen ihn aus dem Weg haben, denn er stellt die Lehre der Schriftgelehrten in Frage und untergräbt ihre Macht. Das gefällt ihnen gar nicht. Doch Jesus lässt sich von ihnen nicht einschüchtern. Er spielt niemanden gegeneinander aus. Jesus gibt verständliche Antworten. Wie gerne hätte ich auf kritische Fragen von Freund:innen immer schlagfertige Antworten parat. [ISc]

GEBET Gott, manche wollen mich in die Falle locken und mich mit ihren Fragen verunsichern. Hilf' mir, gute Antworten zu haben, die ihnen zeigen, wie gut du es mit den Menschen meinst. Amen.

16 DO All you need is love

MATTHÄUS 22,34-40 Liebe Gott. Liebe deine Mitmenschen. Liebe dich. Das ist das wichtigste Gebot. Am Schwierigsten finde ich, mich selbst zu lieben. Ich denke nicht immer gut über mich, kritisiere mich selbst, stelle für andere meine Wünsche zurück. Dabei bin ich genauso liebenswürdig wie jeder und jede andere. Gott hat dich und mich so gewollt. Ich bin nicht besser oder schlechter als andere Menschen. Liebe dich und liebe die anderen. Denn die Liebe verändert diese Welt zu einem besseren Ort. Deshalb ist es Jesus Antwort auf die hinterlistige Frage der Schriftgelehrten: All you need is love! [ISc]

WEITERDENKEN Lies zum Thema „Liebe" 1. Korinther 13 in deiner Bibel.

17 FR Wann kommt Jesus endlich?

MATTHÄUS 24,1-8 Uff, das ist ein kryptischer Text, finde ich. Wann kommt Jesus wieder und das Reich Gottes und das Gericht Gottes beginnen so richtig? Das haben sich die Jünger auch schon gefragt. Leider ist die Antwort von Jesus so gar nicht eindeutig. Der Tempel wird zerstört und Naturkatastrophen geschehen und es gibt Kriege. Konkreter wird Jesus nicht. Ich denke, das macht er mit Absicht. Wir können es halt nicht wissen. Aber Jesus macht klar: Haltet euch an den wahren Jesus Christus und lasst euch nicht beirren oder Angst machen von den Unruhen. Bei dem ganzen Bedrohlichen schwingt das Versprechen mit: Jesus kommt wirklich wieder und das ist was Gutes, auch wenn wir nicht wissen, wann genau. Morgen geht's weiter. Historischer Hinweis: Die Zerstörung des Tempels hat tatsächlich 70 n.Chr. stattgefunden. In der Zeit gab es einige falsche Christusse, die begeisterte Anhänger um sich sammelten. [MH]

GEBET Danke, Gott, dass du bei allem Bedrohlichen immer wieder versprichst, bei mir zu sein. Ich möchte an dir festhalten und dir vertrauen. Amen.

18 SA Weltverfolgungsindex

MATTHÄUS 24,9-14 In vielen Ländern der Welt werden Christen immer noch verfolgt, wie Jesus es hier ankündigt. Vielleicht kennst du den Weltverfolgungsindex von Open Doors. Da gibt es eine Rangliste mit Ländern, in denen es besonders schlimm ist. Da stehen Länder wie Nordkorea und Afghanistan, aber auch beliebte Urlaubsziele wie die Malediven. In meinem Alltag vergesse ich oft, dass Christsein in anderen Ländern viel schwerer ist. Hier in Deutschland kann ich in die Kirche gehen. In der S-Bahn hängen Sprüche aus der Bibel an den Scheiben. Und ich kann in der Öffentlichkeit Bibel lesen. Klar kann es sein, dass ich dabei mal blöd angeguckt werde. Mehr passiert aber auch nicht. Ich werde sicherlich nicht ermordet oder muss ins Gefängnis. Heute will ich daran denken, dass es ein Privileg ist, dass ich mich zu Jesus bekennen kann. Und beten, dass Gott, die Menschen in Verfolgung beschützt. [MH]

GEBET Gott, vielen Dank, dass ich in Deutschland so sicher leben und glauben kann. Hilf den Christen in Verfolgung heute und beschütze sie. Amen.

19 SO Der Menschensohn kommt

MATTHÄUS 24,29-31 Die Jünger haben sich in den Versen 1–8 gefragt, woran sie merken, dass das Ende kommt. Jesus gibt die Antwort: Er selbst ist das Zeichen (V.30). In diesem Text sind ganz viele alttestamentliche Symbole versteckt. Sein Kommen auf den Wolken stammt aus Matthäus 16,27; in den Wolken mit großer Herrlichkeit aus Daniel 7,13; die hellen Posaunen vor der Sammlung der Auswählten aus Jesaja 27,13 und das Heulen aller Geschlechter/Völker aus Sacharja 12,10-14. Und was heißt das jetzt? Jesus macht klar: Das ist jetzt etwas richtig Wichtiges! Seine Worte sind genauso gültig wie das Alte Testament. Beim Lesen habe ich mich gefragt, wer eigentlich die Auserwählten sind? Das ist eine sehr spannende Frage. Manche meinen, dass Gott alle Menschen auserwählt und sammeln wird. Das denke ich auch. Dazu gibt es aber viele Meinungen. Sprich darüber doch mal mit deiner Jugendgruppe oder mit anderen Christ:innen. [MH]

20 MO Der Wecker klingelt

MATTHÄUS 24,32-44 Jesus nutzt hier ein Bild der Hoffnung. Ein kahler, verdorrter Ast treibt neue kleine grüne Triebe. Der Sommer steht vor der Tür. Wenn sogar der Feigenbaum ausschlägt, kehrt der Winter nicht mehr zurück, das wussten die Leute damals in Israel. Wenn wir an das Wiederkommen von Jesus denken, so kann das Bild große Vorfreude wecken. Klar ist es in vielen Bereichen noch schrecklich, Tod und Kälte herrschen wie im Winter. Aber Jesus kommt! Und er wirkt schon jetzt wie diese zarten grünen Triebe am Feigenbaum. Jesus verspricht, dass seine Verheißungen wahr werden und sein Reich der Gerechtigkeit und des Friedens kommt. Dabei sind Gottes Worte ewig und haben festen Bestand. Unklar bleibt, wann das alles passiert. Sicher ist aber, Jesus wird kommen. Der Frühling weist auf den Sommer hin, dieses Ziel dürfen wir nicht aus den Augen verlieren. Dafür brauchen wir den Wecker, der uns wachrüttelt. [MH]

21 DI Immer Öl im Tank

MATTHÄUS 25,1-13 Die Lampe und das Öl kannst du als Bild für deinen Glauben und deine Beziehung zu Gott verstehen. Alles, was du an Öl für deinen Glauben sammelst, lässt die Flamme deiner Lampe nicht erlischen. Jede und jeder kann nur für sich selbst eine Entscheidung für eine Beziehung mit Gott treffen, das kann dir niemand abnehmen. [SaS]

22 MI Dein Talent – exzellent!

MATTHÄUS 25,14-23 Jeder Mensch hat besondere und einzigartige Fähigkeiten und Begabungen. Auch du! Gott hat uns mit unseren Begabungen einzigartig gemacht. Ob du eine besondere Sportart oder ein Instrument gut spielen kannst, kreativ bist oder dir strategisches Denken liegt: Jesus freut sich, wenn du das, was du gut kannst, für andere einsetzt. Wenn du das tust, ist das meistens nicht nur für andere eine Bereicherung. Oft zieht man für sich persönlich daraus den größten Gewinn. [SaS]

23 DO Begabungen entdecken

MATTHÄUS 25,24-30 Wie oft vergleicht man sich mit anderen. Andere können alles immer besser, als man selbst. Gott hat dir bestimmte Fähigkeiten gegeben, die du nutzen kannst. Verstecke sie nicht. Vielleicht hast du dir gestern schon einmal Gedanken darüber gemacht, welche eigenen Begabungen dir einfallen. Oft sind wir sehr streng zu uns. Deshalb braucht es andere Menschen, die einem sagen, was man gut kann und was sie an einem schätzen. [SaS]

WEITERDENKEN Schreibe dir auf, was du besonders gut kannst. Frage auch andere Menschen in deinem Umfeld, welche Begabungen sie in dir sehen. Was ist neu für dich?

24 FR Send Love

MATTHÄUS 25,31-36 Das Reich Gottes ist der Ort, wo der Wille von Gott durchgesetzt wird. Das hört sich erst ziemlich streng und hart an. Das ist es aber glücklicherweise nicht. Gott möchte, dass wir Menschen uns um ein Miteinander bemühen, das von gegenseitiger Unterstützung und Respekt geprägt ist. Manchmal ist das gar nicht so einfach. Vor allem bei Menschen, die man gar nicht leiden kann. Trotzdem kann man sich Gottes Willen immer wieder ins Gedächtnis rufen und in kleinen Taten im Alltag umsetzen. [SaS]

JETZT DU Mir hilft es im Alltag, mich immer wieder zu fragen, was hätte Jesus jetzt gemacht? Wie wäre er mit Menschen umgegangen?

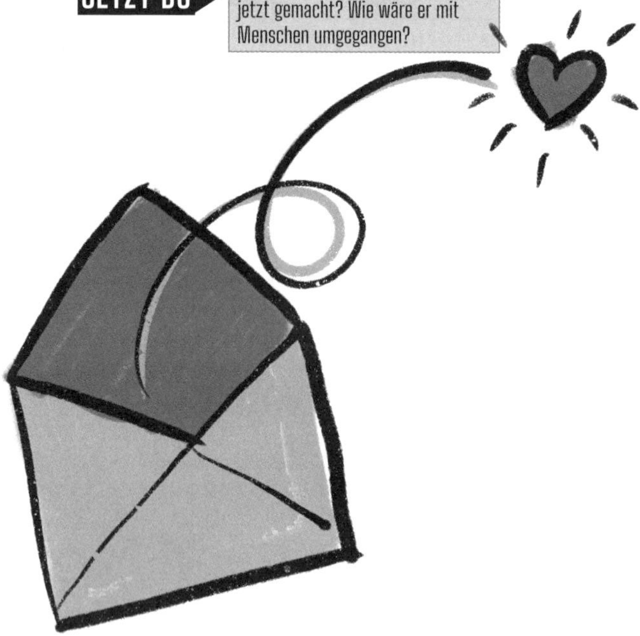

25 SA Bleib nicht tatenlos!

MATTHÄUS 25,41-46 Jesus möchte, dass wir uns auch um unsere Mitmenschen kümmern und von dem, was wir zu viel haben, an andere weitergeben. Du hast dich diese Woche mit deinen Talenten und Begabungen auseinandergesetzt, die du dafür einsetzen kannst. Es gibt aber noch sehr viel mehr Möglichkeiten, wie du helfen kannst. Über jede Hilfe deinen Mitmenschen gegenüber freut sich Jesus. [SaS]

26 SO Enttäuschung – wie gehe ich ...

... damit um?

PSALM 90,1-17 Viele Menschen erleben Enttäuschungen, weil Versprechen oder Erwartungen nicht erfüllt werden. Wann warst du das letzte Mal enttäuscht? Manchmal fällt es leicht, darüber hinwegzukommen. Aber vielleicht gibt es auch Erlebnisse, von denen du so enttäuscht warst, dass es dir das Herz gebrochen hat. Wie bei Mose, dem Gott sehr wichtig war. Er führte die Israeliten. Manche von ihnen waren seine Freunde und seine Familie. Mose war enttäuscht, dass sie ihr Versprechen, Gott immer zu folgen, nicht einhielten (4. Mose 13-14). Vielleicht betet er in einer solchen Situation die Worte aus Psalm 90. Das Herz von Mose ist gebrochen, aber sein Wissen um die Macht Gottes stärkt ihn und führt ihn ins Gebet. Ein Gebet voller Vertrauen, sodass er trotz aller Enttäuschungen wieder fröhlich und zufrieden werden wird. [Ana Buen Inciong]

JETZT DU Wenn du (das nächste Mal) enttäuscht bist, versuche, es wie Mose zu machen: bete. Ein Gebet, in dem du dein Herz ausschüttest – ganz ehrlich. Und dadurch vielleicht auch wieder Freude, Zufriedenheit und Verständnis findest.

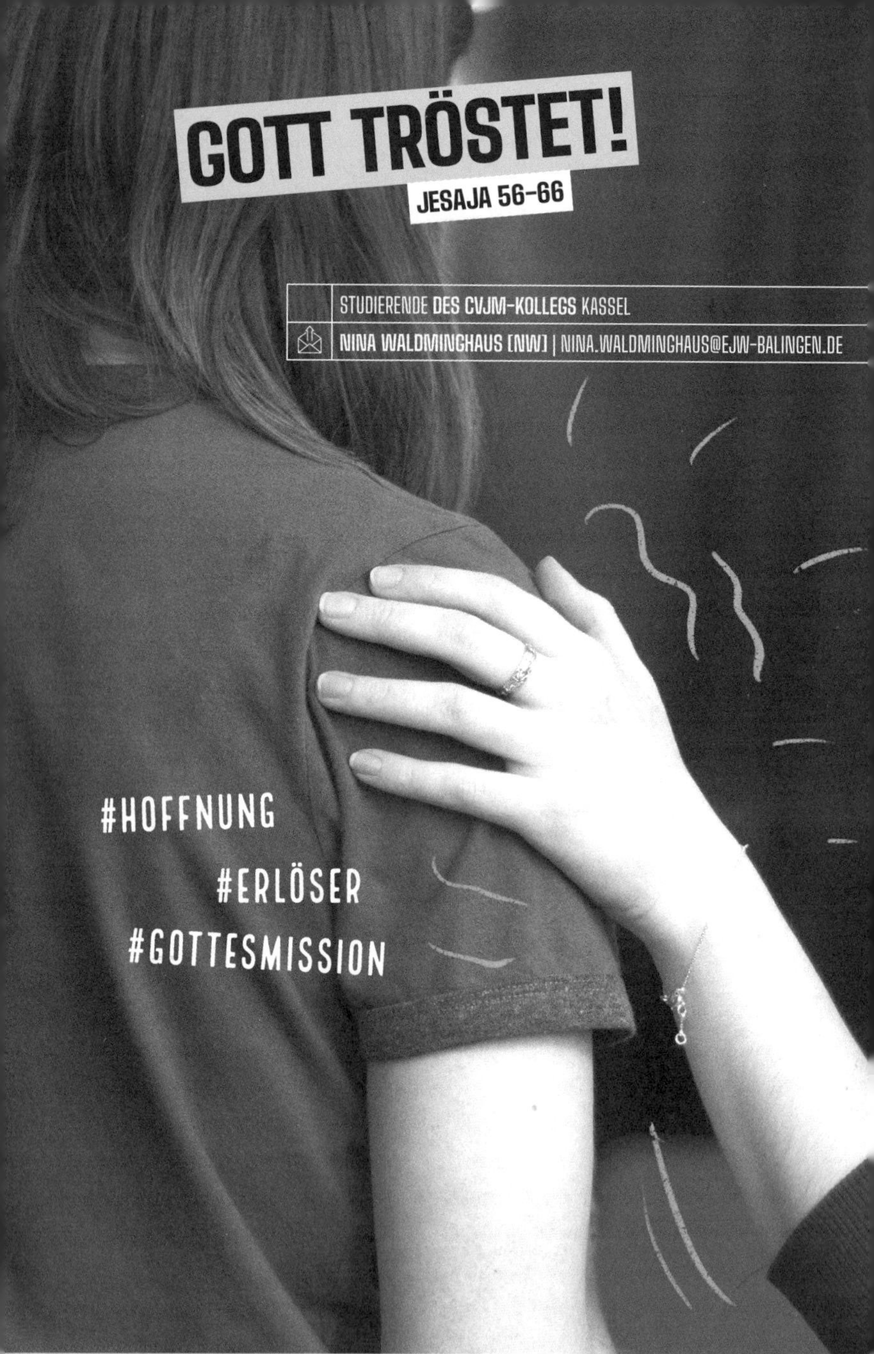

GOTT TRÖSTET!

JESAJA 56–66

STUDIERENDE DES CVJM-KOLLEGS KASSEL

NINA WALDMINGHAUS [NW] | NINA.WALDMINGHAUS@EJW-BALINGEN.DE

#HOFFNUNG

#ERLÖSER

#GOTTESMISSION

Basics ZU JESAJA 56-66

ERNÜCHTERND. Vielleicht kennst du das auch: Nach einer längeren Auszeit oder nach Krankheit freust du dich endlich auf deine Freunde. Ob in der Schule oder in der Jugend, endlich läuft wieder was. Man malt es sich in den tollsten Bildern aus. Doch nach einer Weile kehrt der Alltag wieder ein: Die Schule ist wieder anstrengend. Die Eltern wollen, dass du das Zimmer aufräumst. Oder irgendwer drückt dir einen dummen Spruch rein. Ähnlich euphorisch und dann ernüchtert waren auch die Israeliten um 444 v. Chr.

JESAJA HOCH 3 In dieser Zeit wirkte Jesaja. Doch wer ist das eigentlich? Wir haben kaum Informationen zu ihm. Manche denken, ein Jesaja hat alles prophezeit. Theologen gehen aber davon aus, dass mehrere Propheten im Buch Jesaja vorkommen. Die Sprache und die Themen sind verschieden.

Der erste Jesaja (Jes 1-39) wirkte von 740 bis 700 v. Chr. Sein Thema war die Zerstörung des Tempels und die Verschleppung. Das ist um 586 v. Chr. eingetroffen.

140 Jahre danach tritt in Babylon ein zweiter Jesaja auf. Theologen nennen ihn Deuterojesaja (Deutero = griech. „Zweiter") (Jes 40-55). Er kennt die Sorgen und Nöte der gefangenen Juden. Sein Thema ist: Gott tröstet sein Volk und bereitet einen großen Auszug vor. Außerdem kommt der Knecht Gottes vor. Christen erkennen in ihm Jesus.

Auf Anfang zurück zu den Israeliten im Jahr 444 v. Chr.: Tatsächlich kehren sie zurück in ihre Heimat.

Entgegen ihrer Erwartungen ist Jerusalem leider noch nicht das Paradies auf Erden. Das Leben ist hart beim Wiederaufbau der zerstörten Stadt. Auch im Miteinander zeigen sich schnell wieder Ungerechtigkeit, fiese Wörter und Lügen. Und wieder spricht ein Prophet in diese Zeit und findet Platz im Buch Jesaja (Jes 56-66). Der Einfachheit halber nennen wir ihn den 3. Jesaja (Tritojesaja; Trito = griech. „Dritter"). Um den geht es in den nächsten Wochen.

UND WAS SAGT ER? Gott tröstet. Dieser Tritojesaja verkündet nun, wie Gott das Miteinander bewertet. Gott ist mit denen, die Leid und Unrecht erfahren. Er adelt die Gerechten. Dann tadelt er, wer mies zu seinen Mitmenschen ist und Gott nicht vertraut. (Jes 56-58).

Gott setzt sich für die Gedemütigten, die Gemobbten ein. Er hüllt sie ein in den „Mantel der Gerechtigkeit" (Jes 61,10). Außerdem tröstet er die Traurigen wie eine liebevolle Mutter (Jes 66,13). Und der Erlöser wird wieder angekündigt (Jes 59,20).

[Daniel Hoffmann]

27 MO Titel?

JESAJA 56,1–2.6–7 In einer Reihe alltäglicher Sorgen vergessen wir oft, was in Jesaja 56 steht: „Den Sabbat halten und nichts Arges zu tun“ (LUT). Sabbat meint den siebten Tag der Woche und damit den Ruhetag. Im Judentum ist dies der Samstag, Christen und Christinnen feiern den Sonntag, den Tag der Auferstehung. Dieser Tag sollte der Anbetung Gottes, dem Glauben und dem eigenen Wohlbefinden gewidmet werden. Das hilft uns nicht nur dazu, dass wir uns Gott nähern, sondern uns auch Zeit nehmen, uns auszuruhen und etwas zu tun, was uns in der freien Zeit interessiert – vielleicht auch mal einen Social Media-Detox durchzuführen. Denn jeder, der das Wort Gottes ehrt und erfüllt, wird gerettet. [Darya Trotskaya]

GEBET Herr, ich danke dir dafür, dass du mich auf den richtigen Weg führst! Amen.

28 DI Ehrlicher Glaube

JESAJA 58,1–9A Ein Pfarrer erzählte mir, dass er sich um jemanden sorge, der in der Gemeinde nicht sehr angesehen war. Die Menschen in der Gemeinde fanden es nicht in Ordnung, dass er sich um diesen „Sünder“ kümmerte. Sie waren so sehr auf ihre Frömmigkeit konzentriert, dass sie Nächstenliebe verurteilten. Jesaja sagt den Israeliten ganz klar, dass das, was sie tun, scheinheilig und falsch ist. Aber auch wir müssen immer wieder hinterfragen, wo unser Handeln nicht mit dem Glauben vereinbar ist. Und was wir an unserem Verhalten so verändern könnten, dass unser Glaube darin sichtbar wird. [Constantin Hermsdorf und Tobias Scheuschner]

JETZT DU Nimm dir 5 Minuten Zeit und denke darüber nach, wo du dein Handeln ändern willst.

29 MI Gott versorgt

JESAJA 58,9B-12 Jesaja kritisiert hier, wie die Menschen mit ihrem Glauben umgehen. Die Menschen kannten die Wege Gottes und fasteten, vergaßen aber dabei die Menschen um sich herum. Jesaja ruft die Menschen auf, die Augen aufzumachen, die Nöte und Sorgen zu sehen und etwas dagegen zu tun: Essen verteilen, Kranke versorgen oder Hoffnung spenden. Gott ist dabei an unserer Seite. Er gibt uns dafür die Kraft und wir müssen keine Angst haben, selbst zu kurz zu kommen. Er versorgt uns mit allem, was wir brauchen, wenn wir uns in seinen Dienst stellen. Dafür braucht es nicht unbedingt dein Taschengeld. Werde kreativ oder frage die Menschen um dich herum einfach mal. [Sonja Bayer]

GEBET Gott, bitte schenke mir Mut, Menschen zu helfen, die arm sind, hungern oder ungerecht behandelt werden. Zeig mir, was ich tun kann. Amen.

30 DO Was Gott am meisten will

JESAJA 59,9-15A Hast du dich schon einmal dabei ertappt, dass du Dinge tust, die du nicht tun willst? Oder triffst du manchmal schlechte Entscheidungen, nicht, weil du es willst, sondern nur, um deinen Freundinnen oder Freunden zu gefallen? Der heutige Bibeltext aus Jesaja spricht von solchen Erfahrungen. In Vers 11a verwendet der Verfasser einige bildliche Vergleiche, um zu zeigen, dass ein Leben ohne Gott ein hoffnungsloses Leben ist. Der Schreiber erlebt aber und schildert, dass Gott größer ist als unsere Schwäche und größer als das Dunkle, was wir erleben. Und dass gerade unsere Schwäche und das Dunkle zeigen, wie groß Gott ist. Welche Bilder passen zu deinem Erleben und zu Gott? [Heritier Biregeya]

GEBET Vater, danke, dass du dich um mich kümmerst, auch, wenn ich mich schwach fühle. Amen.

01 FR Ungerecht?

JESAJA 59,15B-21 Manchmal ist das Unrecht so direkt vor meinen Augen, dass ich mich lieber umdrehe und das Ganze versuche zu verdrängen und zu vergessen. Vielleicht kennst du das auch. Manchmal fehlen vielleicht der Mut, die Entschlossenheit oder einfach nur die Kraft. Es könnte auch sein, dass du das nicht kennst. Bei Gott ist es auf jeden Fall anders. Er sieht das Unrecht, er dreht sich nicht um! Er ist der Kämpfer in einer Rüstung, der gegen das Unrecht steht. Es bedeutet nicht, dass alles am Ende wieder gut und alle glücklich sind, aber Gott steht für die Schwachen ein und kämpft gegen das Unrecht! [Yannick Osigus]

JETZT DU Vielleicht hast du solche Situationen vor Augen, wo Leuten in deinem Umfeld Unrecht passiert ist und andere weggesehen haben. Ich kenne solche Momente. Lass uns doch die nächste Woche aufmerksam wahrnehmen, wo in unserem Umfeld Menschen Unrecht geschieht, und nicht wegschauen, sondern mutig für sie einstehen.

YouTube Heute gibt's ein neues Video! YouTube.de/startindensamstag

02 SA Sei das Licht!

JESAJA 60,1-3 So, wie die Bewohner Jerusalems ermutigt wurden, Licht zu sein, so gilt das auch für dich und mich heute. Steh auf und leuchte: durch Vergebung und Nächstenliebe, in deiner Schule, in deinem Freundeskreis – auch, wenn deine Umstände vielleicht gerade nicht leicht sind. Jerusalem war damals ein Trümmerhaufen. Mit Gottes Hilfe ist die Finsternis dort verschwunden und die Stadt wurde wieder aufgebaut. Vielleicht liegt auch in deinem Umfeld etwas in Trümmern. Vielleicht kennst du auch Menschen, bei denen es „dunkel" ist. Wie könntest du Teil von Gottes Bewegung sein, dass es hell wird und in Trümmern Neues entsteht? [Jonathan Kasten]

GEBET Gott, hier liegt in meinem Umfeld etwas in Trümmern:

Ich möchte glauben, dass du schon längst da bist und es hell machen wirst. Zeig mir, wie ich davon ein Teil sein kann. Amen.

ERSTER ADVENT

03 SO Macht hoch die Tür ...

PSALM 24,1-10 Nach dem Lesen dieser Verse habe ich direkt einen Ohrwurm von dem bekannten Adventslied „Macht hoch die Tür, die Tor macht weit". Genau wie in dem Psalm, wird in dem Lied auf jemanden gewartet: auf den Herrn der Herrlichkeit, den König der Ehre. Wir warten auch diesen Advent wieder gespannt auf seine Ankunft. Schließlich ist bald Weihnachten und wir feiern Jesu Geburt. In dem Psalm wartet das Volk Israel auf Gott. Die Verse gehören zu dem feierlichen Einzug der Bundeslade in den Tempel, also den Einzug Gottes bei seinem Volk Israel. Diese Feier ist eigentlich ganz ähnlich zu dem, was wir an Weihnachten feiern. Gott kommt uns Menschen ganz nah. Er steht vor unserer Tür. [AJP]

GEBET Herr, danke, dass du uns nah kommen willst. Ich will dir meine Tür öffnen.

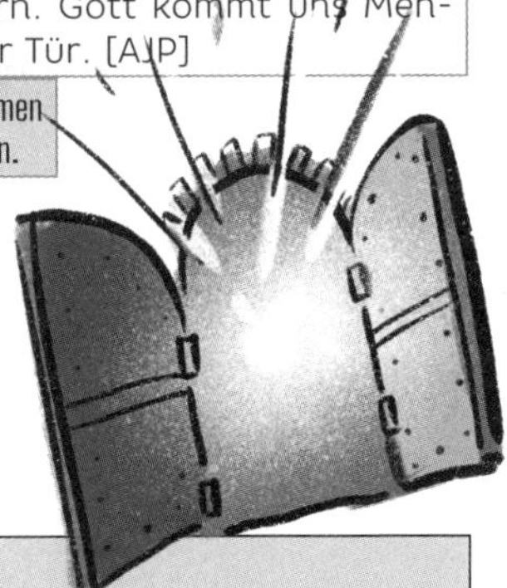

04 MO Hell

JESAJA 60,19-22 „Dunkelheit ist die Abwesenheit von Licht", hat mein Physiklehrer gesagt. Licht hat krasse Fähigkeiten. Ein kleines Licht erhellt einen ganzen Raum. Es macht Unsichtbares sichtbar. Es zeigt dir den Weg und lässt dich Dinge erkennen. Jesaja spielt mit dem Bild von Licht und Dunkelheit. Er malt ein Bild, wie die Welt aussieht, wenn die Menschen Gott als Licht in ihrem Leben sehen. Es gibt keine Dunkelheit mehr. Stattdessen lässt er die Menschen strahlen. Das Strahlen wird im Verhalten der Menschen sichtbar. Sie spiegeln Gottes Größe, Liebe und Herzlichkeit wider. Dieses Leuchten verbreitet sich unter den Menschen, wird weitergegeben und lässt die Welt erleuchten. [NW]

JETZT DU Sei ein Lichtblick für eine Person und mach ihr eine Freude. Was könnte das heute sein?

05 | DI | Auserwählt

JESAJA 61,1-3 In den Nachrichten kommt die Ansage „Wegen zu viel Schnee fällt heute die Schule aus." Alle Schülerinnen und Schüler brechen in Jubel aus. Schulfrei: machen können, was man will. Die beste Nachricht des Tages. Hast du schonmal einem anderen Menschen eine super Neuigkeit mitgeteilt? Hast du die Freude gesehen und den Jubel gehört? Plötzlich ist dein Gegenüber aufgeblüht, war voller Elan und kaum zu bremsen. Er/Sie wollte sofort los und anderen davon erzählen. Jesaja wurde von Gott ausgewählt genau das zu tun. Auch du bist von Gott erwählt, die Gute Nachricht weiterzuerzählen, Menschen eine Freude zu machen und sie zum Strahlen und Jubeln zu bringen. [NW]

GEBET Gott ich danke dir für die Freude und den Jubel, den du uns immer wieder schenkst und den ich weitergeben darf. Amen.

06 | MI | Freude

JESAJA 61,10-11 Stellst du an Nikolaus auch immer den größten Schuh vor die Tür, damit du mehr Geschenke bekommst? Die Freude ist groß, wenn der Schuh bis zum Rand gefüllt ist. Jemand hat dich beschenkt und du kannst dich darüber freuen. Gott beschenkt dich in deinem Leben auch immer wieder. Ist deine Freude über das, was Gott für dich tut, auch so groß wie die Freude über den gefüllten Stiefel? Bei mir geht diese Freude häufig unter. Die Klagen oder der „Schlechtwettergott", zu dem ich nur spreche, wenn ich was auf dem Herzen habe, sind viel präsenter. Lass uns gemeinsam versuchen, mehr Freude über Gott zu leben und ihn häufiger zu feiern. Glauben ist ein Grund zur Freude. [NW]

WEITERDENKEN Überlege dir, wie du deine Freude über Gott regelmäßig zum Ausdruck bringen kannst.

07 DO Dranbleiben

JESAJA 62,6-12 Es schneit immer weiter. Wenn du gerade fertig bist mit schippen, kannst du wieder von vorne anfangen. Ganz schön frustrierend. Dann kannst du es auch gleich bleiben lassen. Genau das Gegenteil sagt der Bibeltext heute. Jesaja betont, du sollst an Gott dranbleiben. Ihn immer wieder auf dich aufmerksam machen. Aber nicht nur das. Du sollst anderen den Weg zu Gott immer wieder freimachen, Barrieren wegräumen und Zeichen setzen. Durch deinen Einsatz haben es andere Menschen leichter, ihren Weg zu Gott zu finden. Du ermöglichst es ihnen. Deine Taten stehen aber nicht im luftleeren Raum. Gott möchte dich dafür belohnen. Es lohnt sich also mehrfach, dranzubleiben und sich zu investieren. [NW]

GEBET Gott, ich bin da. Bitte zeig mir, was ich für dich tun kann. Amen.

08 FR Gott ist da

JESAJA 63,15-19A „Tut, tut, tut, ...!" Keiner geht dran. Es scheint niemand da zu sein. So geht es mir manchmal mit Gott. Auch die Israeliten vor 2.500 Jahren kannten diese Situation. Gott scheint sie vergessen zu haben. Er macht einfach nichts mehr. Ist er überhaupt noch da? Zweifel und Kritik kommen zum Ausdruck. Sie wollen ja, aber so ganz ohne Gegenleistung ist es doch schwer. Statt Gott zu vergessen und sich anderen Dingen zuzuwenden, haben sie ihn in die Verantwortung genommen. Sie haben ihm ihr Leid und ihre Zweifel geklagt. Haben das Problem offen angesprochen. Haben es in Gottes Hände gelegt. Es ist nicht immer alles leicht und gut mit Gott. Aber auch das gehört dazu und auch dafür ist Gott da und offen. [NW]

WEITERDENKEN Was hilft dir dabei, wenn du das Gefühl hast, Gott ist gerade nicht da?

09 SA Größer

JESAJA 63,19B–64,3 „Das ist doch alles Schwachsinn. Gott gibt es nicht." Solche Sätze begegnen mir immer wieder. In solchen Momenten wünsche ich mir oft, dass Gott mit Pauken und Trompeten auftaucht und das Gegenteil beweist. Er kann das ja schließlich. Also, warum stehe ich alleine da und muss irgendetwas sagen, in der Hoffnung, dass die andere Person mich nicht für völlig bekloppt hält? Sage ich überhaupt was oder schweige ich einfach? In solchen Situationen bin ich schnell überfordert und verunsichert. Dann hilft ein kurzes Gebet. Denn ich weiß und bin davon überzeugt, dass Gott da ist. Ich bin davon überzeugt, dass Gott viel größer und machtvoller ist, als ich es mir nur vorstellen kann. Ich verstehe ihn und sein Handeln nur nicht immer. [NW]

YOUTUBE-TIPP

Jonnes – Größer
youtu.be/2AtqV4GhRXw

2. ADVENT

10 SO Fast perfekt

JESAJA 65,16B–25 Wie stellst du dir eine perfekte Welt vor? Wie sieht das Leben in dieser Welt aus? Im Bibeltext malt Jesaja sein Bild von einer perfekten Welt. Eine neue Welt. Das ist es, was Jesaja den Menschen vorhersagt. Ein Versprechen, das Gott den Menschen gegeben hat. Das ist es, worauf wir vertrauen. In dieser Hoffnung leben wir. Jesus hat einen Teil dieses Versprechens eingelöst. Aber, wenn wir uns umgucken, ist noch nicht alles perfekt und gut. Jesus hat uns einen Teil des Leids genommen. Er hat uns gezeigt, wie wir leben können, damit die Welt zu einem besseren Ort wird. Vielleicht nicht perfekt, aber nah dran. [NW]

WEITERDENKEN

Was kannst du tun, um die Welt ein Stück besser zu machen? Überlege dir 3 Dinge und setz sie in die Tat um.

11 MO Herzlich willkommen

JESAJA 66,18B-19 „Du nicht!“, gibt es bei Gott nicht. Gott kennt keine Grenzen. Er macht keinen Unterschied darin, woher ein Mensch kommt, welche Sprache er spricht, was er bisher in seinem Leben getan hat. Er grenzt niemanden aus. Wir Menschen sind Meister darin, die Unterschiede zu sehen. Wir vergleichen, ziehen Grenzen und grenzen andere aus. Gott macht das genaue Gegenteil. Alle Menschen sind bei ihm willkommen und erwünscht. Aber nicht nur das. Er investiert in jede und jeden. Er schickt Menschen an die entferntesten Ecken der Erde und bis ans Ende der Welt. Damit alle Menschen die Möglichkeit bekommen, Gott kennenzulernen. Ihm ist kein Weg zu weit, keine menschliche Mauer zu hoch. Er zerstört jedes „Du nicht!“. [NW]

VISIONEN VON GOTT

SACHARJA

LENA BERTSCH [LB] | LENA.BERTSCH@EJW-HALL.DE

MARIE GANSKE [MGa] | MARIEGWENDOLYN@GMX.DE

ANN-JULIE PERSCHEL [AJP] | JUGENDARBEITVH@GMAIL.COM

#NACHHAUSE

#HOFFNUNGSVOLL

#GOTTESVERSPRECHEN

Basics ZUM BUCH SACHARJA

Hast du schon einmal etwas Wirres geträumt, das du dir nicht erklären konntest? Das irgendwie keinen Sinn gemacht hat und dich nach dem Aufwachen noch beschäftigt hat? In den nächsten Tagen begleitet dich der Prophet Sacharja. Sacharja war ein besonderer Prophet. Auch er hatte Träume, besser gesagt Visionen, die verwirrend waren und die er nicht verstanden hat.

Sacharja wurde vermutlich in Gefangenschaft geboren – als einer von vielen Israeliten damals, die in Babylon im Exil leben mussten. Sein Vater war Priester, genauso wie sein Großvater Iddo. Sacharja trat von 520-528 vor Christus auf.

Das babylonische Exil war für die Israeliten eine sehr einprägende Zeit. Bis heute sprechen die Juden von der Zeit vor und nach dem Exil. Der babylonische König Nebukadnezar hatte Jerusalem besiegt und die Bevölkerung nach Babylon umgesiedelt. Erst, als die Babylonier selbst besiegt wurden, durften die Israeliten zurück in ihre Heimat. So kommt auch Sacharja zurück nach Jerusalem. Sacharja lebt also selbst nicht mehr im Exil, als er Prophet wird, aber natürlich hatte die Zeit dort noch großen Einfluss auf ihn und das Volk.

Die Israeliten sind froh, wieder in ihr Land zurückzukehren. Aber die Versprechen, die Gott seinem Volk gemacht hat, lassen noch auf sich warten. Der Prophet Jeremia hatte angekündigt, dass Gott den Tempel wieder aufbauen würde und die Herrschaft über die Welt einnehmen werde. Für die Israeliten fühlt es sich aber so an, als würde nichts passieren.

Und dann kommt Sacharja. Das besondere an den Prophezeiungen von Sacharja ist, dass er sie als Visionen von Gott bekommt. Oft weiß er selbst nicht, was Gott ihm eigentlich sagen möchte. Deshalb schickt Gott ihm einen Engel. Dieser Engel erklärt Sacharja, was Gott dem Volk Israel mit diesen Visionen sagen will. Die Visionen sind wirklich nicht einfach zu verstehen. Manches davon klingt wirr und unverständlich. Aber die Botschaft dahinter ist hoffnungsvoll. Gott hat sein Volk nicht vergessen. Er erinnert sich an seine Versprechen und will seinem Volk wieder gutes tun. Sie sollen sich daran erinnern, dass er ihr Gott ist. Wenn sie sich an ihn halten, wird er sie nicht im Stich lassen. Das war Gottes Versprechen damals und das ist sein Versprechen auch heute noch.

[LB]

12 | DI | Achtung, Sackgasse

SACHARJA 1,1-6 Hast du dich schon einmal so richtig verlaufen? So, dass du am Ende in einer Sackgasse rausgekommen bist und nur noch die Wahl hattest zwischen Stehenbleiben oder Umkehren? Stehen bleiben würde wohl keiner. Was will man auch in einer Sackgasse. Die Möglichkeiten, sich dort wohlzufühlen, sind begrenzt. Also drehen wir um und suchen nach dem richtigen Weg. Das Volk Israel hat oft nicht gemerkt, dass es in eine Sackgasse gelaufen ist. Sacharja erinnert sie daran und bietet ihnen einen Ausweg. „Erinnert euch an Gott und macht nicht die gleichen Fehler wie eure Vorfahren." Und die Israeliten erkennen: Ja, wir stecken in einer Sackgasse. Aber wir müssen dort nicht bleiben. Gott zeigt uns den richtigen Weg. [LB]

WEITERDENKEN Aus welcher Sackgasse soll Gott dir heraushelfen?

13 | MI | Leben im Überfluss

SACHARJA 1,13-17 Da liegt er, der Brief, auf den ich schon so lange gewartet habe. Er sagt mir, ob ich den Studienplatz habe oder nicht. Aufmachen oder nicht? Den Moment noch etwas hinauszögern oder einfach Augen zu und durch? Die Anspannung ist groß. Aber es hilft nichts. Und dann die Erleichterung: Zusage. Ich weiß, wie es weitergeht. Jetzt kann ich planen. Sacharja kann seinem Volk auch gute Nachrichten überbringen. Gott zieht wieder bei ihnen ein und will ihnen nahe sein. Er lässt den Tempel wieder aufbauen und sorgt dafür, dass die Israeliten im Überfluss leben. Endlich gibt es wieder Hoffnung auf eine bessere Zukunft. Gott selbst verspricht es. [LB]

GEBET Du, Gott, sorgst für mich. Mir geht es gut. Hilf mir, mit dem Überfluss in meinem Leben gut umzugehen. Danke, dass du weißt, was ich brauche. Amen.

14 DO #offen

SACHARJA 2,5-9 „Geschlossene Gesellschaft" – Sicher hast du so ein Schild im Restaurant oder in der Stadt schon einmal gesehen. Hier heißt es: draußenbleiben. Egal, ob wichtiges Meeting, Hochzeitsgesellschaft oder Party des Jahrhunderts – Zutritt hat nur, wer eine Einladung hat. Warst du auch schon einmal ausgeschlossen? Das ist kein gutes Gefühl. Wir Menschen wollen dazugehören und nicht außen vor sein. Gott sieht das ebenso. Er möchte niemanden ausschließen. Er lädt alle Menschen ein. Deshalb braucht seine Stadt Jerusalem keine Mauer. Er selbst beschützt sie. Du und ich, wir dürfen zu dieser Gesellschaft gehören. Sie ist uns nicht verschlossen. Wir haben die Einladung schon bekommen. Nimmst du sie an? [LB]

WEITERDENKEN Wen hast du in letzter Zeit ausgeschlossen? Wo musst du dich wieder öffnen?

15 FR Hands off

SACHARJA 2,10-17 Hast du schon einmal versucht Schwanenküken zu nahe zu kommen? Ganz schlechte Idee, kann ich dir sagen. Mama und Papa Schwan gehen sofort in den Angriffsmodus über. Wenn es beim Fauchen bleibt, gut, ansonsten musst du schauen, dass du die Beine in die Hand nimmst. Gott verspricht seinem Volk Israel, dass er für sie wie so ein Schwanenelternteil ist. Niemand darf seinem Volk etwas zuleide tun: „Wer euch antastet, der tastet meinen Augapfel an." (BB) Eine klare Drohung, die Gott gegenüber den anderen Völkern ausspricht. Wag es ja nicht, würden wir vielleicht heute sagen. Freue dich, auch dich darf niemand antasten, weil Gott bei dir ist. [LB]

GEBET Danke Gott, dass ich für dich unendlich wertvoll bin. Bitte lasse mich das heute spüren und schenke mir einen guten Tag. Amen.

16 SA Zukunftspläne

SACHARJA 8,1-8 Wie stellst du dir dein Leben in fünf Jahren vor? In der Schule habe ich diese Frage gehasst. Fünf Jahre sind eine lange Zeit. Wer weiß, was da alles passiert. Ich will doch auch jetzt noch nicht alles verplanen. Man muss ja ein bisschen flexibel sein. Wenn du an die Zukunft denkst, was geht dir da durch den Kopf? Die Israeliten haben sich viele Gedanken gemacht. Hinter ihnen lag die Zeit im Exil. Jetzt stehen sie in einer zerstörten Stadt. Es gibt viel wieder aufzubauen. Die Zukunft ist ungewiss und wer weiß, ob das nicht andere Völker ausnutzen und den nächsten Krieg anzetteln. In dieser Situation muss die Prophezeiung von Sacharja unglaublich guttun. Jerusalem steht eine „herrliche Zukunft" (BB) bevor. Gott wird dafür sorgen. [LB]

JETZT DU Nimm dir ein paar Minuten Zeit und denke über deine Zukunft nach. Was wünschst du dir?

DRITTER ADVENT

17 SO Vergeben

SACHARJA 8,14-17 Ja, mit der Vergebung ist es so eine Sache. Grundsätzlich ja eine schöne Idee, aber gleichzeitig auch gar nicht leicht umzusetzen. Ich kann mich an Erlebnisse erinnern, die es mir schwer gemacht haben, zu vergeben. Wenn die Verletzung oder Enttäuschung einfach zu tief saßen. Wenn ich zum Beispiel dachte, ich könnte meinen Freundinnen etwas anvertrauen und sie haben es brühwarm in der ganzen Klasse erzählt. Mir fällt es schwer, da zu vergeben. Wie schwer muss es erst Gott fallen, seinem Volk immer wieder zu vergeben? Ständig enttäuschen und verletzen sie ihn. Wollen nichts mehr von ihm wissen. Und doch hält Gott nicht an seinem Zorn fest. Er vergibt, weil er gar nicht anders kann. Er entscheidet sich für sein Volk und durch Jesus auch für dich. [LB]

JETZT DU Wem musst du vergeben? Wen musst du um Verzeihung bitten?

18 MO Auf nach Jerusalem

SACHARJA 8,20-23 Warst du schon einmal pilgern? Ich kenne Pilgern nur aus Erzählungen. Aber ich finde den Gedanken schön: sich zu Fuß auf den Weg machen, schauen, wie weit man an einem Tag kommt und dann dort übernachten, wo man gerade ist. Frei nach dem Motto: Der Weg ist das Ziel. Obwohl es natürlich immer ein Ziel gibt. In Europa ist der wohl berühmteste Pilgerweg der Jakobsweg mit dem Ziel Santiago de Compostela in Spanien. Für die Juden war und ist es Jerusalem. Die Stadt, in der Gott wohnt. Deshalb ist es ein großes Versprechen, wenn Gott ankündigt, dass die Menschen nach Jerusalem strömen werden. Denn das bedeutet, dass Gott selbst wieder in Jerusalem bei seinem Volk wohnen wird. [LB]

JETZT DU Schreib mir: Welches Ziel müsste dich erwarten, damit du lospilgerst? LENA.BERTSCH@EJW-HALL.DE

19 DI Siehe, dein König kommt

SACHARJA 9,9-10 Falls du an den Adventssonntagen schon einmal in einem Gottesdienst warst, ist dir vielleicht das Adventslied „Tochter Zion“ begegnet. Das Lied entstand aus der Bibelstelle, die du heute gelesen hast. Ich mag das Lied sehr. Für mich verbreitet es Freude und Hoffnung – genau das, was ich an der Advents- und Weihnachtszeit am meisten schätze. Sacharja kündigt den Retter an, der das Volk Israel ein für alle Mal von seinen Feinden befreien soll. Heute wissen wir, dass er Jesus ankündigte. Einen Retter, der ganz anders war, als ihn sich die Israeliten vorgestellt haben. Und doch einen Retter, über den sich das Volk und die Welt freuen darf, nein, sogar freuen soll. Also lasst uns fröhlich sein. [LB]

GEBET Danke Gott, dass ich viele Gründe zum Freuen habe. Hilf mir, sie auch zu erkennen. Amen.

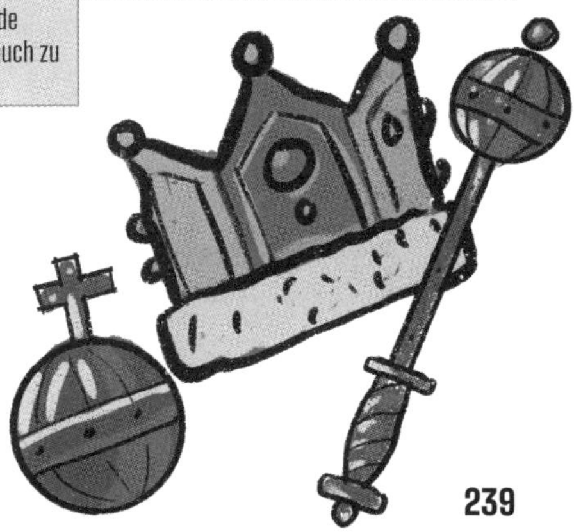

20 MI Licht im Dunkeln

JESAJA 9,1-6 Alles schreit Krieg, Dunkelheit, Terror. Jesaja antwortet: Frieden und Licht in Ewigkeit. Sein Ernst? Es ist nicht menschlicher Friede gemeint, sondern göttlicher. Es wird nicht ein Licht angeknipst, sondern der ganze Mensch wird von innen und außen komplett hell. Was für eine Hoffnung! Und es geht um die Ewigkeit, nicht um den aktuellen Unfrieden (auf der ganzen Welt oder in meinem Herzen). Das Gute ist: Die Ewigkeit beginnt bereits jetzt. Dafür ist Jesus gekommen. Dass es hell wird und wir Hoffnung haben. [MGa]

JETZT DU Zeit nehmen in allem Trubel, tiefer graben. Zünde heute eine Kerze an, stell sie auf einen Teller und nimm dir eine Minute Zeit für HOFFNUNG: Wo siehst du Dunkelheit, die hell werden soll? Wo wünschst du dir mehr Hoffnung? Sag es Jesus.

21 DO Große Nähe im kleinen Stall

MICHA 5,1-4A Bist du klein, wirst du schnell mal unterschätzt (Große werden übrigens überschätzt, das ist auch nicht so toll), Brillenträger werden einfach so für schlau gehalten und Sportler für nicht so helle. Bekloppt. Und nun soll der Friedensbringer der ganzen Welt in so einem kleinen Kaff geboren werden. Und er wird unterschätzt werden. Er wird sogar ausgestoßen und verachtet – und ist damit nah bei jedem von uns, der sich, egal wie groß, auch manchmal ganz klein fühlt. [MGa]

JETZT DU

Heute brauchst du eine kleine Spielfigur (die stellst du auf den Teller). Zünde die Kerze an und nimm dir eine Minute Zeit für NÄHE. Der große Gott macht sich klein für dich. Er kommt dir nahe. Was löst das in dir aus? Was möchtest du ihm sagen?

22 FR Glaube ohne Ende

LUKAS 1,26-38 Ein Engel sagt einer verlobten Jungfrau, dass sie schwanger ist. Dieses Kind soll dann König sein und ein ewiges Reich haben und GOTT SELBST IST DER VATER. Holla die Waldfee. Und das einzige, was Maria dazu einfällt, ist: „Ok, machen wir so.“ Krasses Baby, krasse Mutter, würde ich sagen. Sie wird Nerven aus Stahl brauchen und das fetteste Gottvertrauen der Welt. Und sie hat es. Als Teenager verlobt zu sein, war damals nicht ungewöhnlich – mit dem Sohn Gottes schwanger sein, der absolute Hammer, egal wann. Eine 15-Jährige als Glaubensheldin. [MGa]

JETZT DU Leg ein Herz auf deinen Teller. Zünde die Kerze an und nimm dir eine Minute Zeit für den GLAUBEN. Was genau kannst du von Maria lernen? Wo hapert es manchmal mit dem Gottvertrauen, wo geht es ganz gut? Was möchtest du gern glauben lernen? Tipp zum Weiterlesen: Marias Lobgesang! (Lukas 1,46-56)

23 SA Echt stark

MATTHÄUS 1,18-25 Josef sieht sein Leben über sich zusammenbrechen. Was das bedeutet, wenn seine Verlobte schwanger ist, ist für uns heute kaum zu verstehen. Rechtlich müsste er sie eigentlich verstoßen. Verstoßene Frauen sind damals oft in der Prostitution gelandet, weil sie sonst verhungert wären. Aber Gott hat etwas mit ihm und Maria vor. Am Ende heiratet Josef sie scheinbar auch noch vor der Geburt. Puh! Auch zum Umschwenken, zum Meinung ändern, gehören Stärke. Josef soll Verantwortung übernehmen und er hat Angst. Jetzt beweist er wahre Stärke. [MGa]

JETZT DU Such dir einen Stein. Zünde die Kerze an und nimm dir eine Minute Zeit für STÄRKE. Was findest du stark? Was ist schwach in deinen Augen? Wo wäre bei dir Umdenken angesagt? Sag es Jesus, er kann dir die Kraft geben, die du brauchst.

4. ADVENT | HEILIGABEND

24 SO Mach doch mal Platz

LUKAS 2,1-7 Ich kann den Text fast mitsprechen. Immer die gleiche, normale Geschichte – aber vielleicht ist das das Besondere?! Jesus, der Retter der Menschheit, kommt auf die Erde, hat total normale Eltern. Darum geht es: Gott will Mensch werden bei den Normalos. Johannes Scheffler hat einmal gesagt „Ach könnte nur dein Herz zu einer Krippe werden, Gott würde noch einmal Kind auf dieser Erde werden.“ Jesus will in deinem Leben einziehen, Raum nehmen, zuhause sein. Das ist voll krass und so gar nicht normal. [MGa]

JETZT DU: Heute kommt eine leere Schachtel dazu. Sie steht für den Raum, den Jesus in deinem Leben haben möchte. Zünde die Kerze an und nimm dir eine Minute Zeit für PLATZ. Egal wie es in dir aussieht, Jesus ist nicht zu schocken. Er liebt dich. Er möchte sich mit deiner Liebe in dir ausbreiten.

1. WEIHNACHTSTAG

25 MO Alles glänzt und funkelt

LUKAS 2,8-20 Der Text strotzt vor Glitzer und Weihnachtsstimmung. Aber wie gehen die Leute mit dieser Himmelsparty um? Die Hirten laufen los und erzählen es jedem. Sie sind Feuer und Flamme! Voll gut. „Maria aber behielt alle diese Worte und bewegte sie in ihrem Herzen“. Sie spart es auf, sie zehrt davon. Sie wird es brauchen, die nächsten Jahre werden nur noch krass. Sie wird ihren Sohn verlieren, wird bei seiner Tötung dabei sein. Und es werden nicht nochmal Engelschöre kommen, soviel mal als Spoiler. [MGa]

JETZT DU Heute suchst du dir etwas, das glänzt oder glitzert. Zünde die Kerze an und nimm dir eine Minute Zeit für GLANZ. Lass das Bild der himmlischen Heerscharen noch einmal auf dich wirken. All die guten Weihnachtsworte, die du gehört hast, Licht, das du gesehen hast, bewahre es in deinem Herzen.

2. WEIHNACHTSTAG

26 DI Aufräumen

MATTHÄUS 2,1-6 Da haben wir die Krippe komplett, es scheint alles sehr rund zu sein, alles zielte auf dieses Ereignis ab. Die Vorhersagen haben sich erfüllt. Aber warum hat Herodes so viel Angst? Weil er nur von einem neuen König weiß. Er denkt, er wird getötet von einem neuen Herrscher, der mal so richtig aufräumt. Mit ihm dachten viele andere, da kommt ein Held, der die römischen Machthaber aus dem Weg schafft. Dass Gottes Reich aber etwas anders aussieht, ahnte er nicht. Er dachte nicht daran, dass Jesus Herzen verändert, dass er heilt, Wunder tut, predigt. Dass er von innen aufräumt. [MGa]

JETZT DU Heute brauchst du eine Putzbürste. Zünde die Kerze an und nimm dir eine Minute Zeit fürs AUFRÄUMEN. Wo fehlt die Ordnung in deinem Leben? Was soll Jesus mal tüchtig aufräumen?

27 MI Und du?

MATTHÄUS 2,7-12 Es sind Tage, sicherlich Wochen vergangen, seitdem sich die Weisen auf den Weg gemacht haben. Eine verrückte Vorstellung, einem Stern zu folgen, oder? Aber genau das haben sie gemacht. Dieser Stern hat in ihnen eine Hoffnung geweckt. Sie konnten nicht anders. Und so stehen sie nun vor diesem Haus, der Stern strahlt über ihnen und sie wissen, etwas Besonderes erwartet sie. Etwas, das sie nicht dort gefunden haben, wo sie zuerst danach gesucht haben. Denn der König der Welt war nicht in einem Palast zu finden. Und als sie dann das Kind endlich sehen, fallen sie vor ihm auf die Knie und beten es an. Welch einen Glauben müssen diese Männer gehabt haben?! Erst folgen sie einem Stern, dann finden sie das kleine Kind und wissen: Das ist Gott. [AJP]

WEITERDENKEN Wie würdest du Jesus begegnen?

28 DO Weihnachten ist vorbei

LUKAS 2,25-35 Das Fest ist vorbei, die Geschenke sind ausgepackt, die Kerzen sind erloschen. Aber ist da nicht mehr? Simeon, von dem wir eben gelesen haben, hat das gehofft. Er erwartete voller Sehnsucht, dass Gott endlich den langersehnten Retter schicken wird. Und dann endlich ist es soweit. Gott offenbart ihm, dass dieses kleine Kind im Tempel der Retter ist. Gott hat seinen Sohn in unsere Welt geschickt. Simeon vergleicht ihn mit einem Licht (V.32, GNB). Licht gibt Orientierung und genau das macht Jesus. Er zeigt uns, wer und wie Gott ist und was wirklich wichtig ist. Wie cool wäre es, wenn dieses Licht nicht mit den Kerzen des Adventskranzes erlischt, sondern uns das ganze Jahr über Orientierung geben darf! [AJP]

YOUTUBE-TIPP Wozu Licht gut ist, kannst du hier hören:
Rend Collective – My lighthouse
youtu.be/reAIJKv7ptU

29 FR Wo suchst du?

LUKAS 2,36-38 Hannas Leben verlief sicherlich anders, als sie sich das ausgemalt hatte. Ihr Mann starb nur wenige Jahre nach der Hochzeit, von Kindern wird auch nichts berichtet. Wie gehen wir damit um, wenn unsere Hoffnungen wie Seifenblasen zerplatzen?

Manche verbittern, resignieren, klagen Gott an. Wir ziehen uns zurück und verschließen uns. Ich finde es erstaunlich, wie Hanna damit umgeht. Tag und Nacht sucht sie Gottes Nähe im Tempel. Gerade für Gott hat sie weiterhin ein offenes Herz und Ohren und erlebt dadurch etwas unendlich Wertvolles: Sie begegnet Maria und Josef mit Jesus und wird zu einer Hoffnungsquelle für viele Menschen. Denn sie erzählt allen von diesem kleinen, unscheinbaren Kind, das doch so besonders ist. [AJP]

JETZT DU Wem kannst du heute von Jesus erzählen?

30 SA „Danken schützt vor Wanken ...

... und loben zieht nach oben.“

PSALM 145,1-9 Hast du diesen Satz auch schonmal gehört? Da steckt eine Wahrheit drin, denn wenn wir unseren Blick heben – von unseren Problemen und Sorgen hin zu der Größe Gottes – dann kommt manches in eine neue Relation und das kann ganz schön befreiend sein. Unsere Probleme lösen sich nicht in Luft auf, aber wir dürfen uns sicher sein, dass unser gnädiger, barmherziger, geduldiger, gütiger Gott bei uns ist (V.8). David hat das in seinem Leben oft erlebt. Er wusste gut um Tiefen, Fehltritte, Herausforderungen und Sorgen als König und trotzdem, oder gerade deshalb, kommt er immer wieder zu Gott und besinnt sich auf das, was Gott schon Großes in seinem Leben bewirkt hat. [AJP]

YOUTUBE-TIPP Outbreakband – 10.000 Gründe
https://www.youtube.com/watch?v=4TXFigcT27A

SILVESTER

31 SO Mit welcher Konsequenz?

PSALM 146,1-10 Dieser Lobpsalm beschreibt Gott als gerecht, treu und fürsorglich. Das Besondere dabei ist, dass Gott sich so zu allen verhält, auch, oder besser gesagt: gerade zu den Menschen, die am Rand der Gesellschaft stehen: Witwen, Fremde, Arme, Gefangene, Kranke. Was bedeutet es für uns, wenn wir mit einstimmen in das Lob des Psalmbeters? Betrifft der Psalm auch uns? In V.9 heißt es, dass Gott alle liebt, die ihm die Treue halten, sich also nach seinem Wort und Geboten richten. Wenn wir Gott mit diesem Psalm und unserem Leben loben wollen, dann sollten auch wir gegen Unterdrückung, Ausbeutung und Ungerechtigkeit kämpfen und uns an die Seite derer stellen, die am Rand stehen. [AJP]

WEITERDENKEN Wo hast du in diesem Jahr erlebt, dass Gott sich um dich gekümmert hat und an deiner Seite war?

„Friede sei mit dir“

Das wünsche ich dir:
dass Gottes Friede mit dir sei.

Wenn das Glück dich umspielt,
dann möge der Friede dein Herz berühren
und dich spüren lassen:
Jeder Tag ist Gottes Geschenk an dich.

Wenn die Wogen des Lebens dich umtosen,
dann möge der Friede dein Herz berühren
und dich spüren lassen:
Es ist einer mit dir im Sturm des Lebens.

Gottes Friede sei mit dir
und bewahre dein Leben sicher und geborgen
bei Jesus Christus.

[CORNELIUS KUTTLER]

WIR HABEN DIE TEXTE IN DIESEM BUCH GESCHRIEBEN!

Hier stellen wir uns kurz vor. Schreib uns gerne, wenn du Fragen hast oder einfach mal Hallo sagen willst!

Fynn Adomeit [FA]: Mir gibt das Bibellesen Hoffnung in einer Welt voller Ungerechtigkeiten. Ich achte dabei vor allem auf den innerbiblischen Kontext: Wie gehen die biblischen Figuren mit schwierigen Situationen um? Was schenkt ihnen Gottvertrauen? Die biblischen Texte sind dabei für mich so etwas wie kleine Gegengeschichten: Gegen Hoffnungslosigkeit, gegen Unterdrückung, gegen Ungerechtigkeiten aller Art.

fa2534@utsnyc.edu

Christian Bernard [CB]: Ich lese und liebe die Bibel, weil sie mir Gottes Wesen, wer und wie er ist, vorstellt. Ich lerne ihn kennen und checke immer wieder, was er mit meinem Leben zu tun hat. Manche Übersetzungen sprechen sogar meine Sprache, es lohnt sich also nach der #lieblingsbibel zu suchen. Viel Spaß beim Lesen und Entdecken!

christian.bernard@ejwue.de

Lena Bertsch [LB]: Die Bibel erzählt die besten Geschichten der Welt. Geschichten voller Hoffnung. Sie zeigen mir Gottes Liebe. Ich finde in der Bibel Ermutigungen für meinen Alltag, aber auch Herausforderungen. Ich liebe es, dass ich von diesem Buch, den Geschichten und dem Gott, der dahinter steckt, in meiner Arbeit als Jugendreferentin erzählen darf. Ich mache immer wieder neue Entdeckungen und die wünsche ich dir auch!

lena.bertsch@ejw-hall.de

Rafael Deutschmann [RD]: Ich bin Referent für Jugend und junge Erwachsene beim EC-Ostfriesland. Obwohl ich christlich aufgewachsen bin, war regelmäßiges Bibellesen nicht selbstverständlich für mich. Ich habe mich oft damit schwergetan und hatte schnell ein schlechtes Gewissen, wenn ich nicht Bibel gelesen habe. Inzwischen weiß ich, ich muss nicht Bibel lesen – daran hängt nicht Gottes Liebe für mich. Aber wenn ich es mache, dann profitiere ich enorm davon. Ich bin immer wieder begeistert, was man immer wieder neu in der Bibel entdecken kann.

rafael.deutschmann@gmx.de raffadeutschmann

Sonja Fröhlich [SF]: Die Bibel ist meine Lebensbegleiterin. Sie fasziniert, fordert heraus, ist sperrig, tröstet und macht Mut. Sie interessiert mich so, dass ich einige Jahre lang neben meiner Arbeit als Jugendreferentin nebenamtlich das Fach Bibelkunde unterrichtet habe. Besonders gern lese ich in den Psalmen.

sonjafroehlich@bezirksjugend-babara.de sonja.lustig

Marie Ganske [MGa]: Moin ihr Lieben. Ich muss euch was gestehen: Ich bin wirklich nicht die beste Bibelleserin. Wieso ich dann hier mitschreibe? Weil ich Bibellesehilfen liebe, ohne die wäre ich aufgeschmissen. Aber mit ein bisschen Struktur, einer guten Frage zum Weiterdenken oder einer kleinen Texterklärung bin ich wieder motiviert. Und Gott versteht das, er kennt mich und will mit mir reden. So ein Guter.

mariegwendolyn@gmx.de @marie.gwendolyn

Lea Garbers [LG]: Mit meiner Tochter lebe ich in Berlin und leite ein Projekt in der Arbeit mit Kindern und Jugendlichen: UNBOX. Ich hab spät die Bibel entdeckt und finde toll, dass sie genau nicht buchstäblich zu lesen ist, sondern entdeckt, meditiert, bebetet, ja zerkaut werden will und dann eine solche Wucht und Wahrheit entfaltet, die unser Leben auf den Kopf stellen kann. Na is doch jut!

l.garbers@kkbs.de

Matthias Gelfert [MG]: „Die Bibel ist langweilig", höre ich hin und wieder. Ja das stimmt – nämlich dann, wenn sie nicht gelesen wird! Ich bin schon sehr oft umgezogen und überall im Land habe ich Menschen gefunden, denen dieses Buch wichtig ist. Warum? Weil sie erlebt haben, wie Gottes Wort auch heute noch Mut macht, wachrüttelt, tröstet, Hoffnung und Wegweisung gibt. In Zeiten einer Überflut von Informationen und Fake News ist das umso wichtiger.

matthias@interheiland.de

Daniel Götzfried [DGO]: Ich lese gerne und ich liebe es, Musik und Sport zu machen. Besonders Fußball und Spikeball haben es mir angetan. An der Bibel finde ich so genial, dass sie davon erzählt, wie Gott mit Menschen unterwegs ist und auch mit uns unterwegs sein will. Es lohnt sich für mich immer wieder, das mehr zu entdecken.

daniel@goetzfried-amberg.de

Simon Hainbach [SH]: Ich arbeite bei Campus für Christus in Berlin und sitze manchmal mit Baptisten, Katholiken, Charismatikern, Landeskirchlern, ehemaligen Muslimen und kirchenfernen jungen Menschen zusammen, um mich über einen Bibeltext auszutauschen. Was mich ansonsten begeistert: gute Musik, Zeiten, in denen ich nichtstuend mit Jesus auf dem Sofa liege, ausgedehntes Dancen, das Meer und die arabische Sprache.

simon-soundso@gmx.de

Manuela Hees [MH]: Mir gefällt die Bibel so gut, weil sie so vielfältig ist und von echten Menschen spricht. Die Glaubenshelden machen da auch viele Fehler und sind einfach menschlich. Das macht mir Mut, dass auch ich durch meinen Glauben in meinem Umfeld einen Unterschied machen kann. Zu mir: Wenn ich nicht studiere, dann arbeite ich als Religionspädagogin. Und in meiner Freizeit nähe ich mit großer Leidenschaft.

M.Hees@eh-ludwigsburg.de

Cord Heinemann [CH]: Ich bin ein Geschichten-Hörer, Geschichten-Seher und ein Geschichten-Erzähler. Das ist ein weiterer Grund, warum ich die Bibel total genial finde. Zwar sind die biblischen Geschichten über 2000 Jahre alt, aber manche sind so aktuell und brisant, dass ich sie mir immer wieder anhöre.

Cord-heinemann@web.de heinemanncord

Daniel Herr [DH]: Mir macht es unglaublich viel Spaß, Neues von der Bibel zu lernen und das dann wieder an Menschen weiterzugeben. Als Student der evangelischen Theologie bekomme ich immer wieder neuen Input, den ich als stellvertretender Vorsitzender im Kreisverband Wetzlar/Gießen auf Seminaren und Freizeiten weitergeben darf.

Daniel_Herrl@web.de

Christian Hilk [CHi] : An der Bibel schätze ich, dass sie mich immer wieder neu herausfordert und in Frage stellt. Deshalb ist es umso schöner, dass ich auch beruflich mit der Bibel zu tun habe. Beim CVJM-Kreisverband Wetzlar/Gießen arbeite ich als CVJM-Sekretär. Verheiratet bin ich mit Annalena und zusammen mit unseren beiden Kindern leben wir in einem kleinen Dorf in Mittelhessen.

c.hilk@cvjm-kv.de

Sara-Carina Hofmann [SCH]: Gott hat unzählige Möglichkeiten, um uns zu begegnen! Auch wenn ich dabei experimentierfreudig unterwegs bin, ist dennoch die bewährte Bibel ein zentraler Bestandteil meiner Gottesbeziehung. Er spricht durch dieses Buch. Heute. Mitten ins Herz.

gp.hofmann@paulusgemeinde-halle.de

Rebecca Kehrberger [RKe]: Die Bibel fordert mich immer wieder aufs Neue heraus, weil Gott mich dadurch anspricht. Mal klar und deutlich, mal unauffällig und leise. Aber Gott spricht. Da ich gute Gespräche liebe, liebe ich Gespräche mit Gott. Momentan bin ich in Elternzeit und lebe mit meiner Familie in Mannheim.

Rebecca.Kehrberger@gmail.com

Michael Kehrberger [MKe]: Ich mag es, Neues auszuprobieren und immer wieder neue Entdeckungen zu machen. So geht es mir mit der Bibel auch. Ich lebe mit meiner Frau und meiner Tochter in Mannheim und arbeite im CVJM Mannheim.

Michael.Kehrberger@gmx.de

Wimke Keil [WK]: Ich arbeite im wunderschönen Ostfriesland im CVJM-Landesverband. Während meiner Arbeit stelle ich immer wieder fest, dass junge Menschen Schwierigkeiten damit haben, ihren Zugang zur Bibel zu finden. Neue und inspirierende Ideen, sich mit der Bibel auseinanderzusetzen, liegen mir deswegen besonders am Herzen.

w.keil@cvjm-ostfriesland.de

Isabelle-Joelle Kierig-Rosmann [IJKR]: Ich habe viele Bibeln daheim. Meistens schau ich in die ein und die andere Bibel rein, bis ich eine Bibelstelle mehr und mehr verstehe. In meine Rein-Schreib-Bibel schreibe ich all meine Gedanken, die mir Gott beim Lesen schenkt. Wann immer ich meine Bibel aufschlage, bete ich: Herr, sprich. Oft kommen mir Lobpreislieder in den Sinn. Sie lassen mich Gottes Botschaft im Herzen verstehen und werden zu meinem Gebet.

isabelle.kierig@web.de

Markus Kohring [MKo]: Die Bibel begeistert mich. Immer und immer wieder. Auch, wenn ich einen Text schon häufig gelesen habe: Ich darf beim intensiven Lesen andauernd neue Entdeckungen machen. Entdeckungen, die mir zeigen, wie großartig Gottes Liebe ist. Und das mache ich am liebsten mit anderen: am Küchentisch, in der Sofaecke, bei Andachten oder einfach dort, wo es passt.

jmkohring@gmx.de

Petra Kröner [PK] und Jonas Bär [JB]: Wir sind beide als Jugendevangelisten angestellt über die Kontaktmission e.V., im Speziellen mit unserem Jugendprojekt „Spurwechsel“ im Raum Ostdeutschland. Wir als deutsch-schweizer Ehepaar lieben das gemeinsame Reisen, Planen, Arbeiten & Feiern. Wir lieben es, mit Teenagern unterwegs zu sein, mit ihnen Wohnwochen zu gestalten, ihnen in den Schulen zu begegnen und mit ihnen über Jesus ins Gespräch zu kommen – besonders auch mit denen, welche noch nie etwas von Jesus gehört haben. Wir wünschen uns, dass in ihnen die Sehnsucht nach mehr Jesus in ihrem Leben wächst. Und das wünschen wir auch dir!

Petra.Kroener@spur-wechsel.net; Jonas.Baer@spur-wechsel.net

Andrea Kühn [AK]: Ich bin in Mecklenburg zu Hause und arbeite in einem besonderen „Leuchtturm“: mitten in einer Plattenbausiedlung. Ich liebe Geschichten und die von Jesus begeistern mich besonders, da seine Worte und Bilder nichts an ihrer Macht und Klarheit verloren haben – und das seit gut 2000 Jahren.

andrea@leuchtturm-guestrow.de

Cornelius Kuttler [CK]: Ich bin Pfarrer und leite das Evangelische Jugendwerk in Württemberg. Als Familie versuchen wir START in den Tag zu lesen – manchmal ganz schön herausfordernd, wenn es morgens vor der Schule mal wieder chaotisch zugeht ... Mich fasziniert an der Bibel, wenn ich das Gefühl habe: Eine Bibelstelle spricht von meinem Leben!

Cornelius.Kuttler@elkw.de

Samuel Lacher [SL]: Ich arbeite in Tübingen an der Uni mit angehenden Pfarrerinnen und Pfarrern am Predigen. Wie kann ich anderen Menschen von meinem Glauben erzählen? Das ist die Frage, die uns dort die meiste Zeit umtreibt. START in den Tag ist toll, weil ich darin entdecken kann, wie andere glauben und wie ich meinen Glauben leben kann. Gespräche mit anderen in meiner Metzinger Gemeinde und bei Wochenendfreizeiten mit dem WildenSüden helfen mir, über diese Themen auch mit anderen nachzudenken.

samuel-lacher@web.de

Stephan Mansour [SM]: Du kannst auch Stevie zu mir sagen. Als Regionalreferent der Schüler-SMD lerne ich ständig neue Menschen kennen. Dort hab ich gemerkt, dass es viel über die Beziehung aussagt, wie man das Gegenüber ansprechen darf. In der Bibel stellt Gott sich vor, weil er Beziehung mit uns Menschen leben will. Und das Beste: Er lädt dich ein „du" zu ihm zu sagen. Ich liebs!

stephan.mansour@smd.org _stephanmansour

Katrin Michnikowski [KM]: Ein fröhliches Moin aus Hamburg. Nach 12 Jahren als Referentin für den CVJM Landesverband Hannover habe ich mich 2022 zu neuen Ufern aufgemacht. Gleich zu Beginn in der Corona-Pandemie entstand die Idee eines Chatseelsorgeangebots für junge Menschen. Die Idee wurde sehr schnell konkret, sodass www.schreibenstattschweigen.de im Sommer 2020 online gehen konnte. Ich darf nun hauptverantwortlich hier mitarbeiten. Auch wenn ich jungen Menschen nun vor allem digital begegne, habe ich immer mein Lieblingsbuch, die Bibel im Gepäck: als Inspiration, Lebens- und Gesprächsgrundlage, Trost- und Ratgeberin und noch vieles mehr.

katrin.michnikowski@evlka.de

Sebastian Moog [SMo]: Ich darf als Diakon bei mylight:Jugendkirche Pforzheim ein Wegbegleiter für Jugendliche und junge Erwachsene sein. START in den Tag hat mich als Jugendlichen auch als Wegbegleiter zum Bibellesen ermutigt. Mich fasziniert dabei bis heute immer wieder, dass ich in diesem alten Buch den lebendigen Gott entdecken kann. Und ich bin fest davon überzeugt, dass Gott auch auf dich wartet!

Sebastian.Moog@kbz.ekiba.de

Moritz Mosebach [MM]: Die Bibel ist ein Buch voller Geschichten und verschiedenen Perspektiven auf die Welt, auf Gott und auf das Leben. Ich entdecke diese Geschichten immer wieder neu und finde mit anderen Menschen heraus, was sie uns heute sagen. Dabei werde ich oft überrascht und sehe die Texte aus ganz neuen Blickwinkeln!

moritz.mosebach@gmail.com

Lena Niekler [LN]: Die Bibel ist für mich ein besonderes Buch. Sie begleitet mich im Alltag, ermutigt mich und fordert mich heraus – runter von der Couch und rein ins Abenteuer meines Lebens. Wenn ich nicht gerade mit meinem Mann und unserem Hund unsere Heimat Nordhessen oder mit dem Bulli Europa erkunde, bin ich als Bundessekretärin für Young Leaders und neue Formen von CVJM-Arbeit im CVJM-Westbund unterwegs.

l.niekler@cvjm-westbund.de freiheitsliebe

Chris Pahl [CP]: Ich bin Projektleiter des Christivals 2022. Ich liebe das Netzwerken und setze mich für die Einheit unter jungen Christen ein. Beim START feiere ich besonders die digitalen Angebote wie die App, den Insta-Kanal und die Videos.

chris.pahl@christival.de

Ann-Julie Perschel [AJP]: Als Jugendreferentin in einer Landeskirche darf ich jedes Jahr mit den Konfirmanden die Bibel entdecken. Dabei bin ich selbst immer wieder neu überrascht und begeistert, wie viel in ihr steckt. Vor allem finde ich es faszinierend, wie durchdacht sie aufgebaut ist und welche Zusammenhänge es zwischen den ganzen Büchern gibt. Und alles nur um uns zu zeigen, dass Gott treu zu uns steht!

jugendarbeitvh@gmail.com

Hanna Pfau [HP]: Ich wohne in der Nähe von Chemnitz, spiele E-Gitarre, spaziere gern mit meinem Mann über Felder, nasche Erdbeeren, fotografiere und schaue gern Netflix. Ich rede gern mit Jugendlichen über Gott und die Welt, und höre gern zu, wie sie sich ihre Welt erträumen. Ich liebe START in den Tag, weil ein Bibeltext plötzlich alltagstauglich werden kann.

pfau.hann@gmail.com

Marieke Rahn [MR]: Ich bin in Berlin aufgewachsen und über Hamburg, Wuppertal und Baden schließlich in Bad Honnef gelandet. Hier darf ich Jugendliche begleiten und mit ihnen den Glauben entdecken. Beim Erarbeiten von Bibelgeschichten staune ich immer wieder, was es auch in bekannten Texten Neues zu finden gibt.

marieke.rahn@posteo.de

Sabrina Schaal [SaS]: Ich lebe in Würzburg und bin Sozialarbeiterin. Mir ist es wichtig, dass man seinen christlichen Glauben auch durch Taten leben kann: Dass man Menschen vorurteilsfrei und respektvoll behandelt. Dafür bietet die Bibel unzählige Geschichten, die mich immer wieder daran erinnern.

schaal.s@t-online.de

Katharina Schäfer [KS]: Ich arbeite als Jugendreferentin in einer Kirchengemeinde und bin dort viel mit den Konfirmanden und Konfirmandinnen unterwegs. Dabei nehmen wir uns immer wieder Zeit, all die spannenden Geschichten in der Bibel zu entdecken, die Menschen damals mit Gott erlebt haben. Und gleichzeitig können wir dabei erfahren, dass Gott mit uns ebenso Geschichte schreibt. Welche Geschichte ist deine?

aksch87@googlemail.com

Clemens Schlosser [CSc]: Für und mit dem CVJM Bayern darf ich das ganze Jahr mit Teenager in ganz Bayern unterwegs sein. Egal, ob in Jugendgruppen, bei Skifreizeiten, Jugendgottesdiensten, im Zeltlager oder beim E-Sport: Wir stellen uns herausfordernden und ehrlichen Glaubensfragen und wollen durch die Bibel mehr von Jesus erfahren. Auch, wenn wir nicht auf alle Fragen Antworten finden, gehen wir mit Leidenschaft jeder nach.

E-Mail: c.schlosser@cvjm-bayern.de

Miriam Schönle [MS]: Ich arbeite in Baden-Baden als Gemeindediakonin mit Kindern und Jugendlichen und unterrichte Religion an einer Grundschule. Wenn die Kinder fasziniert den Geschichten aus der Bibel zuhören, stelle ich mir vor, wie viele Menschen und Generationen schon über diese Geschichten gestaunt haben. Natürlich ist die Bibel aber kein Kinderbuch. Sie gemeinsam mit Jugendlichen und Erwachsenen zu lesen, finde ich total bereichernd.

diakonin@ekimabad.de

Isabelle Schreiber [ISc]: Ich lebe und arbeite seit 2018 in Herborn. Als Gemeindepädagogin arbeite ich oft mit der Bibel und habe es mir als Aufgabe gemacht, diese prägenden Geschichten für Jugendliche in ihren Worten weiterzugeben. Ich entdecke bis heute neue Geschichten und Verse. Es wird also nie langweilig.

E-Mail: isabelle.schreiber@ekhn.de bella_vom_dekanat

Stephanie Schwarz [StS]: Mich begeistert die Bibel, weil sie ein Alltags-Buch ist. Die Bibel zeigt in vielen Geschichten, dass Gott sich ganz oft mitten im Alltag finden lässt. Und das erlebe ich auch immer wieder. Die Bibel ist Hilfe und Inspiration für mich und manchmal rückt sie mir auch den Kopf zurecht.

stephanie.schwarz@ejwue.de steffeles

Carmen Sträßer [CS]: Ich bin Teenagerreferentin – und dafür erst sehr spät ans Bibellesen gekommen. Die Bibel ist kein altes Dokument mit ein paar netten Geschichten – sondern ein Buch, in dem Gott steckt. Ich glaube, wenn ich in der Bibel lese, ist meine Haltung wichtig: Möchte ich meine Meinung durchsetzen oder darf die Bibel meine Sichtweise verändern? Die Bibel ist herausfordernd, nicht immer einfach zu lesen – und ein riesengroßer Schatz, wenn du sie für dein Leben entdeckst.

carmenstraesser@gmx.de

Nina Waldminghaus [NW]: Die Bibel schafft es, mit nur einem Satz einen Nerv bei mir zu treffen oder mich zum Nachdenken zu bringen. Stundenlanges Bibellesen ist nicht mein Ding. Aber ich lese jeden Tag direkt nach dem Aufwachen, noch im Bett, die Losung. Das ist ein Vers, das schaffe ich. Und dieser Satz morgens schafft es umgekehrt immer wieder, mich zu verblüffen. Er lässt mich über Gott staunen und Neues von ihm lernen.

✉ Nina.waldminghaus@ejw-balingen.de:

Michaela Winter [MW]: Als Jugendsekretärin im CVJM Erlangen habe ich eine Menge mit Jugendlichen zu tun. Am schönsten finde ich es, gemeinsam große und kleine Fragen des Lebens zu bewegen. Immer wieder stelle ich fest, dass die Bibel dazu viele großartige Antworten hat. Dabei lässt sie aber auch viel Interpretationsspielraum. Das zu diskutieren, finde ich superspannend.

✉ michaelakwinter@gmail.com